# 中國語言文字研究輯刊

十 五 編

許 錟 輝 主編

第 **10** 冊

《中華大字典》注音研究

李 凱 著

花木蘭文化事業有限公司

國家圖書館出版品預行編目資料

《中華大字典》注音研究／李凱 著 -- 初版 -- 新北市：花木
蘭文化事業有限公司，2018〔民107〕
目 4+236 面；21×29.7 公分
（中國語言文字研究輯刊 十五編；第 10 冊）
ISBN 978-986-485-457-8（精裝）
1. 中華大字典 2. 聲韻 3. 研究考訂
802.08                                               107011329

ISBN-978-986-485-457-8

9 789864 854578

中國語言文字研究輯刊
十五編　　第 十 冊　　　　ISBN：978-986-485-457-8

## 《中華大字典》注音研究

作　　者　李　凱
主　　編　許錟輝
總 編 輯　杜潔祥
副總編輯　楊嘉樂
編　　輯　許郁翎、王　筑　美術編輯　陳逸婷
出　　版　花木蘭文化事業有限公司
發 行 人　高小娟
聯絡地址　235 新北市中和區中安街七二號十三樓
　　　　　電話：02-2923-1455／傳眞：02-2923-1452
網　　址　http://www.huamulan.tw 信箱 hml810518@gmail.com
印　　刷　普羅文化出版廣告事業
初　　版　2018 年 9 月
全書字數　158276 字
定　　價　十五編 11 冊（精裝）　台幣 28,000 元

# 《中華大字典》注音研究

李凱 著

作者簡介

李凱，女，1986 年生，河南魯山人，嘉興學院講師。2012 年畢業於中國傳媒大學文學院，獲文學博士學位，研究方向爲語言學及應用語言學、漢語史。近年來出版有《詩詞格律》、《儒學經典名句選讀》等書籍，及《〈唐書釋音〉音釋與宋代江西德興方言探微》、《〈漢語大字典〉反切注音失誤辨正》等論文數篇。

提　要

　　本書首先從時代背景、編纂緣起及成書過程、編纂體例、說解體例、注釋術語等方面對《中華大字典》做出全面介紹，然後著重對反切注音進行研究。通過對比、審音、溯源等研究方法，本書對《中華》中反切注音的得失、同形詞的注音問題、音義相配問題以及特殊詞語的注音問題進行闡述。在此基礎上，分析梳理了《中華》中蘊含的辭書理論為當前辭典學理論發展提供的借鑒和啟示，同時對今天大型語文辭書的編纂實踐提出建議。

　　具體來說，本文著力解決如下問題：《中華大字典》自身注音的特點與得失；大型語文辭書使用反切注音時首音與又音的選取標準；宋以後非《切韻》系韻書中的反切是否可以收錄；多音義字各音項與義項的配合應遵循哪些原則；破讀音、專有名詞等特殊讀音在各類型辭書中該怎樣處理；對辭書所處時代新出現的字形字音該怎樣酌情收錄；吸收外來語有哪些本土化措施，該怎樣為它們注音等。

　　在此過程中，本書通過總結《中華》的優點及缺失，指出了它對推動辭書編纂和辭書理論研究的積極意義，為今天的辭書編纂提供更有針對性和可操作性的方法，以期大型語文辭書中的反切注音實現實用性與學術性的統一。

目

次

# 第一章　緒　論

## 第一節　《中華大字典》在漢語辭書史上的意義

　　1915 年，由陸費逵、歐陽溥存主編的《中華大字典》在中華書局出版，它是繼《康熙字典》而起的第一部大字典。在其扉頁，有當時（民國四年初）大總統袁世凱的題詞「後學津梁」，還有副總統黎元洪的題詞「倉許功臣」，稱讚《中華大字典》繼承和發揚了倉頡、許愼二人的傳統，爲文字傳承做出了巨大貢獻。

　　該書剛一問世，即被全國《圖書館協會月報》評爲「現在唯一之字書」〔註1〕陸費逵本人則稱：「《中華大字典》之爲空前良著，詢可謂盛極一時矣！」〔註2〕此語並不爲過。作爲一部搜羅眾籍、內容豐富的大型語文辭書，《中華》用可貴的實踐指導著今天的辭書編纂事業，它自身的種種優缺點，也爲今天的大型語文辭書編纂理論帶來啓示。

　　在辭書史上，《中華大字典》的問世，標誌著新時期辭書編纂的開端，編者們以熱情、眞誠的態度關注、思考他們所生活的時代，試圖在繼承與創新中

---

〔註1〕見中華書局編輯部編《回憶中華書局》第 82 頁。北京中華書局 2001 年版。

〔註2〕見宋應離、袁喜生、劉小敏編《20 世紀中國著名編輯出版家研究資料匯輯》（2）第 244 頁。河南大學出版社 2005 年版。

尋找最佳契合點。以今天的眼光審視,《中華大字典》具有明顯的局限,和《漢語大字典》相比也顯得較爲粗糙。但在漢語辭書史上,它最大的價值就是連接了傳統小學辭書與現代語言學辭書,起到了一個過渡作用,爲漢語辭書的發展做出了歷史性的貢獻,打下了良好的基礎,具體表現爲以下幾點。

## 一、爲現代漢語辭書的發展指明了方向

與《康熙字典》和《漢語大字典》相比,《中華大字典》〔註3〕簡直稱得上寂寂無聞,但正是它爲這兩部劃時代的辭書架起了承前啟後的橋梁;和同時出版的《辭源》相比,《中華》也命運迥異,得到的更多是貶而不是褒,然而實際上它對現代辭書頗有蛻故孳新的開創之功。

在《中華》出版之前,《康熙》之後,沒有其它大型語文辭書問世,1912年商務印書館出版的《新字典》只是一本中型字典。《中華大字典》出版的同年,商務印書館《辭源》面世,但它另闢蹊徑,不同於前後的語文字典。1936年上海中華書局出版的《辭海》,則是一部綜合性詞典。除了這兩本之外,《中華》之後,《新華字典》之前（1953年）,也沒有其它大型語文辭書出版。

在此期間,除了1923年商承祚的《殷虛文字類編》,1925年容庚的《金文編》,以及1943年符定一《聯綿字典》等專科辭書之外,主要以《國音字典》與《國音常用字彙》爲代表的普及型、正音型辭書爲主。

1919年國語統一籌備會正式成立,《國音字典》作爲全國讀音標準字典出版。1921年,改爲《校改國音字典》。1926年,又改爲《增修國音字典》,以北京音作爲國語標準音,即新國音。1932年《國音常用字匯》出版,以新國音爲注音標準。這兩部字典規模都不大,注釋時多選擇常用音義。

因此,在《漢語大字典》問世之後,我們探詢大型語文辭書的發展脈絡時,就必須正視《中華大字典》的積極意義。

《中華》沒有像《辭源》那樣首創一體,但它在守舊與創新中艱難地探索,雖然在道夫先路的時候做得不算完美,可正是在所有或成功或失敗的嘗試中,《中華》送走了舊辭書的最後一抹華彩,迎來了新辭書的輝煌時代。作爲現代

---

〔註3〕後文若非引文及標題,《中華大字典》皆簡稱《中華》,《漢語大字典》皆簡稱《漢大》,《康熙字典》簡稱爲《康熙》。

語文辭書的先行者，它爲此後的字典編纂指明了方向。

一方面，《中華》對前代字典去粗存精加以繼承，另一方面也從日本與西方借鑒先進的編纂方法，並結合漢語自身實際情況力求創新，這也正是我們今天在編纂辭書時應該遵循的指導原則。

## 二、充分利用傳統與現代語言學成果

首先，《中華》充分利用了清儒在傳統語言學領域的研究成果。有清一代，乾嘉學派在文字學、音韻學、訓詁學方面的成就非凡，這爲後來的字典編纂提供了良好的條件，《中華》的編者們從這些寶貴財富中吸收養分，訂正了《康熙》中的一些錯誤，使得《中華》在注音、釋義方面都有所改進。

其次，在漢語辭書史上，《中華》第一次用現代語言學的觀點來指導辭書編纂，這種意識可以說是現代辭書的基本特色之一。比如：它區分了同形詞和多音多義字，這在我國古代字書韻書中是未曾涉及的，說明這部字典的主編人員已具有現代語言學意識，對字和詞的概念有所區別。

我們今天的大型語文辭書編纂也繼承了這一理念，並將其發揚光大。比如：在傳統小學方面，《漢大》不僅更爲充分地吸收了乾嘉學派的研究成果，還根據古文字學研究成果，揭示出漢字形體的古今演變；另一方面，《漢大》對虛詞的處理體現出了現代語言學觀念的影響。在義項排列上，《中華》注重本義、轉義、假借的次第，《漢大》則進一步區分了本義、引申義、假借義，借助義項排列反映字義的古今演變。在這種編纂理念的推動下，才能使得目前及今後的大型語文辭書編纂時能夠博採眾長，趨於完備。

## 三、明確了辭書要反映時代特點

1980 年 4 月，《中華書局》編輯部在重印說明中寫道：「《中華大字典》編成於 1915 年，幾十年來，對中國的文化教育工作有一定影響，起過應有的作用。但今天看來，此書對於某些字義的解釋，根據的是編寫時的現狀和編者當時的觀點，有的過時，有的錯誤，如地名注釋完全按照當時的行政區劃，年代用民國紀元，科學術語的解釋也都依照舊說，現在已不適用……」

「不適用」不假，但「根據的是編寫時的現狀和編者當時的觀點」卻沒錯。我們不能要求辭書的編者能夠超越所在的時代預料到以後的世事變化，他們必

然，也只能按照自己所處的時代進行編纂實踐，反映那個時代下漢字的鮮活面貌與時代特徵。若能做到這樣，就已經可以稱得上是一部有價值的著作了。

「一部詞典不記錄一個時代，這部詞典只是抄下來的文字匯編，不能稱為創造性的著作。」〔註4〕因此，一部好的辭書，一定要能夠反映時代風貌，《中華》的編者對此有深刻認識，主編歐陽溥存在序言中說到：「字書亦天下事物之至繁難者矣，然天下事物，皆各有其自然之條理，循而分之，雖不能善，將皆可以牚安其所。苟不深察事物之條理，而惟吾意之所欲為，未有不潰敗決裂者也。且清室以帝力勒為字典一書，意將范夫萬世，豈知羣制變遷，事物滋長，即無今日之舉，而《康熙字典》者，亦必不足以久垂。以此見一於竺古懷舊者，終無當於世變也。夫此二解，又豈獨字書為然也哉？」這段充滿遠見卓識的話充分反映了這位執行主編的思想：世易時移，辭書也是要隨著人們對「事理」的認識不斷更迭修訂的。他無意讓自己編纂的字典歷經百世而不輟，只是盡自己的學識，努力讓每一字的形音義都各得其所。

具體到《中華》的編纂實踐中，這種觀念主要體現在以下五個方面：收錄新字；廣收新義；適當收錄新詞語；記錄字的新用法；關注字音的變化。這些做法，在今天的辭書編纂中都絲毫不失其指導意義。

## 四、注重編排技巧，勇於進行新的嘗試

陸費逵在序言中說：「仲濤〔註5〕此書，與東西名著比，不知若何，然在吾國，固堪稱為前無古人者矣。」的確如此，和我國古代的字書、韻書，包括《字彙》、《正字通》、《康熙》系辭書相比，這本字典都堪稱是前無古人。

須知在當時那個年代，「吾國人之對於《康熙字典》，幾如金科玉律，一字不能改移，則其文學中用字之錯誤，已成謬種流傳，遑論凡百科學之日新而月異耶。」（王寵惠序《中華》）面對這種受眾環境，對《康熙字典》的編纂模式進行改進這一舉動本身就是需要極大勇氣的。《辭源》那種全新的嘗試固然要冒一定風險，但《中華》這樣改良之舉需要面臨更大的挑戰。可為了一展宏願，《中華》的編者們歷盡波折，終於完成了這一巨著。它改變了傳統

〔註4〕陳原《遨遊辭書奇境》第48頁。商務印書館2000年版。

〔註5〕歐陽溥存字仲濤，「仲濤此書」即為《中華大字典》。

字書的編纂模式，盡力滿足時代要求，在收字、注音、釋義、字頭、檢索、插圖等方面都有所創新。正如王寵惠所言：「且仿外國字典之體例，於字義之後，益以典要之成語，並附精美之圖畫，實爲吾國空前之作。比之外國字典，雖不克云完善，然已可與相提並論，足洗吾國無字典之譏矣。」

## 五、主張不避方俗，做忠實的記錄者

在我國傳統字書、韻書中，俗字與俗讀音多有收錄，但大都有文獻依據，編者們很少去關注自己所處時代新出的方俗字與俗讀音。《中華》在這方面有所改進，比如：

【嗉】讀若蘇。嚕｜，俗謂多言也。

【煲】廣東俗字，讀如保去聲，以緩火煮物也，或謂與烰同。

又如，在粵方言中，「涌」〔註6〕是常用字，但《中華》之前的字典都不曾收錄，《中華》是第一部收錄它的字典。還有很多與生殖器有關的所謂禁忌字，《中華》都忠實地收錄了，這種做法向我們傳達了編者的一個觀念：字典不應該對其收錄的內容進行篩選。某字該收不該收不應該是編纂者說了算的，我們應該忠實地記錄歷史與現實。

這種覺悟是很難得的，即便在今天仍有其現實意義，依然值得強調：「沒有一個詞典的編纂者被賦予准許或不准許某種用法存在的權力，他只負有向社會提供在其編纂期間實際使用情況的責任。」〔註7〕且方言俗語也是詞匯之一種，適當地保留一些這樣的詞匯也是在記載漢語的歷史。

## 六、具備讀者意識，盡可能方便使用者

《中華》之前的字書、韻書，大都是以辭書本身爲中心，考慮的重點是怎樣讓「無一義之不詳、一音之不備」。關注辭書本身的質量固然不錯，但這是適用於任何著作的基本要求。對於辭書這種工具書性質的著作來說，照顧到使用上的便利性是一個大的突破。由於《中華》的編者「念往者用字典之困難」，因此這部字典問世的初衷除了傳承並發揚民族文化傳統之外，更是爲了方便國民

---

〔註6〕意爲「水相通處、分支河道」，常見於地名。如：道涌、何涌。

〔註7〕陳原《遨遊辭書奇境》第56頁。商務印書館 2000 年版。

學習。在《中華》的《凡例》中，我們可以看到「以便檢索」、「利彼學人」等字眼；在編纂體例上，無論是字頭的編排，還是標明書證的出處，包括添加句讀等做法，都是爲了方便讀者使用。也正是由於本著方便讀者的理念，《中華》在編纂過程中才能不斷完善辭書編纂體例，豐富注音與釋義的內容，爲漢語辭書編纂理論做出諸多貢獻。

總而言之，雖然《中華》的釋義不時爲人詬病，因其羅列經義，過於瑣碎，不得要領。但即便如此亦有許多可取之處，因其失而害其得是有失公允的。雖然「長江後浪推前浪」，《漢大》出版以後，《中華》的使用者變得稀少，甚至不再爲人知曉，但它在漢語辭書史上的地位，以及它對辭書編纂事業的貢獻是不容抹煞的。

# 第二節　本課題的研究目的與任務

## 一、研究意義

字典的主要任務是爲所收錄的字注音釋義，雖然字形屬於文字層面，讀音和意義屬於語言層面，但在字典中，形音義三者是不可分割的整體。盡管字典的釋義是重中之重，但沒有人能夠否認注音的重要性。事實上，辭書的注音問題頗爲複雜，我們對許多問題的處理都還不夠妥當。比如，著名史學家陳寅恪名字中的「恪」字，到底讀 kè 還是 què 爭論頗多。「恪」在中古爲「苦各切」，折合爲現代漢語普通話正讀 kè，但 què 一音也絕非憑空而來。《辭海》1936 年版、1979 年版、1989 年版、1999 年版的縮印本對「恪」字的注音都是：kè，舊讀 què。」那麼，今天的辭書中對「恪」字是否該標注 què 一音呢？

再如：在《漢大》中，「瞬」字的注音爲：

Shùn

㊀《廣韻》如勻切，平諄日。諄部。〔註8〕

---

〔註 8〕《漢語大字典》的注音體例是：先標出漢語拼音，然後列出該讀音在中古韻書中的反切，之後是該反切在中古的音韻地位（以《廣韻》206 韻和 41 聲類爲依據）。如「平諄日」表示該讀音韻部爲平聲諄部，聲母爲日母。在中古以前出現的字還標注了上古音（以 30 部爲準），如「諄部」表示該音義在上古爲諄部。

　　①眼皮跳動。《說文·目部》：「瞚，目動也。」……

　　②掣動；顫抖。……

　㈡《集韻》輸閏切，去稕書。

　　同「瞚」。轉睛；眨眼。……

　　但在《現代漢語詞典》中，shùn 音下沒有「瞤」字，該字被放在一個北京話中沒有的 rún 音下，該音下也只有這一個字，釋義爲「眼皮跳動」和「肌肉抽縮跳動」。顯然，這一讀音是從《廣韻》的「如勻切」折合而來的。那麼這個字到底該讀哪個音？

　　再如：在《漢大》中，「廖」字第二個音項注釋爲：「廖（二）liào《廣韻》力救切，去宥來。又《集韻》力弔切。幽部。」顯然，今天的漢語拼音與《集韻》中的反切相對應，而非居其之前的《廣韻》注音。那麼對於這種情況，體例上應該怎樣處理？

　　以上只是略舉數例，事實上我們今天辭書中存在的注音問題是多方面且較爲普遍的，對此我們要引起足夠的重視。

　　自從《漢語拼音方案》公佈以後，我們今天所編纂的辭書都已經使用漢語拼音來注音了。而《中華》採用的依然是反切注音，但這並不意味它的注音研究沒有現實意義。因爲它所採用的注音形式反切，在從東漢末年到清末的這一千八百多年間，一直是漢字最主要的注音方式，對漢語文化史、語言史的影響是極爲深遠的。雖然對於今天的一般讀者來說，反切已經很難起到注音的作用了。但對於辭書編纂來說，反切材料可以爲確定異讀音提供參考，還可以幫我們爲古代文獻中的字確定讀音。尤其是那些在今天人們的語言生活中已經不再使用的「死字」或「罕用字」，大型語文辭書是需要收錄的，由於在口語中已經不用，我們只能根據反切折合出它的讀音。

　　而且，我們的大型語文辭書，如果想要反映出字音從古到今的變化，必然無法回避反切注音。所以《漢大》雖然用漢語拼音注音，但爲了反映語音演變的歷史軌跡，同時也標明了相對應的中古反切。

　　這時就出現了一個新的問題：中古反切與現代漢語拼音的對應。它包括一系列問題，比如反切讀音的折合、音義是否相配、以及字音演變與現代漢語語音規範的矛盾等問題。而且，中古韻書雖然以《切韻》系爲正宗，但當同一字

在《切韻》音系的韻書中有音韻地位不同的反切時，該如何選擇？再加上宋代以後出現的字書、韻書眾多，同一字的反切用語不確定，又音眾多，我們是否應該收列這些反切？某些罕用字根據中古反切折合的現代音，是否可以突破現代漢語普通話系統中聲韻相配的限制？以上種種涉及到反切的問題，都需要我們給出令人信服的回答。

在《中華》編纂的時代，反切仍然是社會通行的注音方式，編者們對自己日常使用的工具，有切身感受和認識，並立足於此選擇所依據的語音系統及韻書。他們舍《廣韻》而就《集韻》不是沒有道理的，在音義的相配上也煞費苦心。由於試圖每字只給出一個反切，這就比《康熙》中收錄眾音更要費一番躊躇，但卻更為符合今天大型語文辭書的注音標準。因為我們只需要一個或兩個反切來代表一個語音階段，不需要羅列眾音。

而且，「中國悠久的辭典編纂歷史蘊藏著豐富的辭典理論思想。當代辭典學理論是此前辭典理論的延續，是漫長的中國辭典理論發展史的一部分。辭典史研究不應僅僅停留在對部分辭典的評介上，而應充分挖掘各主要辭典體現出的編纂思想和原則，分析特定時期的辭典認知特點，從而為當前的辭典學理論發展提供借鑒和啟示。古代辭典理論不僅反映在各辭典中，還滲透到浩瀚的經書典籍裏。辭典學界應加大力度，提煉和梳理古代辭典理論，繼承精華，剔除糟粕，發展壯大當代辭典學理論。」〔註9〕因此，對《中華》的反切注音進行研究，對於今天的大型語文辭書注音無疑大有裨益。

## 二、研究任務

歷史可以告訴我們從何而來，身在何處。《中華》的編纂理論和經驗是我國辭書學的寶貴財富，它對前代辭書的繼承與創新也為我們今天從事辭書編纂做出了表率，所以現在我們需要對這本辭書進行研究，挖掘這座寶藏中蘊含的價值，從中總結出規律性的東西，這正是繼承我國悠久的字典編寫傳統，為今天的詞典編纂服務的必然要求。本文的任務即為立足當下，通過研究《中華》中的反切注音，通過對語言學傳統進行回顧整理，通過對傳統的發掘、闡釋和光大，為今天的辭書研究理論增磚添瓦。具體來說，本課題主要關注以下問題：

---

〔註9〕張相明，彭敬，《20世紀中國辭典學理論發展探析》，《辭書研究》2008年第2期。

《中華》自身注音的特點、失誤及未完善之處；

選取又音的標準是什麼，該怎樣收錄；

宋以後非《切韻》系韻書中的反切是否可以使用；

音義的配合應該遵循哪些原則；

對破讀音、專有名詞的讀音該怎樣處理；

對當時社會生活中新出現的字音該怎樣酌情收錄；

對外來語的吸收有什麼本土化的措施，怎樣注音；

《中華》所犯的「錯誤」對今天的辭書編纂有何積極意義；

如何讓大型語文辭書中的反切注音實現實用性與學術性的統一。

另外，限於時間和精力，除了特殊讀音、外來語等問題，我們難以對此皇皇巨著進行窮盡式研究。因此，其他問題的調查多集中在子集與丑集，以期窺一斑而得全豹。

## 三、所依據的語音系統

### （一）上古語音系統

上古語音系統的研究尚無定論，此處我們採用王力先生的說法。在《漢語史稿》與《漢語音韻》等書中，他認為上古聲母有 32 個。後來在《漢語語音史》中，增加了一個「俟」母。本文採用《漢語史稿》中的結論，32 聲母分別如下：

唇音：幫（非）、滂（敷）、並（奉）、明（微）

齒音：齒頭音：精、清、從、心、邪

正齒音：莊、初、崇、生

牙喉音：見、溪、羣、疑

曉、匣（喻三）、影

舌音：舌頭音：端（知）、透（徹）、喻四、定（澄）、泥（娘）、來

舌上音：章、昌、船、書、禪、日〔註10〕

在《漢語史稿》中，王力先生分古韻為 29 部，在他主編的《古代漢語》中

---

〔註10〕在中古，知組才是舌上音，章組（即照組三等字）是正齒音。但根據王力先生的擬音，上古的章組擬音與中古知組相同，故將其歸為舌上音。

則分為 30 部，我們採用後者說法，30 韻部類目如下：

| 陰聲韻 | 入聲韻 | 陽聲韻 |
|---|---|---|
| 之部 | 職部 | 蒸部 |
| 幽部 | 覺部 | 冬部 |
| 宵部 | 藥部 | |
| 侯部 | 屋部 | 東部 |
| 魚部 | 鐸部 | 陽部 |
| 支部 | 錫部 | 耕部 |
| 脂部 | 質部 | 眞部 |
| 歌部 | 月部 | 元部 |
| 微部 | 物部 | 文部 |
| | 緝部 | 侵部 |
| | 葉部 | 談部 |

上古聲調的研究亦無定論，撇開清儒的「四聲一貫」、「古無去聲」、「古無入聲」等說法不談，今人對上古聲調的研究主要有兩種觀點：一種以王力先生為代表，認為上古有平入兩類聲調，其中平聲分為長平、短平，入聲分為長入、短入，共四類聲調；另一種以周祖謨先生為代表，認為上古已有平上去入四聲。因本文未涉及上古聲調部分，故不做討論。

## （二）中古語音系統

由於《中華》中的反切注音主要以北宋的《集韻》為依據，所以所用的中古聲母系統本應為宋人的三十六字母。但由於《集韻》亦為《切韻》系韻書，在考察《中華》為反切注音所做的直音正誤時，我們需要以《切韻》音系為依據，因此這時的語音系統需參照《廣韻》。陳澧在《切韻考》中，將《廣韻》聲類分為四十個，而黃侃、錢玄同則將「明、微」分開，得出四十一個。我們在研究過程中，為求細致入微，把宋人三十六字母中的喻三（于母）與匣母獨立考察，章昌船書與莊初崇生分別考察，泥母與娘母分開處理，所以聲母系統乃為四十一聲類：

唇音：幫（非）滂（敷）並（奉）明（微）

齒音：齒頭音：精、清、從、心、邪

　　　　正齒音：莊、初、崇、生

　　　　　　　　章、昌、船、書、禪

喉音：影、曉、匣（于）、以

牙音：見、溪、羣、疑

舌音：舌頭音：端、透、定、泥（娘）

　　　舌上音：知、徹、澄、娘

半舌音：來

半齒音：日

　　韻母系統方面，《廣韻》韻部分爲 206 韻，韻目下標有同用獨用。《集韻》亦分 206 韻，雖然韻目名稱與《廣韻》略有不同，同用獨用之分與《廣韻》亦不盡相同，但大致相當。由於研究對象是以《集韻》爲注音標準的，因此我們在研究時也採用《集韻》中 206 韻的韻目名稱，此處不贅述。

　　中古的聲調爲平、上、去、入四聲。

## （三）近代音系

　　近代音系以周德清的《中原音韻》爲代表，但周氏原書中沒有明確給出聲母數量，由於對《中原音韻》知、莊、章母的分合及音值素有爭論，各家所確定的聲母數量不一，羅常培（1932）定爲 20 個，與蘭茂《早梅詩》顯示的聲母數量相同，趙蔭棠（1936）定爲 25 個，陸志韋（1946）以及王力在《漢語史稿》中所定的都是 24 個，楊耐思（1981）與寧繼福（1985）定爲 21 個。此問題尚無定論，在此我們不輕言合併，故以趙蔭棠的 25 聲母爲準，它們是：

唇音：幫、滂、明、非、微

舌音：端、透、泥、來

齒音：精、清、心

　　　知、癡、十、日

　　　之、嗤、詩、兒

喉牙音：見、溪、疑、曉、影

韻部共有十九個：

東鍾、江陽、支思、齊微、魚模、皆來、眞文、寒山、桓歡、先天、蕭豪、

歌戈、家麻、車遮、庚青、尤侯、侵尋、鹽咸、廉纖〔註11〕

近代音系的聲調為陰平、陽平、上聲、去聲。

### （四）現代漢語普通話音系

聲母有 21 個，分別是〔註12〕：

雙唇音：b、p、m

唇齒音：f

舌尖音：d、t、n、l、z、c、s

捲舌音：zh、ch、sh、r

舌面音：j、q、x

舌根音：g、k、h

不計四聲，韻母有 35 個：

| 開口呼 | 齊齒呼 | 合口呼 | 撮口呼 |
|---|---|---|---|
|  | i | u | ü |
| a | ia | ua |  |
| o |  | uo |  |
| e | ie | üe |  |
| ai |  | uai |  |
| ei |  | uei |  |
| ao | iao |  |  |
| ou | iou |  |  |
| an | ian | uan | üan |
| en | in | uen | ün |
| ang | iang | uang |  |
| eng | ing | ueng |  |
| ong | iong |  |  |

聲調有四個，為陰平、陽平、上聲、去聲。

## 四、研究方法

### （一）溯源法

由於《中華》中的反切注音大多取自古代字書、韻書，因此我們在考察其

---

〔註11〕 以平賅上去。

〔註12〕 以《漢語拼音方案》中的內容為準。

注音時，需要追溯這些讀音的歷史來源，尋找它們在古代經籍注疏或韻書、字書中的出處，考察這些反切是否準確、可靠，並掌握其來龍去脈。

### （二）對比法

在本課題的研究中，對比是基本的研究方法。這種借他山之石而攻玉的研究途徑，可以幫助我們深入細緻地把握研究對象的特點。在研究過程中，宏觀方面，我們將《中華》與之前及之後同類型的大型語文辭書進行比較，考察在不同的歷史背景和學術氛圍中，辭書編纂各自有著怎樣的特點；微觀方面，對於某一字的反切注音，我們將其在《中華》中的反切與在《康熙》、《漢大》等辭書中的注音進行比較，評判其得失並做出解釋。

### （三）審音法

在考察《中華》對某字的注音正誤、確定字音時，我們需要對查找到的該字在古代字書、韻書中的反切注音做出取捨；確定首音之後，有時還要選取適當的又音，並確定音義配合的得失，對這些問題的研究，都需要使用審音法。

## 第三節　前人研究概況

### 一、單篇論文研究

有關《中華》的專題研究，目前為止我們見到的只有上海大學 09 屆碩士研究生姜抗的《〈中華大字典〉研究》，他的論文框架如下：

第一章介紹《中華》；第二章對《中華》的體例進行研究；第三章對《中華》的釋文內容進行研究；第四章指出《中華》的缺點與不足；第五章評價《中華》的價值，總結其影響。最後得出的結語如下：

「《中華大字典》是繼《康熙字典》之後的第一部大型漢字字典，全書收字55958 個，是當時收字最多的一部字典，也是 1994 年《中華字海》出版之前收字最多的字典。它產生於我國西學東漸、新舊社會交替的時期，因此，這部字典在體例上極具創新性，在內容上則具有鮮明的時代特色。一方面，它為我國現代辭書編纂奠定了體例規範，使我國辭書的發展進入了現代辭書發展階段；另一方面，它在字典內容上一些處理，也體現了我國文字學從傳統小學向全面系統的現代語言文字學的過渡。

「雖然由於某些原因，這部字典也存在著一些不足，但綜合評價其優缺點，它的價值還是不容忽視的。它所開創的現代字書編纂體例一直被使用至今，其豐富的內容又使它至今仍具有特殊的參考價值。以往人們對這部字典不夠重視，本文的寫作就在於通過對《中華大字典》全面系統的研究，重新發掘其被埋沒多年的學術價值與實用價值，以期對相關專業和課題的研究有所幫助。」

我們可以看到，他對《中華》的介紹比較概括。他在每個小節中分別介紹該書特點，羅列例子，但並沒有做出進一步分析。因此，他的論文可以讓我們對《中華》的內容和特點有一定認識，卻還不足以深刻反映出這部字典的價值。其論文研究範圍，只相當於本課題第二章「《中華大字典》簡介」的內容。

其他人對於《中華》的研究，我們所看到的有四篇單篇論文，分別是：

（一）戴超的《〈康熙字典〉和〈中華大字典〉在釋義書證方面存在的問題》，發表於《西華師範大學學報》（哲學社會科學版）1981 年第 2 期。他認為：「這兩部大型字書由於收字較多，義項較完備，長期以來，對古籍的研究整理工作，提供了許多有用的資料，使人受益不淺。但是也應看到，它們在收字、注音、異體字的處理、通假字的處理以及釋義和書證方面都存在著一些缺點和錯誤。」但是作者隨即說了：「本文不準備面面俱到，只想就釋義和書證兩個方面談談平時發現的一些問題」。

在正文中羅列了《康熙》及《中華》在釋義和書證方面存在的錯誤之後，作者最後總結出這些現象的四點成因：一是沒有認識到例句對釋義所起的作用；二是缺乏資料或沒有充分利用已經掌握的資料；三是工作上不夠細心；四是「重古輕今，重道輕文。」

（二）楊文全的《〈中華大字典〉的釋義方式及其歷史貢獻檢視》，發表於《西南民族學院學報》2002 年第 6 期。作者認為：「1915 年出版的《中華大字典》和《辭源》，開創了中國現代辭書發展的新紀元。雖然兩書堪稱本世紀初漢語語文性辭書的雙璧，但學術界的毀譽卻大為迥異。《辭源》因其性質及影響而受到較多重視與評價（雖也有「『辭源』非『源』」之譏），而《中華大字典》卻因其義項收列繁濫而受到較多非議。」

通過對比《康熙字典》與《中華》的字詞訓釋差異，作者從辭書編纂史和學術發展史的角度對其進行評價，認為該書的釋義方式及其歷史貢獻是不容掩沒的——「從辭書編纂史的角度看，可以說《中華》以其獨特的創新精神開創

了我國漢語辭書的新時代，尤其是它在諸如字頭分列、義項按數碼排列等方面的創新爲後來的辭書編纂提供了堪爲圭臬的範式；從學術史的角度看，作爲中國現代辭書史上的劃時代巨著，《中華大字典》確實堪稱舊式傳統字書到新型現代辭書的津梁，是現代辭書史上一座重要的里程碑，至今仍然具有不可或缺的歷史價值。」

（三）魏勵的《〈中華大字典〉述評》，發表於《辭書研究》2008 年第 6 期。他認爲：「作者在繼承清代小學家文字、訓詁、音韻研究成果的基礎上，訂正了《康熙字典》的錯誤，釋義力求完備；又借鑒外國辭書的編纂經驗，體例多有改革創新，檢索更方便，在傳播中華文化和新知識方面發揮了重要的作用。」他從成書過程、釋文比較、編寫體例創新、不足之處四部分對《中華》進行了分析，結語是：

「《中華大字典》的編寫體例具有很多特點，堪稱一座承前啓後的里程碑，在中國字詞典編纂史上佔據著重要的地位。但是，由於歷史的局限，其中存在諸多不足之處，已不能適應今天讀者的需要。只有對其進行全面的修訂，才能使這部老品牌工具書煥發出青春。」

綜上所述，戴文和楊文雖然材料豐富，見解獨到，但他們的討論範圍都只限於這部字典的某一方面，只是微觀方面的評析。魏勵的文章雖是綜合性的評價，但由於文章篇幅的關係，也未能對這部字典的體例與內容進行深入挖掘，不免讓人感到遺憾。

（四）蘇嘉的《20 世紀初出版的〈中華大字典〉》，發表於《出版史料》2010年第 4 期。作者在對《中華》進行簡要介紹之後，指出了它的編纂工作比較謹嚴，可以歸納爲以下幾點：同形而異訓、異音的字，不混在一起；每個字下有不同的解釋，分開條列，不相雜廁……等，並對其版本、注音、解釋也做了介紹。由於作者主要從出版史的角度進行研究，因此我們不多做介紹。

## 二、專業書刊介紹

在辭書史及語言學史等相關書籍中，《中華》往往被作爲民國時期語文字典的代表提起，但總是一筆帶過，且往往沿用舊說，評論大同小異。不過其中也有精彩的評述，以劉葉秋先生爲代表。

在《中國字典史略》第七章第一節「字典的演變與改革」中，劉先生在第

一部分「普通字典」裏，用了整部分 9 頁的篇幅來專門介紹了《中華》。將《中華》與《康熙字典》進行了較爲細緻的對比之後，劉先生認爲《中華》在注音、釋義和解詞三方面的體例都比《康熙字典》有明顯改進，同時也列出了它的缺點：過於追求釋義的詳備，分條列注，不免貪多；沿引錯誤舊說，未加考證；照抄古書或並列異說而沒有新的說明，也不能辨正是非；注釋各自爲說，不能參照；抄襲舊字書的斷語，而略去說明；引書名稱前後不一；引書漏載篇目。

最後得出結論：「對於《康熙字典》和《中華大字典》這兩部書，應該各予適當的評價：即互有短長，難分優劣。」「今天我們使用《康熙字典》和《中華大字典》，最好兩書對觀，取長補短，並參考《辭源》、《辭海》的單字解說，以定去取。」〔註13〕

劉先生對《中華》的體例、特點、缺點都有比較精到的描述，對我們的研究頗有啓發。但劉先生的著作畢竟只是「史略」，寥寥數語爲我們勾勒出了輪廓，具體內容尚需進一步的研究來充實。

而目前整個辭書學領域研究的現狀則是：在辭書編纂研究方面，學者們在剔除了對古代辭書的個案研究後，對辭書在古代的發展做出了整體理論研究。對於古代的優秀辭書，學者們還是給予了相當程度的關注。但另一個明顯的事實是，對新中國成立後的辭書研究成果要明顯多於解放前。

也就是說，我們對古代的和現代的辭書都頗爲注重，卻疏忽冷落了不古不今的近代辭書。雖然部分文章也有所涉及，但大多數是爲新中國成立後的辭書研究進行對比鋪墊，較少對解放前的中國辭書研究進行詳細總結、分析、論述。〔註14〕因此，這方面的研究還需要加強，將古今連接起來，描繪出較爲完整的辭書史。同時，也要加大對近代辭書文化和辭書理論成果的挖掘和利用力度。我們現在所做的工作即爲其中一部分。

---

〔註13〕見劉葉秋《中國字典史略》，中華書局 1983 年版，第 259、260 頁。

〔註14〕此段敘述根據黃姍姍的碩士論文《20 世紀 80 年代以來辭書研究的分析與展望》一文中提供的資料分析而來。

# 第二章 《中華大字典》簡介

出版於 1915 年的《中華》，在 20 世紀 90 年代《漢大》出版之前一直是我國收字最多的語文詞典。它繼《康熙》而起，在其基礎上除舊增新，標誌著我國的字書發展進入一個新的歷史階段，在整個 20 世紀發揮著不可小覷的重要作用，並對此後的辭書編纂產生了深遠影響。

## 第一節 清末民初的語音學研究背景

從第一次鴉片戰爭開始至 1890 年期間，中國的學術主流是繼承乾嘉學派的傳統，研究成果依然以小學爲主：1842 年，陳澧著《切韻考》六卷和《切韻考外篇》三卷；1851 年，江有誥著《音學十書》；1883 年，勞乃宣著成《等韻一得》。這些著述是傳統音韻學的重要著作。其間，1867 年英國人威妥瑪（Thomas Francis Wade）著有漢語課本《語言自邇集》，用英文字母拼寫漢語讀音，是一部記錄當時北京話的重要材料。他所制訂的拉丁字母拼音方案在《漢語拼音方案》公佈之前，曾是國際上流行的中文拼音方案，「對於清末民初的切音字運動都有影響」。〔註 1〕

1891 年，「浙東三傑」之一的宋恕，在其《六齋卑議》中首次提出了「造

---

〔註 1〕見呂叔湘 1980 年 10 月 22 日在中國語言學會成立大會上的發言：《把我國語言學推向前進》。《呂叔湘語文論集》1～2 頁。商務印書館，1983 年版。

· 17 ·

切音文字」，但該著作到 1897 年才公開出版。而 1892 年，盧戇章已經將這種設想付諸行動，提出了現代語文運動中的第一個拼音方案——《一目了然初階（中國切音新字廈腔）》。盧氏認為，中國有切法（反切），無切音字（字母），只要制定一套切音字，就可以字畫一律，自此掀起了拼音運動的風潮。

根據倪海曙《清末中文拼音運動編年史》〔註2〕的統計，自 1891 年至 1911 年，各家所提出的漢語切音方案有 28 種之多，其中引起較大影響的是盧戇章、王照、勞乃宣三家。1901 年王照的《官話合聲字母》在日本東京出版；1906 年，勞乃宣的《增訂合聲簡字譜》（寧音譜）和《重訂合聲簡字譜》（吳音譜）在南京出版；1907 年，勞乃宣的《簡字全譜》、《京音簡字述略》、《簡字叢錄》在南京出版。另外，早在 1896 年，「戊戌六君子」中的譚嗣同也曾提出「盡改象形字為諧聲」，〔註3〕但並無具體實踐。

值得一提的是，1906 年，章炳麟明確提出「語言文字之學」這一嶄新的學科名稱，朱文熊首次提出了「普通話」一詞。雖然 1903 年清政府已在《學堂章程》的《新定學務綱要》中做出規定：「各國言語，全國皆歸一致……中國民間各操土音，致一省之人彼此不能通語，辦事多扞格。茲擬以官音統一天下之語言，故自師範以及高等小學堂，均於中國文一科內，附入官話一門。」〔註4〕但這種「統一官話」的努力收效甚微，因為「官話」的審音標準尚無定論。

中華民國成立之後，1913 年，在教育部召開的「讀音統一會」上，審定了 6500 多字的「法定國音」，規定注音字母（又稱國音字母）總數為 38 個，1918 年正式公佈時，注音字母的數量增加了一個。1922 年，教育部在「注音字母書法體式」中又增加了一個。這套注音字母有陰平、陽平、上聲、去聲、入聲五個聲調，分尖團音，是南北折中的結果。

1923 年，由錢玄同、黎錦熙等擔任委員的「國語羅馬字拼音研究會」成立，他們於 1926 年制定出《國語羅馬字拼音法式》，1928 年正式公佈。1929 年，瞿秋白則在蘇聯出版了《中國拉丁化字母》，隨後與吳玉章、蕭三等人一起制定《中國的拉丁化新文字方案》，由此展開了「國羅」與「北拉」之爭。

〔註 2〕上海人民出版社，1959 年版。

〔註 3〕《仁學》第 62 頁，中華書局，1958 年版。

〔註 4〕見《東方雜誌》光緒甲辰年第四期 84 頁。

其實不管是注音字母，還是「國羅」與「北拉」，在標準音的基礎方言問題、標音方法確定之前，所謂的「統一國音」和「中文拼音化」都是難以實現的。但這些語言學家們勇於探索、不懈實踐，在摸索中慢慢積累起了寶貴經驗，爲漢語拼音運動做出了積極貢獻。

在這一時期，傳統小學也取得了不少成就：章炳麟著有《小學略說》、《二十三部音準》和《文始》等書，俞樾著有《羣經平議》、《諸子平議》和《古書疑義舉例》等，孫詒讓著有《契文舉例》、《名原》，將古音學、訓詁學、金石之學的研究繼續往前推進。

要而言之，在 1915 年《中華》正式出版之前，語音學領域缺乏如同《馬氏文通》一樣有劃時代意義的著作，標準音的歸屬沒有定論，注音字母也尚未正式公佈，白話文運動尚未全面開展。如同剛剛成立的中華民國一樣，中國的語音學研究正處在一個嶄新的開端，舊跡與新法並存，域外文化的影響漸漸深入，傳統文化的傳承潛移默化，在兩種文化的碰撞與作用下，「西學東漸」的序幕剛剛拉開。《中華》在這一盛況尚未如火如荼展開之前問世，自身本來是傳統的，卻也打上了鮮明的時代烙印。我們在對其進行研究時，只有結合這些學術背景和歷史條件，才能較爲公正地評價其功過是非。

# 第二節 編纂緣起及成書過程

《中華》的正式編纂開始於宣統元年（公元 1909 年），歷時 5 年，於 1914年成書，次年出版。其所處年代，正是中國歷史上朝代變遷之時，因此它的誕生，與當時的政治環境、思想取向、學術思潮等時代背景都密不可分。當然，對於它的出版，中華書局及其創始人陸費逵更是功莫大焉。

## 一、求新求變的社會思潮

每一次的朝代更迭都會給思想史和學術史帶來或大或小的變化，但在整個中國歷史上，對人們思想影響最急劇、最猛烈、最震盪的時段，莫過於清末民初。清末，西洋的堅船利炮打開了中國大門，此後的一個世紀內，不再以「天朝上國」自居的國人不得不開始關注中西方在科技與文明上的差異。

在清末民初「天崩地坼」的時代背景下，傳統文化受到了極大衝擊，動蕩的局勢和愛國的熱情，迫使無數飽讀四書五經的儒生也把眼光投向了科學

技術發達的西洋和東洋。錢穆對此有過描述：「又不幸而中國史上之一段頓挫時期，卻正與歐美人的一段極盛時期遭逢而平行。國內一般知識份子，激起愛國憂國的熱忱，震驚於西洋勢力之咄咄可畏，不免而對其本國傳統文化發生懷疑，乃至於輕蔑，而漸及於詛罵。」〔註5〕

　　儘管對傳統文化有著「怒其不爭」的心理，但清末民初的中國人對西方文化的態度也絕不是「崇洋媚外」。王一川在《中國文學現代性的發生》裏，用「豔羨」一詞描述這種態度。對當時的國人來說，救國強國是目標，而西方意味著一個可行的方向，於是學習西方就是一種有效的途徑。

　　學習西方文化的過程，也因為人們的心理變化經歷了內容的變化。在「師夷長技以制夷」階段，求變求新是局部的，我們想要學習的只是西方的先進科學技術，中國的文化、傳統不能改變。而到了「戊戌變法」時期，康梁諸君子已經開始相信，在精神層面也需要變革，他們對西學比自強運動時的先驅們更為篤信。

　　在這種思潮的影響下，全面學習西方的風氣驟然而起，求新求變的觀念逐漸深入人心。某些傳統知識分子的態度轉變，最能鮮明地表現出當時的社會思潮。比如，光緒年間的進士宋育仁，原本是一個排外的傳統知識分子，曾經憤怒地批評國人「推重西人天文者十九，稱西醫者十五，確信格物為製器分質者十七八」。但出使歐洲後，迅即認為：「國勢衰微，不能不興功利以自救……環球大勢，以某國商業盛，即通行某國文，為便用而易謀利。」〔註6〕

　　如果說一開始國人對於西方文化的涌入尚有被動接受的成分，那麼到了1900 年前後，知識分子們已經在以一種前所未有的開放心態迎接西方文化。他們積極主動關注西學，視之為救國的靈丹妙藥。梁啓超就熱情地預言 20 世紀將是中西「兩文明結婚」之時代，他主張大力吸收西方進步思想，以創造出燦爛的中華新文化。他用充滿浪漫主義色彩的語調寫道：「吾欲我同胞張燈置酒，透輪埃門，三揖三讓，以行親迎之大典，彼西方美人必能為我家育甯馨兒以亢我宗也。」〔註7〕

---

〔註5〕見錢穆《歷史教育幾點流行的誤解》，1941 年 11 月《教育雜誌》的「歷史教育特輯」，20～23 頁。

〔註6〕見《泰西各國采風記》，載《郭嵩燾等使西記六種》402 頁，三聯書店 1998 年版。

〔註7〕見梁啓超《論中國學術思想變遷之大勢》之「總論」部分，上海古籍出版社 2001

從梁的話中我們可以知道，盡管當時全面學習西方的風潮勢頭強勁，但他並無徹底拋棄傳統文化之意，而是要以中華文明為新郎，以西方文明為新娘，共同孕育出嶄新輝煌的中國新文明。他所強調的重點，仍是中西方文明的融合。

值得注意的是，在引進西學的這一過程中，日本扮演了一個重要角色。當時很多西方的新知識新思想，是從日本轉手引進的。甲午海戰中日本的勝利讓國人開始重新審視日本，得出的結論是：日本的迅速崛起正是由於借鑒了歐美各國的經驗和知識。於是大量日文書籍得到譯介，大批留學生被派往日本學習。據統計，甲午戰前的 300 年中，日本翻譯中國書有 129 種，中國翻譯的日本書僅有 12 種；甲午戰後的十幾年，日本翻譯中國書僅有 16 種，而中國翻譯日本書卻多達 958 種。〔註8〕

整個社會這種求變的思潮，在語言觀念中體現得也非常明顯。比如，「詩界革命的旗幟」黃遵憲就說，他所希望的語言是能夠直接描述當世之人生存體驗的語言。這種語言要求增加「一是俗語，一是新語」，「凡事名物名切於今者，皆採取而假借之。其述事也，舉今日之官書會典方言俗諺，以及古人未有之物，未闢之境，耳目所見，皆筆而書之。」〔註9〕

隸屬維新派的梁啓超更是聲稱：「言文合，則言增而文與之俱增，一新名物、新意境出，而即有一新文字以應之，新新相引，而日進焉。言文分，則言日增而文不增，或受其新者而不能解，或界矣而不能達，故雖有方新之機，亦不得不窒，……」〔註10〕他認為，語言和文字要相互一致，新事物、新名詞的出現，要有新的文字與之相對應。只有這樣，人們才能夠讀懂文章，獲得普遍智識。

總而言之，在清末民初，「中興垂五十年，中外一家，梯航四達，歐、和文化，灌輸腦界異質化合，乃孳新種。學術思想，大生變革。」〔註11〕清末西方文化的大量輸入，求新求變思潮的深入人心，清政府頒佈「新政」的舉措，

---

年版。

〔註 8〕參見葛兆光《中國思想史：七世紀至十九世紀中國的知識、思想與信仰》第 685 頁。

〔註 9〕見《人境盧詩草・自序》，《黃遵憲集》上卷，79 頁。

〔註10〕見《梁啓超哲學思想論文選》111 頁，北京大學出版社 1984 年版。

〔註11〕見黃人《清文匯》序，《近代文論選》（下）495 頁，人民文學出版社 1959 年版。

延續千年的科舉制度的廢除、新式學堂的成立，這一系列社會背景，都是孕育《中華》的必要條件。

在《中華》問世以前，「字典」專指一本書——《康熙字典》，這部在其誕生之後二百多年間佔據絕對統治地位的字典，因其顯赫的政治地位，在清代是不容置疑的。若非破舊立新的時代風潮盛行，若非學習西方的觀念深入人心，《康熙》不會如此迅速地失去其無可動搖的權威地位，試圖代替《康熙》的《中華》，也不會僅在民國三年就得以出版。

## 二、全民增廣新知的需求

在語言的各個要素中，詞彙是最能反映時代特徵的。清末民初，在國家面臨生死存亡之機，在波瀾壯闊的時代大變局之下，在西學東漸之風盛行之時，在如火如荼的五四新文化運動點燃之前，不管是在人們的日常口語，還是報紙廣播等媒體語言中，反映新事物、新思想、新知識的新詞新語與日俱增。與此同時，隨著時代變遷，一些舊詞語失去了生命力，或者被賦予了新的內涵。在新舊文化交替之際，語言也呈現出多元雜糅的局面。

而當時流行的《康熙字典》，二百余年間未曾增刪。民間通用的許多所謂「俗字」都未曾收錄，更不要說新出的科學用字。其情形正如林紓所說的那樣：「且近日由東文輸入者，前清之詔勅、民國之命令，亦往往採用。舊學者讀之，又瞠不能解。索之字典，決不可得，則不能不捨其舊而新是謀矣。」〔註12〕

辭書作為社會文化的一面鏡子，應該反映出當時的科學文化水準，並且廣泛傳播知識和新的文化觀念。顯然，在清末民初，《康熙》無法滿足辭書的這一功用。於是，出版界那些具有清晰文化定位和強烈社會責任感的學者，在豔羨國外字典釋義明晰、編排科學的同時，也意識到了編寫本國的新字典已是當務之急。高夢旦在《〈新字典〉緣起》中曾說：

「教育之普及，常識之具備，教科書、辭書之功為多。……歐風東漸，學術進步，百科常識，非一人之學力可以兼賅。而社交日用之需要，時又不可或缺。夫文詞如是其浩博也，學術如是其繁賾也，辭書之應用，較教科書

〔註12〕見林紓為《中華大字典》所作序言。

為尤普。」〔註13〕

　　而商務印書館辭典部部長陸爾奎在《〈辭源〉說略》中對文化與辭書的關係也有精闢見解：

　　「友人有久居歐美，周知四國者，嘗與言教育事。因縱論及於辭書，謂一國之文化，常與其辭書相比例。吾國博物院圖書館，未能遍設，所以充補知識者，莫急於此。且言人之智力，因蓄疑而不得其解，則必疲頓萎縮，甚至穿鑿附會，養成似是而非之學術。古以好問為美德，安得好學之士，有疑必問？又安得宏雅之儒，有問必答？國無辭書，無文化之可言也，其語至為明切。」〔註14〕

　　正是由於意識到了出版一部綜合新舊、釋義科學的辭書的社會價值，1912年9月，商務印書館出版了《新字典》，由陸爾奎、張元濟、高夢旦、方毅、傅運森、沈秉鈞、蔡文森等著名學者共同編纂，它是《康熙字典》後第一部收錄現代科學新字的字典，也堪稱是現代辭書學理論下編成的第一部漢語語文辭書，在收字、釋義、檢索等方面都有所創新。但它只是摘錄了《康熙字典》中常用的一萬多字，加上一些當時的新字，其規模只能算是小型字典，且對《康熙》的繼承多於創新，有待改進的地方為數不少。不過，前修未密，後出轉精，三年後出版的《中華》在其基礎上向上攀登了一大步。

　　在《中華》的序言中，陸費逵充滿熱情地寫道：「夫人事日繁，語亦日增，人之腦力有限，安能盡數記憶？故世界愈文明，字典之需要愈急。學子之求學，成人之治事，皆有一日不可離之勢。歐美諸國之字典，體例內容之精善，固不待言，其種類之多，亦非吾人所能夢見。即日本區區五島，近年詞書之發行，大有一日千里之觀。獨吾國寂然無聞，斯亦文野盛衰所由判歟！」這段激情洋溢的文字，也是這位總主編決定出版這部大字典的原因之一。

## 三、內外部學術條件較為成熟

　　我們知道，一部辭書的質量，與當時人們的語言學認識水平密切相關。在《正字通》作者的心中，凡是不見於《說文》、與經籍不符的、後世新出現的都是俗字，都是錯誤；在《康熙字典》的編者那裏，正確的古音學觀點尚未得到

〔註13〕見《新字典》序言，商務印書館，1914年。
〔註14〕《東方雜誌》1915年第12卷第四號。

普及，故此字典中充滿了叶音叶韻。到了民國時代，隨著西方現代語言學觀念的傳入，國人的語言學觀念得以更新，比如，在我國語言學史上具有劃時代意義的《馬氏文通》已於 1898 年出版。接受了現代語言學思想的民國學者，才有可能編纂出一部不同於《康熙字典》的新穎辭書。

就內部條件來說，清代的語言學研究繁榮昌盛，古音古義研究成果輝煌，《說文》四大家成績斐然，從顧炎武到閻若璩、錢大昕、段玉裁、王念孫、王引之、阮元等，他們在傳統語言學領域內為後世留下了豐富而寶貴的財富。但由於政治原因，有清一代並無第二本辭書問世。至《中華》編纂之時，這些材料就可以為其所用了。尤其是阮元的《經籍纂詁》，《中華》中的書證材料之所以能比《康熙》大為豐富，此書功不可沒。

另一方面，清末民初國門大開，使得人們看到天朝大國以外的世界，在受到衝擊的眾多事物中，辭書是其中之一。

在《康熙字典》成書 40 年後的 1755 年，塞繆爾·約翰遜（Samual Johnson，1709～1784）獨自一人歷經九年編纂而成的《英語詞典》（A Dictionary of the English Language）問世，約翰遜給每個詞語細分義項，按照歷史派生順序排列，特別是詳細配上大量名作的例句。比如，僅「吃」這個詞，約翰遜就列舉出 133 種意思，援引了 363 個例句。它是英語史上第一部，也是隨後一百年間英國唯一的標準辭書。

但 1857 年 6 月，英國語言學會（Philological Society）就成立了「未被收錄詞彙委員會（Unregistered Words Committee），旨在列出未被當時詞典收當的詞彙，後來研究範圍擴展到針對當時詞典的缺點。

1884 年 2 月 1 日，在該學會指導下，《按歷史原則編訂的新英語辭典》（A New English Dictionary on Historical Principles）問世，也即《牛津英語詞典》的第一分冊，它不像當時的很多詞典一樣只列出現代含義，而是按照時間順序，詳細勾勒出了每個單詞和短語的歷史，且引文詳徵博引，對語源的說明和交叉引證尤其為人稱道。

在此之前的 1863 年，《19 世紀法國通用大字典》（「大拉魯斯」）問世，它不但像普通字典一樣解釋詞義與辭源，還像百科全書一樣介紹各種知識。

1905 年，「大拉魯斯」的迷你版《小拉魯斯彩圖字典》面世，它配有大量精美插圖，使得圖畫成為詞典釋義的一種重要手段。

1847 年出版的《韋氏國際英語詞典》也配有插圖，其編纂原則是對語言進行客觀記錄和描寫，因此收錄了大量的俗語。

在我們的近鄰日本，1889 年《言海》面世，這部明顯受到美國韋氏詞典影響的辭書，釋義簡明扼要，注重解釋語源，主要由五部分構成：發音、品詞（詞類）、語源、語釋、出典。辭書卷尾還附有「詞條一覽表」，將書中所收詞條分類排列。

所有這些國外的辭書，都讓國人大開眼界。不管是梁啓超的「近代詞典，月異日新，博贍精宏，詞事並著」〔註 15〕，還是王寵惠的「英人……無不以訂正舊學增益新知爲事。且編輯體例有普通專門之分，又有版本大小之異」，抑或林紓的「僕嘗謂外國之字典，有括一事爲一字者，猶電報中之暗碼。但摘一字，而包涵無盡之言。其下加以界說，審其界說，用字不煩，而無所不統」，又或者是陸費主編的「英日字典，恒朝夕不離左右，見其體裁之善、注釋之精，輒心焉向往」，都表明了當時的學人們早已認識到本國字典的不足及外國字典的先進之處。

雖然諸如「用字不煩，而無所不統」這樣的評價有些言過其實，但是那些能夠爲《中華》的編纂提供借鑒、參考或者模仿作用的國外辭書，的確是幫助這部辭書問世的積極的外部條件。

## 四、「以改良吾國字典爲己任」的主編

談及《中華》的出版，我們不能不提到主編陸費逵和中華書局。1912 年 1 月 1 日，由陸費逵一手創辦的中華書局與中華民國同時成立。《中華》是中華書局出版的第一部工具書，也是辛亥革命之後的第一本大型字典。對於它的問世，「以改良吾國字典爲己任」的出版家陸費逵功不可沒。而他之所以有如此宏願，與其早年經歷不無關係。

在《中華》的序言中，陸費逵寫道：「余母幼時，就學不及三年，學力皆得諸自修。余之兒時，余父常遊他方，余弟兄恒受母訓。余母不敢自信，稍有疑義，即檢查字典及類書，余遂習焉。成童之際，輒恃字典以閱讀書報。余所用之字典，今存吾局字典部，破舊不堪，不啻韋編之絕矣。」「弱冠前後，每以餘

---

〔註 15〕見梁啓超爲《中華大字典》所作序言。下同。

暇治英日語，受課之時少，自修之時多。英日字典，恒朝夕不離左右，見其體裁之善、注釋之精，輒心焉向往，以改良吾國字典爲己任。」所以，細數這部字典的編纂緣起，我們應追溯到陸費君的童年。

陸費逵，複姓陸費，單名逵，字伯鴻，號少滄，原籍浙江桐鄉，生於陝西漢中。他的先祖陸費墀在乾隆年間曾任《四庫全書》總校官，父親陸費芷滄則在直隸、山東、河南、漢中等地輾轉擔任幕僚，教育陸費逵的任務基本由母親承擔。

陸費逵的母親吳幼堂是李鴻章的侄女，雖然「就學不及三年」，但通過自學得以熟讀詩書，思想新派，爲陸費逵的成長提供了良好的文化土壤。陸費君同樣沒有接受系統的學堂教育，他在《我的青年時代》中回憶：「我幼時母教五年，父教一年，師教一年半，我一生只付過十二元的學費。」〔註16〕從陸費逵五歲開始，吳太夫人的「母教五年」就開始了。而母親遇到疑慮馬上查字典的習慣，也傳給了年幼的陸費逵。他在日後自修英語日語時，更離不開這個童年學習時養成的習慣。這時候的陸費逵，看到體例完善、注釋精細的英日字典，不禁心向往之，並且反思了我國字典的不足之處：「顧《康熙字典》有四大病，爲吾人所最苦：解釋欠詳確，一也；訛誤甚多，二也；世俗通用之語，多未采入，三也；體例不善，不便檢查，四也。在當時固爲集大成之作，然二百餘年，未之修改，宜其不適用矣。」深知字典重要性的他，遂有了「以改良吾國字典爲己任」的志向，並尋找合適的契機實現這一夢想。

1912 年，中華書局的成立，給了陸費逵實現宏願的機會。與中華民國同時成立的中華書局，迅即出版了第一套符合共和政體的教科書。這套一炮打響的「中華教科書」，「各省函電紛馳，門前顧客坐索」，成功奠定了中華書局在出版界的地位，也使得陸費逵和書局有了出版大型工具書的經濟實力。

陸費君不僅是一位德才兼備的愛國知識分子，更是一位有著精明商業頭腦的出版家。他意識到，隨著清朝的滅亡，流行了二百年的《康熙字典》即將失去統治地位，這時候，如果能出版一種超越《康熙字典》的新字典，一定會大有銷路，就像自己出版的新式教科書一樣成功。對於中華書局的總經理陸費逵來說，於公於私，於精神於物質，《中華》的編纂都是當務之急。

---

〔註16〕呂達等編《陸費逵教育論著選》第 381 頁，人民教育出版社，2000 年版。

　　不過，「改良吾國字典」的任務，並不是編纂一部大字典就可以完成的。從 1915 年開始，在陸費逵的主持下，先後出版了《中華大字典》、《中華中字典》、《實用大字典》、《地學辭典》、《中華百科辭典》、《辭海》、《經濟學大辭典》、《外交大辭典》、《中外地名辭典》、《新式學生辭典》、《標準國音字典》等一系列工具書，另外還有上百種專科詞典和中小型語文詞典。在《中國出版文化概觀》中，李白堅認為，這些卷帙浩繁的工具書的出版是「順乎社會潮流的壯舉。它們和古籍整理的大規模文化活動連接在一起，交相輝映，把中國的傳統文化推向了一個科學研究的高峰」。〔註17〕

　　語言學家、文史學家金兆梓則這樣評價陸費逵其人其功：「以一人之所孳畫，而對於國家社會作如此偉大之貢獻，當世寧有幾人？雖曰如許事業皆不能不有賴於中華書局，顧即以中華書局論，首創之者先生，擴大之者先生，中經磋跌而復興者亦先生，雖曰無先生即無中華書局可也。世有知者，當不以余言為過。況先生於中華書局之外，更嘗兼倡設教育用品製造廠於上海，又與各大出版家合資，設溫溪造紙廠於浙江。一以供給學校教育之教具，一以促進文化事業之發展。視需要以籌供給，而皆為文化、為教育，非以圓一己之私，故一手經營資源分享本數百萬，員工數千人之大企業者互三十年之久，而身後所遺，乃不如一尋常之商賈，試思當今之世，又復有幾人？」〔註18〕

　　除了陸費主編之外，《中華》的執行主編歐陽溥存，早年曾在日本留學，後在北洋政府教育部任職，自身也從事文字學的研究。既有深厚的國學底蘊，又接受了新思想的他，看到了本國字書與外國的差距，也因工作之故對國民教育甚為關注，希望而且有能力編纂出一部更適合當世社會使用的字典。

## 五、一波三折的成書過程

　　雖然《中華》的主編陸費逵一直「以改良吾國字典為己任」，早就萌發了編纂一部堪與英日諸國字典相媲美的大字典的理想，但他的嘗試一開始並沒有成功：「癸卯在鄂，忽發大願，期以十年編纂一新字典，學力薄弱，贊助無人，不數月而困難百出，遂以中輟。」

　　癸卯（公元 1903 年）年間，陸費逵與友人在南昌開辦的正蒙學堂因經費

---

〔註17〕見李白堅《中國出版文化概觀》第 211 頁，廣西教育出版社 1999 年版。

〔註18〕見俞筱堯、劉彥捷編《陸費逵與中華書局》第 371 頁，中華書局 2002 年版。

匱乏停辦，他應呂星如之邀來到武昌。而他與友人在武昌合開的書店，要到翌年春天才開張。賦閑期間，年僅 18 歲的陸費逵開始了編纂一部新字典的偉業。可惜，這次行動很快就宣告中止了。

但是，這部大字典也並不是到了中華書局成立之後才開始着手編纂的。另一位年輕人陳寅，與陸費主編有著相同志向。陳寅字協恭，當時是上海文明書局的職員。1906 至 1908 年間，陸費逵曾在文明書局任職，陳寅是其同事，兩人私交甚篤。雖然陸費逵在 1908 年離開文明書局去了商務印書館，但兩個志趣相投的年輕人依然過從甚密。當陳寅發起編纂《中華》事宜時，幾位志同道合的朋友一起參與其事，這其中也有陸費逵。1912 年元旦中華書局成立時，陳寅帶著這部未完成的字典稿折價 2000 元作為股本入股，成為了中華書局的創始人之一。這也就是陸費逵在序言中所說的：「宣統之季，陳君協恭曾約同志有字典之輯，吾局成立，遂歸局中。」

這部字典歸於中華書局之後，因「大輅椎輪，缺點滋多」，陸費逵請友人歐陽溥存（字仲濤）主持修訂，但這次修訂的結果是「頗不稱意」。緊接著，歐陽溥存因病返回江西，字典編輯部也隨之移到了南昌，開始重新修訂。兩年之後，歐陽溥存將成稿寄回上海，陸費逵與范源廉抽閱之後，覺得仍有許多可商榷之處，於是又重新修訂。今天我們看到的《中華》，是在陳寅稿本的基礎上「五易其稿」而成的。從宣統元年（西元 1909 年）開始編纂，到 1914 年成書，前後共歷時六年。

當時，陸費逵與歐陽溥存對已經「五易其稿」的字典仍不滿意，但 1914 年，正是第一次世界大戰爆發之際，他們認為局勢動蕩，將來不可預料，應該速速出版，以免節外生枝。於是，這才決心定稿。

然而，這樣一部在當時收字最多的字典，在付諸印刷時必然會非常艱難：「排版極難，欲速不達。吾國通用鉛字，不足七千，吾局字數較多，亦不過萬餘而已。字典所用之字，凡四萬餘。臨時雕刻，費巨而時緩，益以校對甚艱。校至二十余次，尚不能必其無誤。此書前後凡亙六年，與其事者至三四十人，凡二千餘頁，四百余萬言，裒然一巨冊，重至十四五斤。編輯印刷之費，至四五萬元，亦可謂艱巨之業矣。」在當時的出版印刷條件下，這樣一部滿是生僻字的巨著需要耗費的人力物力財力，我們在今天仍可以遙想一二。

1915 年 12 月，16 開精裝四冊的《中華》正式出版了，售價 9 元。主編爲徐元誥、歐陽溥存、汪長祿，分輯者爲方瀏生等 21 人，陸費逵、范源廉、戴克敦參訂。縮本《中華》也於民國五年十月發行，32 開精裝兩冊，定價 6 元。1935 年重印，1978 年再次重印。後來，爲了擴大字典發行量，頭腦靈活的出版家陸費逵還發明了「一雞多吃」法，以《中華》爲藍本，出版了《中華中字典》和《中華小字典》，定價分別爲 3 元和 1.6 元，充分降低了成本，並且滿足了不同讀者的需要。

## 第三節　《中華大字典》的編纂體例

1915 年版的《中華大字典》，扉頁先後是袁世凱的題詞「後學津梁」與黎元洪的題詞「倉許功臣」。卷首是林紓、李家駒、熊希齡、廖平、梁啓超、王寵惠及主編陸費逵、歐陽溥存等 8 人的序文，然後是「凡例」，且有簡短的「附言」一則。接下來是「總目」，然後是《切韻指掌圖》及「篆字譜」，之後是「檢字」，隨後才是正文。和《康熙》一樣，《中華》正文也以十二地支爲標目分爲十二卷。正文之後，附有「補遺」及「正誤表」。

1978 年重印出版時，新增了一頁「重印說明」，但刪去了原版書前的題詞、八人的序言及《切韻指掌圖》。

主編陸費逵在序言中羅列的《康熙》四大病，其中之一就是「體例不善，不便檢查」。於是，在英日諸國字典的啓發下，《中華》着力改善體例，以便讀者查詢。作爲從傳統向現代辭書轉型過程中的第一部大型語文字典，既努力嘗試種種新的探索，又深受古代字書、雅書〔註19〕、韻書影響的《中華》，新舊交替的特徵非常鮮明。但它的「舊」，並非蕭規曹隨，而是在尊重客觀事實基礎上做出取捨之後的因循；它的「新」，亦非標新立異，而是在借鑒國外字典優點後結合自身實際的革新。自此，我國字典開始面目一新。

## 一、收字量與收字原則

### （一）收字原則

編排體例不善是陸費主編總結出的「《康熙字典》四大病」之四，之三就

---

〔註19〕指《爾雅》等名物訓詁類辭書。

是「世俗通用之語，多未采入」，也就是說收字範圍不夠。而收字選詞是否完備恰當，是判斷一部辭書品質好壞的重要標準。故此，《中華》會在這一點引以爲鑒，查漏補缺。

在收字方面，《中華》有四大亮點：

其一，「近今之方言，翻譯之新字，亦均加收列。」爲了藉廣新知，書中收錄了一些所謂「俗字」，比如「乒，娉平聲，俗字。乒乓，聲也。」「乓，音霧，俗字。乒乓，玩具。英名 ping-pong。」以及日本創製的字，比如「働，日本字，吾國人通讀之若動，訓解不一。政法書所見者，均爲勤業勞力之義。經濟學稱勞働，爲生產三要素之一。又自働車之働，即拆其字，謂乘人自動之意也。」對於「働」字的解釋堪稱寶貴的史料。我們由此可知，今天常用的「生產勞動」、「自動」在一開始是怎樣成詞的，它們也並非來源於「動」。

再如，口部五畫有「咖」字，釋曰：「讀若加，咖啡，詳啡字。」口部八畫「啡」字條，是這樣解釋的：「啡，讀若非。咖啡，西洋飲料，如我國之茶，英文 Coffee。」「啡」字古已有之，《康熙》非部三畫釋作：「《集韻》鋪枚切，音胚。《玉篇》：睡聲。又《集韻》蒲皆切，音排。吹也。又《廣韻》匹愷切，《集韻》普亥切，竝音俖。《廣韻》出唾聲。又《集韻》普罪切，音琲。義同。又滂佩切，音配。臥息。又一曰吐聲。」與「咖啡」這一詞義毫無關係。「咖」字及「咖啡」這一詞義，就我們目前所看到的資料來說，最早就出現在《中華》中。雖然它的釋義因過分追求簡潔而不甚明確，但至少說明了，「咖啡」這種飲料在民國初年就已經在我們的生活中有了一席之地。

其二，把異體字分列詞條。《中華》所收字除了正文本字之外，其古文、籀文、同字、或體、省文、俗字、訛字等各種不同的形體，全都按順序收錄，指出來源。《康熙》把或體、古體等各種異體字都陳列於一字之下，查檢不便，《中華》把它們另列詞條，根據各自的部首歸入各部，並且有意識地排列在同一筆劃的「正字」後面。這樣，遇到生僻字需要檢索時，不管它是某個字的俗字還是訛字，根據其偏旁或是筆劃，即可找到該字。這種收字方法及具體說明，可以幫助讀者考訂源流，同時認識規範字形。如下圖所示：

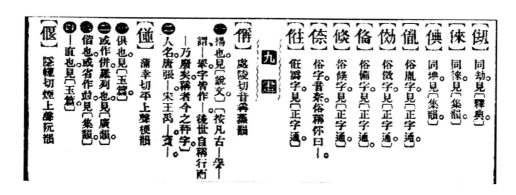

其三，增收古書中漏收、不收的字。舊日字書中有些字出現在注釋中，但正文沒有收錄，於是《中華》「悉詳加檢尋，依部登補。」比如，《康熙字典》「毛」部有「毣」字，注釋爲「同鬍」，但是《康熙》正文卻沒有「鬍」字。還有「熰」字，《康熙》注爲「《字彙補》：同熰。」但《康熙》正文中沒有「熰」字，《中華》將其收入「火」部九畫，注爲「徒臥切，火也。見《搜眞玉鏡》。」

但是，《中華》並沒有因爲追求收字更多而濫收，它把《康熙》中那些兩部並收的字悉數刪正。如，「秐」字在《康熙》中「禾、革」兩部並收，《中華》將其放在「禾」部；「辮」在《康熙》中「糸、辛」兩部並收，《中華》將其放在「糸」部。

其四，收列複音詞。《中華》在凡例中明確表示：「以兩字或重文成義者（兩字重文皆須成義乃錄，其割裂舊文以爲故實韻藻者則否）。與天象、地理、朝代、國邑、官爵、姓名、動植物，及各科專門名詞，均次於單文各義之後。」比如「牡丹、交趾、衛星、複製、荏苒、茯苓」等。

在《中華》編纂的時代，尚無漢語「詞典」，所以在這樣一部大型字典中收列複音詞是有必要的，它可以兼任詞典和百科全書的職責，爲使用者提供更多方便。

而且，對於連綿詞來說，只有收列這一詞語才能解釋清楚每一個單字的意義。如：嶙峋、旖旎、娉婷等。有的地名人名用字，也只有收列該地名人名才方便注音釋義，如崆峒、嫫母、妲己等。另外，隨著語音的變遷，某些古音只存在於一些專有名詞中，如果不收列這一複音詞，就無法承載這一讀音。比如：閼氏、亥市、僕射等。即便是在今天，已經有了《漢語大詞典》，《漢語大字典》中仍要收入一部分複音詞，否則像「琵」「琶」一類的單字就無從解釋。

## （二）收字量

人們在談到《中華》的收字量時，用到的介紹往往是「此書收單字四萬八千多個，是我國字典中收單字最多的一種。」〔註20〕至於它到底收了多少字，數十年來始終沒有一個明確的數目。主編陸費逵僅在序言中說全書「凡二千餘頁，四百余萬言」，並未言及字量。但在中國辭書史上，從《說文》以降，直至《康熙字典》，再到《漢大》，這些字書的收字量都有一個具體的數字，唯獨《中華》的收字量始終是個概數──四萬八千多個。

其實，這一工作本該由字典編纂者完成，在字典出版時予以說明。但受戰局影響，《中華》在出版時較爲倉促，未能公佈收字量。

在1979年的《辭書研究》第一輯中，鄭振鐸先生有一篇名爲《關於〈漢語大字典〉的編寫工作》的文章，裏面提及「《中華》收字46867個」，在尾注中注明「這是《漢大》四川省第一編寫組資料組統計的。」但文中並無進一步的詳細信息，調查收字量的標準及如何統計等都沒有做出說明，且這一數字與常見說法「四萬八千多個」差別較大。

2009年，姜抗〔註21〕對《中華》的收字量給出了一個明確數字55958，並認爲「其收字量不僅大大超過《康熙字典》（47035個），甚至還超過了20世紀80年代出版的《漢語大字典》（54678個）。〔註22〕但這一數字與結論都是錯誤的。姜抗的統計原則是「一個字頭就是一個字」，可這一原則並不適用於《中華》。因《中華》的體例是「形體雖同，而音義並異者，另爲一字」，如下圖所示，「兌」字就被分爲五個字頭：

---

〔註20〕 出自《中華大字典》「重印說明」。因當時（1980年）《漢語大字典》尚未問世，故有此說。

〔註21〕 上海大學2009屆畢業生，在其碩士論文《〈中華大字典〉研究》中做過字量統計，該論文未公開出版。

〔註22〕 《〈中華大字典〉研究》第5頁。

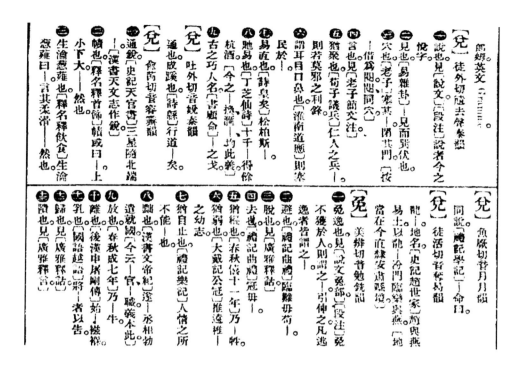

它的這種嘗試表明了編者們試圖將同一書寫形式所代表的不同的詞區分開來。但「字」與「詞」的概念是不同的，字典收錄的對象是「字」而不是「詞」。當我們進行字量統計時，字的個數要根據字形來統計。比如，在《中華》中，「湛」字用了十六個字頭分別注音釋義，那麼能算作十六個字嗎？當然不是，這種重複出現的多音義字，在字量統計中只能算作一個字。

根據這一原則，本人對《中華》中收錄的字進行了認真統計，得出的結果是：正文收字 45372 個，補遺部分收字 2560 個，整部字典共收字 47932 個，接近四萬八千個，比《康熙字典》多收大約九百個字，大都爲近代方言字和翻譯來的新字。

## 二、分部歸字

自從許慎創立以形編排字書的方式之後，千百年來的傳統字書一直採用此法。尤其是大型字典中往往收錄大量人們不識讀音的生僻字，因此以形編排是更爲妥當的。從 1615 年梅膺祚的《字彙》採用 214 部首開始，到 1915 年《中華》出版，恰好 300 年。此間，《康熙》承襲《字彙》、《正字通》的 214 部，且成爲字書典範。因此，《中華》採用 214 部的編排方法並不奇怪。只是，它的 214 部，調整了一些部首的排列順序，因此與《康熙》等的 214 部並不完全相同。

比如，《康熙》子集二畫部首的排列順序如下：

二、亠、人、儿、入、八、冂、冖、冫、几、凵、刀、力、勹、匕、匚、匸、十、卜、卩、厂、厶、又

而《中華》子集二畫部首的排列順序則是：

二、亠、人、入、八、儿、几、刀、力、勹、匕、匚、匸、凵、冂、冖、厂、卩、十、卜、冫、厶、又

兩相對比，我們就很容易看出編者的良苦用心。顯然，「人」與「入」、「儿」與「几」字形上更爲接近，「匚、匸、凵、冂」字形特點相似，於是編者把它們放在一起。調整之後，同一筆劃內的部首看起來次序井然，更爲清爽。關於這一點，編者在「凡例」中第一條就特地做出說明：「中文無字母，形聲各自爲系。隸楷變遷，今形又殊於古，分別部居，執不得不循梅膺祚、張自烈所爲，以便當世。惟本編每集所列同畫數各部首字樣，遇有意致可以聯屬者，必令相蒙爲次（如手、毛、心、爪以物同，人、八、几、儿以形近）。許君據形，顧氏據義，蓋略具其意焉。」許愼據形，顧野王據義，字典的編輯們希望能夠形義兼顧，於是煞費苦心把相同筆劃內的部首重新排序。

我們必須肯定其初衷非常好，只是對於已然熟悉《字彙》、《康熙》等 214 部編排順序的人們來說，些微的變動都會讓人不堪其苦。固有的 214 部順序即便不妥，我們的增刪也要愼之又愼，免得爲使用者帶來新的不便。

另外，《中華》也對一些字重新歸部。比如，「啡」字舊字書歸入「非」部，編者們把它改爲收入「口」部；把「穎」從舊字書的「頁」部改爲「糸」部，此類改動是爲了讓被釋字的意義確實與所在部的部首有聯繫。另一類改動則的確是「改正」。比如，「臼」部的「與」字，舊字書把它歸爲八畫，《中華》改爲七畫；「臣」字本爲六畫部首，舊字書把一些從臣的字歸入七畫；「溫」旁的右半邊，有時候也被寫作「昷」。諸如此類，《中華》都一一改正。

事實上，按部首歸納漢字的方案，想要做到完美無缺是不太可能的，形體和意義難以絲絲入扣地統一起來。每部大字典的編者都會有自己的考慮，孰優孰劣也很難用同一標準衡量。比如，《中華》把「穎」從「頁」部改爲「糸」部是因爲「穎」的意義與「糸」有關係，且「穎、熲、潁」分屬「禾、火、水」部，改動之後體例更爲統一。而《漢大》則把這四個字全都歸於「頁」部，從形體上考慮這樣做的確有道理，但卻失去了意義上的理據。

## 三、檢索系統

部首編排法與檢索系統是密不可分的，在《漢大》的「部首排檢法說明」中，第三條為「單字歸部基本上與《康熙字典》相同，但對其中原歸部明顯不妥難於查檢的字，略加調整」。由此可見，字的歸部調整，很大一部分原因是出於檢索方便考慮，比如將「荊」從「艸」部改為「刀」部即是如此。

《中華》的檢字系統乍看起來與《康熙》相似，都是 214 部首編排，都分為子丑寅卯十二集，但仔細一看，它的檢索系統在細節上頗多創新，更為簡潔便利。

### （一）部首的查檢

和《康熙》一樣，《中華》也將有兩種及以上不同形體的部首標出了，比如在「總目」中的「肉部」下注明「月同」，在「午集」五畫後附「衤，同衣」。但與《康熙》不同的是，《中華》僅在「總目」中列出了部首的異體，並沒有在「部首索引」部分注明。這樣的好處是讓「部首索引」看起來簡潔明晰，不足之處是並不是所有人都有一定的文字學功底，有可能會引起查檢不便。

### （二）全書使用總頁碼

在《康熙》正文的十二集中，每一集分為上中下三卷，每一卷分別從「一」開始標注頁碼。所以，《康熙》「部首索引」中每個部首下對應的頁碼是「集名＋部名＋頁碼」，比如「瓜，午上二二」，我們就先要找到午集，再找到上部，然後再找到第 22 頁才能查到「瓜」部，實際上分為三個步驟，比較費時費力。

《中華》雖然和它一樣分為十二集，但沒有再細分上中下，更沒有分別使用頁碼，而是為全書統一編排頁碼，放在外下角。因此，其「部首索引」中每個部首下對應的就只有一個頁碼，比如「鳥，二八七四」，我們在全書的 2874 頁就可以找到這一部首了，不必管它在哪一集中，方便快捷。

### （三）字頭與筆畫數分列，便於查找

在排版上，《中華》不再像古代的豎版書一樣，每一豎行都從最上面到最下面，而是將每一頁的版面橫向分為四欄，每一豎行都很短，看起來更省力。

這種排版方式決定了它可以將字頭與筆劃數單獨用一行列出。為了讓字頭更顯眼，中華除了用比正文更大的字號排版之外，還為字頭加注「【】」這一符

號。而筆劃數則用明顯的陰文標明，左右兩側用波浪線與正文隔開，非常醒目。

### （四）刪並簡化字頭

《康熙》的編排方式是「於或體古體，皆集陳於一字之下」，這些或體古體字與字頭的字號相同，於檢索不便。《中華》將這些古文籀文等「悉依其偏旁筆畫，歸諸各部各畫之末。」字頭處絕無第二個字，顯得更為簡潔，更易查找。

### （五）改良「檢字」以方便讀者

除了按照 214 部將所收字分門別類之外，為了盡可能地方便使用者，《中華》和《康熙》一樣，列有「檢字」一卷，目的是幫讀者檢索一些「較難尋檢之字」。兩者雖都為檢字，形式大體相同，但一個小細節的改良卻大大方便了讀者。

在《康熙》的「檢字」中，每一個難檢字下標的是部首，而不是頁碼。也就是說，我們需要通過筆畫找到一個難檢字，然後在「檢字」中查到其部首。想要知道其讀音釋義，還要去「部首檢索」裏面查找歸部與頁碼，過程較為煩瑣。

《中華》的「檢字」卻是新式的，每一個難檢字下直接標注全書頁碼，只要數清筆畫即可方便地找到該字。這一方法被以後的辭書廣泛採用，《漢大》將其發揚光大，將所有的字依據筆劃排列，做成「總檢字表」一卷，大大方便了讀者。

部首檢索的方法發展到今天，使用起來已經非常方便了，但還是有一個很棘手的問題：有些字的筆劃難以確定。

在現在的文字學理論中，筆劃是漢字的最小結構單位。按照楷書的書寫要求，從落筆到抬筆成為一筆，也叫一畫，故此合稱筆劃。但「落筆到抬筆」是個難以度量的標準，每個人的書寫習慣不同，對筆劃的認知也就各不相同，字書也未能給出明確規定。比如，在《漢大》中，「乃」是二畫，「了」也是二畫，何以筆形相似的兩個筆劃數目不同？

再比如，「淵」字《康熙》為 13 畫，《中華》為 12 畫，《漢大》為 13 畫；「噠」字《康熙》16 畫，《中華》16 畫，《漢大》15 畫；「嗖」字《康熙》13 畫，《中華》13 畫，《漢大》12 畫；「嘯」字《康熙》15 畫，《中華》15 畫，《漢大》16 畫；「嵊」字《康熙》12 畫，《中華》改為 13 畫，《漢大》13 畫。有些

改動，比如把「與」從 8 畫改爲 7 畫確實是屬於改正，但另外一些筆劃數目的更改很難說孰是孰非。

至於筆順，也與個人習慣有關，雖然國家已經公佈了《現代漢語通用字筆順規範》，但讓每個人在查字典之前都先去翻閱規範是不現實的，最好的解決辦法是有一個客觀的、對每個人都適合的標準，才可以提高字典的易檢索性。

我們認爲，可以考慮在筆劃之下繼續分層，和「一（橫）」「丨（豎）」「丿（撇）」「、（點）」相比，「乙（折）」應該說是一種複合筆劃，查字典時遇到的很多筆劃問題都與它有關。因此，可以將其繼續拆分，引入一個新的概念，也就是筆順的走向（可以叫做筆向），比如「乙」，在寫這個字的時候，筆順一共轉了 3 次，用了 4 個方向，據此，可以歸入 4 畫，我們就再也不必因爲該字到底是一畫還是二畫而傷神。同理，對於「乃」和「了」，可以根據其筆順的走向，分別歸爲 6 畫和 4 畫，「廷」歸入 9 畫。如此一來，只要看到某個字形，就可以數出一個明白無誤的數字。

如果大型語文辭書有一個「總檢字表」按照這種方法來排列，我們在檢索的時候就不必因爲筆劃數而煩惱了。字的歸部，也可以因不必顧及檢索的便利性而更爲自由了。

## 第四節　正文說解體例

《康熙》的優點及成就固不待言，但就其說解體例而言，並不夠合理。最明顯的問題就是，一眼望去，每一詞條所有的讀音和義項都雜亂無章地擺在一起。相比之下，《中華》的說解就顯得井井有條。

在《中華》中，同一字形，讀音及意義不同，就分列爲不同的詞條。每一詞條，在詞頭之下，都先給出《集韻》中的反切，並加注直音，然後標出《佩文韻府》106 韻的韻目。釋義則每一義都分行排比，每一義只引證一條，力求簡明，但書證亦不惜篇幅注明出處，以便使用者深入考查。

從下圖的例子中我們可以看出，《中華》的注音比《康熙》簡明多了，且拒收叶音。解釋字義時，先解釋其在《說文》中的本義，然後再解釋引申、假借等義。每一義都標明陰文序號，非常醒目。而且，但凡遇到被釋字，除了書名、篇名之外，都用「丨」號表示，讓被釋字更爲顯明突出，讓全書更爲簡明。

此外，《中華》還常在單字之下列出複詞，所以兼有詞典的作用。

從圖片中我們還能看到《凡例》的另外兩條原則，其一是：「字義涉外國事物及地名人名，譯音譯義多岐者，並附注英文。」其二，《中華》還首先在字典中引入了插圖：「日月星辰、山川河嶽、鳥獸草木、蚰蟲衣冠鐘鼎等字，悉爲之圖，或坿見各字各訓之下，或總輯載諸卷末。」這部字典共有插圖三千餘幅，避免了一些複雜的文字描述，直觀形象地對正文做出了有效補充。

中華大字典　子集　丨部　六畫至十二畫　、部　部首　一畫至三畫　　十

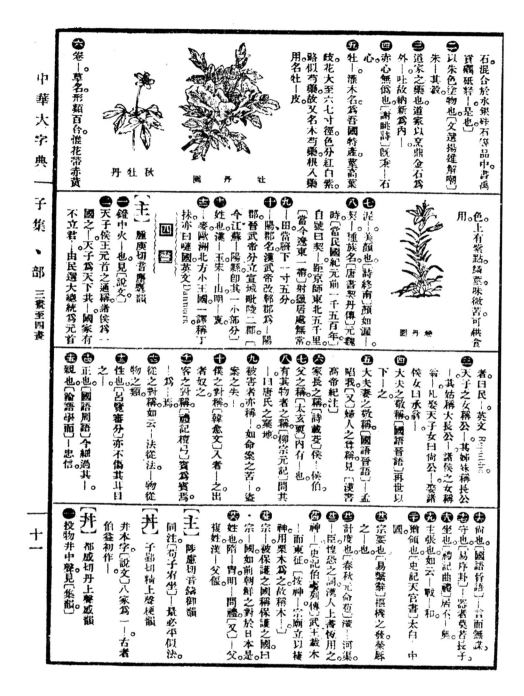

　　下文例圖中出現的是一般注解方式，還有一些字比較特殊，它們是別的字的古文、籀文、或體、俗體等，被單獨列爲一個詞條，排列在所在部首所屬筆劃的末尾，但不需要重新解釋音義。遇到這種情況時，其注釋是這樣的：

　　【㦬】同愓，見《集韻》。

　　【憗】憖俗字，見《正字通》。

　　【愽】博訛字，見《正字通》。

總起來說，《中華》正文中注音釋義的體例有以下可取之處：

## 一、使用點號圈號為正文句讀

正如凡例中所說，《中華》中的「句讀均加圈點」，這是以往字書韻書中都未曾有過的。眾所周知，讀書不明句讀會對理解文意產生極大影響。作為答疑釋難的辭書，應以簡潔明晰、不生岐義為第一要務，因此使用標點符號是非常必要的。

但由於直到 1920 年 2 月 2 日，北洋政府教育部才發佈了《通令採用新式標點符號文》，所以在《中華》編纂的時代，沒有法定的新式標點符號，所以它所使用的標點較為簡單，僅有「、」「。」兩種，此外還為書名和引文來源加注「〔〕」。

## 二、用符號代替字頭字

在《中華》的凡例中，有這樣一條：「各條義解中，遇其本字，皆寫作丨，惟所引書名篇名則否。」〔註 23〕這種做法的好處是可以讓使用者在書證中迅速找到該字。否則，當引文或者注釋很多時，讀者很難在眾多文字中找到被釋字。上文例中已經提到，此不贅述。

## 三、分列義項，依次編號

我們以「譽」字為例來看《康熙》正文的注釋體例〔註 24〕：

唐韻 集韻 韻會 正韻 竝羊茹切余去聲 說文 稱也 玉篇 聲美也 易坤卦括囊无咎无譽 注 譽者過美之名 詩周頌 以永終譽 箋 聲美也 禮表記 君子不以口譽人則民作忠 莊子盜跖篇 好面譽人者亦好背而毀之 又 禮祭統孔疏 援神契云大夫之孝曰譽 又星名 晉書天文志 瑞星三曰含譽 又姓平原大守譽粹見 晉書 又 諡法 狀古述今曰譽 又通作豫 詩小雅 是以有譽處 傳 譽善聲也處安樂也蘇氏曰譽豫通凡詩之譽皆言樂也 又 韻會小補 通作與 禮射義 詩曰則燕則譽鄭注譽或

---

〔註 23〕 由於《中華》原書是豎版排列，現在我們是橫板排列，故後面的引文中筆者把「丨」改為了「～」。

〔註 24〕 文中它處引文的標點符號均為筆者所加。此處為舉例說明，使用原文標點。

爲與　又 廣韻 以諸切 集韻 韻會 羊諸切竝音余義同 論語 誰毀誰譽 朱

傳 譽者揚人之善而過其實譽平聲　又 詩大雅 慶旣令居韓姞燕譽 傳

燕安譽樂也

《中華》中對「譽」字的注釋是這樣的：

【譽】羊茹切音豫御韻

　　㊀稱也。見〔説文〕。〔註25〕

　　㊁善也。〔淮南本經〕經誹～。

　　㊂陰美也。見〔墨子經〕。

　　㊃繩也。〔禮記・表記〕君子不以口～人。

　　㊄樂也。〔呂覽・孝行〕天下～。

【譽】羊諸切音余魚韻

　　㊀揚人之善而過其實也。《論語・衛靈公》：「誰毀誰～」。

　　㊁稱美也。見《集韻》。

　　從例子中我們可以看到，《康熙》中不管是又音還是又義，體例都是「又
……」看起來殊爲不便。《中華》的注解就清爽多了，一目了然。我們此處姑
且不論其義項分合的得失，單看這種「每字各義分條，依次編數，冠以陰文」
的編排體例，就比《康熙》中的做法更能方便使用者。

## 四、區分同字異語

　　這一做法是現代辭書比古代字書大爲改進的一種體現，在《中華》中已經
這樣做了。形體相同但是音義都不同的字，《中華》都另列爲一字。比如：

【予】羊諸切，音余，魚韻。

　　我也，自稱也。《論語・述而》：「天生德於～。」〔按，予、余
同義非同字。鄭康成云「～余古今字」，非是。〕

【予】演女切，於上聲，語韻。

　　㊀推～也，象相推～之形，見《説文》。

---

〔註25〕此處使用的亦爲原文標點。

㊂通「與」，賜也。《詩·采菽》：「君子來朝，何錫～之。」

㊂謂許之也。《漢書·外戚傳》：「春秋～之。」

㊃大～，樂名。《廣雅》注：「漢明帝永平三年秋八月，改大樂為大～樂。」

但是義同音異的則只列一字。如：

【丿】匹蔑切，音撇，屑韻；於兆切，音夭，筱韻。

右戾也，象左引之形，見《說文》。段注：「右戾者，自右而曲於左也。」

這種分別「同字異語」的做法，說明這部字典的主編人員已具有相當的現代語言學意識，對「字」和「詞」的概念有所區別，對「文字」與「語言」的不同有所認識，因此才要區分同形詞和多音多義字，這在我國古代字書中是未曾涉及的，是當時的語言學觀念在辭書編纂中的重要反映。

## 五、書證一律標明出處

「舊字書引證，多相承襲，譌誤滋多。今凡引證，悉載原書。其為逸文，或他書所引，竝注明某書引某書作某，今本作某。其或一書各本互異，而於字形聲誼有關者，亦注明某本作某。」凡例中的這段文字很有見地，列出書證的出處既方便讀者查找原文，亦能提供更準確的信息，幫忙讀者判斷書證出現的時代。

王力先生在《理想的字典》中說：「《康熙字典》對於經史往往舉出篇名，對於子集則多數不舉篇名。據我們所知，對於引用之文一律注明篇名者，係創始於歐陽溥存等所編的《中華大字典》（中華書局出版），其後《辭海》（亦中華書局出版）也採用這一辦法。」〔註26〕這的確是一種好的傳統。

## 六、廣收義項，使字義發展脈絡更清晰

和《康熙》的釋義相比，《中華》雖然為了行文簡潔而刪掉大量書證，但在吸收清儒研究成果的基礎上增加了很多義項，使得義項的數量普遍增加，更為豐富翔實。比如：最簡單的「一」字，《康熙》中有 19 個義項，《中華》

〔註26〕見《王力文集》等 19 卷 54 頁。

有 32 個；形體最複雜的部首「龜」字，《康熙》有 13 個義項，《中華》分爲三個字頭，共 15 個義項。

除了數量勝出之外，《中華》有些義項的質量也頗高，它在義項搜羅方面用功甚多，盡力去揭示每一個詞語在經史典籍中曾經有過的意義，並且也不吝收錄它們在當世新出現的意義。此舉雖有讓義項蕪雜、流於繁濫的風險，但確實能夠溝通一些語義的古今發展脈絡，彌補以往辭書的若干缺失。

比如，在《康熙》中，「必」字共有九個義項，《中華》多了兩個，一爲「信也。《漢書・韓信傳》：『且漢王不可～。』」一爲「苟也。《法言・君子》：『～進易儷也，～退易儷也。』」這兩個義項後來都被《漢大》收錄了。它們雖然今天已不再使用，但對正確理解古代文獻以及釐清語義發展脈絡大有裨益。

誠然，《中華》中的義項有分列過多、整理粗疏之處，但我們必須明確，判斷義項的多寡不應該根據條數多少，而是要看羅列出的義項是否能夠反映出字（詞）義的引申線索和發展脈絡，以及能否覆蓋歷史上各個時期的面貌。我們今天在編纂大型語文辭書時，對義項的梳理也要考慮這一點，不必捨本逐末地擔心義項數目的多寡，而應該關心其內容的完備。

總之，這部字典的創新之處值得稱道，缺點當然也不容忽視。比如，有些釋義，編輯們只是並列異說，沒有加以說明，讓普通使用者無從裁取；詞義的分析過於追求簡潔而不夠細緻；書證未能全都選擇最早出處等等。但總體而言，這種分條排列的編排方式、簡明扼要的解釋、一目了然的插圖，比《康熙》的查閱更爲方便，很多做法在此後的《漢大》等大型語文辭書中得以沿用。

## 第五節　注釋所用術語

從《說文解字》到《康熙字典》，一千多年來，中國古代字書、韻書、雅書中歷代沿用的注解方式，形成了一系列析音、辨形、釋義的術語，在傳統字書和傳統知識分子中有著根深蒂固的影響，從《中華》的注釋術語中我們就可見一斑。不過，作爲從古漢語辭書向現代語文類辭書轉型過程中的一座橋樑，《中華》的術語系統，既廣泛採用古書注解所用的訓釋術語，又不可避免地帶有一

些革新的時代色彩。下面，我們就分別從形音義三方面來看。〔註27〕

# 一、注　音

## 1.……切、音……

《中華》的注音體例是反切兼直音法，所以「……切」和「音……」是最常用到的術語。如：

> 【佗】唐何切，音駝，歌韻。

> 【佩】蒲昧切，音悖，隊韻。

> 【使】爽士切，音史，紙韻。

## 2. 讀若……、讀如……

除了在引用《說文》時使用「讀若」之外，該書還廣泛地使用這一術語來模擬、比況被釋字的讀音，如：

> 【丨】古本切，讀若袞，阮韻。

> 【丸】日本語讀若馬魯。

> 【釓】讀若乙。

除了大量地使用「讀若」之外，也有個別使用「讀如」的情況。但這裏的「讀如」與傳統傳注中的用法不同，傳注中的「讀如」不但擬音，而且指明假借，但《中華》中的「讀如」只有單純的擬音作用，如：

> 【嚷】讀如壤，大聲也，北人稱喧鬧爲～。

## 3. 今讀……

標明某字或詞語在當時的讀音。如：

> 【万】～俟，複姓。俟音其，今讀木其。北齊特進～俟普。

## 4. 俗讀……

古人往往過分強調字音的韻書來源，凡是不見於標準韻書的讀音，往往視

---

〔註27〕像「丿，鉤逆者謂之」，象形，見《說文》」此類注解，其中雖然出現了「謂之」這一訓詁術語，但由於該注釋完全引用它書，並非本書編者自己新增的注解，所以「謂之」一類的術語不在此處所討論的注解術語範圍之內。

爲「俗讀」，但這些讀音往往正是實際語音的反映。如：

> 【中】再也。《通鑑》：「周宣王成～興之名。」〔案，～酒之～，
> 俗讀去聲，古亦讀平聲；～興之～，俗讀平聲，古亦讀去
> 聲。〕

## 二、辨　形

### 1. 同……

這裏的「同」，多用來表示異體字關係。有些取自古字書、韻書，故沒有給出書證。屬於相「同」關係的兩個字，在今天也可能同時還是繁簡字關係。如：

> 【万】同萬，見《廣韻》。
>
> 【不】同否。《詩・何人斯》：「否難知也。」箋：「否、～通也。
> 我與汝情不通，汝與於譖我與否，復難知也。」
>
> 【且】同趄。《易・夬》：「其行次～。」《釋文》：「～，本作趄，
> 又作跙。」

### 2. 通……

一般用來表示通假字關係。如：

> 【上】通尚。《詩・陟岵》：「～慎旃哉。」
>
> 【與】賜予也。一勺爲～，見《說文》。〔按，～、與、予三字，
> 古通。〕
>
> 【丞】通承。《史記・張湯傳》：「於是～上指。」〔今本或作承。〕

### 3. 通作……

除了和「通」一樣表示通假關係外，更側重於字形的寫法，如：

> 【三】通作叁。
>
> 【不】通丕。《書・康誥》：「惟乃丕顯考文王。」〔丕通作～，～
> 顯，顯也；～顯考，顯考也。〕
>
> 【一】近世公牘賑簿記數，通作壹，商碼作～，亞拉伯字作 1。

### 4. 本作……

「本作」本是校勘學術語，凡是文字有不同的，寫爲：「某，本作某。」
但《中華》中使用這一術語時，作用相當於說明該字本來的寫法（多指在《說
文》中），但又與「本字」不同。如：

> 【丐】〔本作匃〕。

> 【乩】本作卟。《說文》：「卟，卜以問疑也。」〔按，《通雅》：「～
> 與卟同，通典。」西國用羊卜，謂之跋焦，卜師謂之廝～，
> 後世稱扶～，今猶盛行。〕

> 【訛】本作譌。

另，「訛」字有一段按語，可以幫我們認識「本作」、「俗字」、「古文」幾個
術語的差別：

> 〔按，今詩作～，段玉裁、王筠皆云：「～者，俗字。」以《說
> 文》無此字故也。考《漢書・江充傳》注：「譌，古訛字。」《一切
> 經音義》：「～，古文蔿、譌、吪三形同。然則譌、～爲古今字，字
> 書多作譌，經傳多作～，今～、譌並行，由來久矣。」〕

### 5. 俗作……

「俗作」的性質和「俗讀」一樣，其實很多「俗作」的字形在今天已經都
是正體，如：

> 【丁】丁寧，謂再三告誡也。俗作叮嚀。

> 【丟】一去不返也，見《方言》。〔俗作丟，非〕

> 【伱】乃裏切，泥上聲，紙韻。汝也，俗作你。《通雅》：「爾汝而
> 若乃，一聲之轉，爾又爲尒，尒又作～。」

### 6. 今作……、古作……

這一組概念是相輔相成的，用來表明字形的古今差別，既有古作，就必然
有今作，雖然它們在形式上並不同時出現，如：

> 【且】巴且，草名。《漢書・司馬相如傳》：「諸柘巴～。」〔按，
> 巴且草，一名巴蕉。《史記》作「猼且」，今作芭蕉。〕

> 【乃】古作迺。互詳迺字。

7. 或作……、別作……

這兩個術語用來指示異體字或者同一詞語的不同寫法，如：

　　【丁】零丁，或作伶仃。

　　【七】近世公牘賬簿記數作柒……古或作漆、漆。

　　【夫】夫不，鳥名，隹也。或作鳺鴀。

　　【夫】夫容，藕花也。《淮南·本經》：「～容芰荷。」〔按，今別
　　　　　作芙蓉。〕

8. 借作……

這一術語用來指出借字。所謂借字，是指古書中與本字讀音相同或相近而
被借來代替本字的字。在「借作」前面的是本字，後面的是借字，如：

　　【丸】借作圜。王叔和《脈經》中～字，宋本多作圜。

　　【乂】借作艾。互詳艾字。

9. 本字

「本字」指一個字本來、原來的寫法，與「借字」相對，如：

　　【且】子余切，音疽，魚韻……〔按，～為俎本字，互詳俎字。
　　　　　《正字通》云：「～，音阻。」《韻會》入馬韻，孫恤用子
　　　　　余切。〕

　　【屸】丘本字。又補過切……

　　【井】井本字。《說文》：「八家為一～，古者伯益初作～。」

10. 俗字

「俗字」這一注釋術語與「俗作」的區別在於：在解釋正字時，使用「俗
作」引出俗字的寫法；在解釋本身是俗字的字條時，用「……俗字」、「俗……
字」來引出其「正字」的形體，或者僅僅表明其俗字的身份。如：

　　【並】竝俗字，見《正字通》。

　　【丸】胡官切，音完，寒韻。〔本作凡，～乃俗字，承用已久，姑
　　　　　仍之。〕

　　【幺】俗么字，見《韻會》。

【乒】娉平聲。俗字。

【乱】俗亂字，見《正字通》。

## 11. 訛字

用來解釋古書中存在的一些錯誤字形，《中華》在使用這一術語時，採用的格式往往為「某甲，某乙訛字」，意思是：「某甲是某乙的訛字」，如：

【乆】久訛字。見《正字通》。

【佇】佇訛字，見《正字通》。

不過需要注意的是，文中的「訛字」多為沿用舊日字書、韻書中的說法，是否的確是「訛字」還要再斟酌，在引用其此類說法時要多加小心。

## 12. 古……字

使用這一術語時，表明被解釋的詞頭是另一個字的古字，如：「丱，古礦字。」是說「丱是礦的古字」。如：

【丸】古卵字。《呂覽·本味》：「流沙之西，丹山之南，有鳳之～。」

【云】古雲字。《說文》：「雲，山川氣也。古文省雨，象回轉形。」
〔按，～字，後借作曰字用。〕

# 三、釋　義

## 1. ……也、謂……也

這是最常用的注釋術語，表示「是……的意思」、「說的是……」，如：

【一】一一，逐～也。

【丁】魚枕也。

【下】下女，謂神女之侍女也。

【予】謂許之也。《漢書·外戚傳》：「春秋～之。」

## 2. 見……

在指出所引用注釋來源時，最常用到的就是「見……」，如：

【一】惟初大始，道立於～，造分天地，化成萬物。見《說文》。

【做】本作努，戮力也，見《集韻》。

【竗】 僬～，小貌，見《集韻》。

需要注意的是，這一術語沒有應用於表明書證來源。

## 3. ……辭、詞

這兩個術語用來指明被注釋者乃爲虛詞。如：

【乃】 語已辭。韓愈詩：「再接再屬～。」

【之】 指事之辭。《論語‧公冶長》：「老者安～，朋友信～，少者
懷～。」

【乎】 於乎，歎息之辭。

【也】 決辭。《孟子‧梁惠王》：「吾之不遇魯侯，天～。」

【今】 發端之辭。如云～人主、～先生之類。

【於】 未定辭。《公羊‧僖公二十八年》傳：「歸～者，罪未定也。」

【之】 語助詞。《詩‧蓼莪》：「不如死～久矣。」王引之云：「言
不如死久矣。」

【乎】 壯事之詞。

【也】 疑問詞。《漢書‧賈誼傳》：「身死人手，爲天下笑者何～。」

【亦】 承上之詞也。《書‧康誥》：「怨不在大，～不在小。」

## 4. 猶……、猶言……

使用「猶」或「猶言」時，表示用同義詞或者近義詞來解釋詞義，被釋語
在前，相當於「等於說」，如：

【一】 猶乃也。

【上】 猶前也。

【介】 猶言狀也。曲本中多用之，如云飲酒～，伸舌～。

【人】 ～間，猶言世間也。《莊子》有《～間世》篇。

【云】 ～～，猶言如此如此也。

## 5. ……貌

使用這一術語時，往往是爲了描述被釋詞的狀態、情狀等，意思是「……
的樣子」，而被釋詞一般是形容詞，如：

【丁】零～，失志貌。

【且】多貌。《詩・韓奕》:「籩豆有～。」

【丱】兩角貌。

## 6. 謂之……、曰……

使用這兩個術語釋義時，被釋詞是放在後面的。除了和「訓作」、「猶」等注釋術語一起用來解釋詞語之外，「謂之」和「曰」還側重於辨別近義詞之間的細微差別，如:

【七】西方謂之～。

【丈】男子謂之～夫。

【亡】樂酒無厭，謂之～。見《孟子・梁惠王》。

【丈】朋友之尊稱曰～；老人之通稱曰～人。

【丐】乞人曰～；求願曰～。

【乘】物雙數曰～。

## 7. 訓作……

這一術語的意思是「解釋為……」，被釋詞放在前面。如:

【不】弗也。《禮記・射義》:「好學～倦，好禮～變。」〔～訓作弗。〕

## 8. 之稱、對稱

這兩個術語是為了說明被釋詞的類別、性質等，被釋詞一般是名詞。如:

【主】家長之稱。

【主】父之稱。

【主】有其物之稱。

【仁】有德者之稱。《論語・學而》:「泛愛眾，而親～。」

【主】僕之對稱。

【主】客之對稱。

【主】從之對稱。

9. 詳……、餘詳……、互詳

這三個術語在「參見」時使用，如：

　　【丕】通「不」。詳「不」字。

　　【上】樂譜也。《宋史‧樂志》：「中呂用～字」。〔餘詳一字卅一。〕

　　【乃】古作逎。互詳逎字。

　　【乂】借作艾。互詳艾字。

10. 又……

引出同一詞義的不同稱謂或者同一詞語的另一含義。如：

　　【一】～人，天子也。《書‧君奭》：「故～人有事於四方。」〔又〕
　　　　　～丈夫，亦天子之稱，見《周書‧文傳》「從生盡以養～丈
　　　　　夫」注。

　　【一】姓也。明～炫宗。〔又〕三字姓。北魏～那婁氏，後改婁氏。

　　【上】姓也。漢～雄、明～觀、～志。〔又〕～官，複姓。

　　【丁】十幹之一。《爾雅‧釋天》：「歲在～曰強圉。」〔又〕月在
　　　　　～曰圉。

　　【丁】地～，田賦之名……〔又〕藥名，見《本草》。

　　【丈】方～，方一～也……〔又〕佛門長老居室也。……〔又〕
　　　　　神山名。

11. 按……、案……

　　為了幫助讀者更準確、更全面地理解某字或詞的意思，編者們在《中華》中使用了大量的按語，加上了許多與該條目直接相關的內容。有的是為了辨音，有的是為了正形，有的是地理古制等百科知識，有時點出流行俗語，有時解釋詞義及用法變化，內容非常豐富。如：

　　【一】～切，謂權時也。見《後漢‧李通傳》注。〔按《光武紀》
　　　　　「～切勿案」，義同。今言～切，但用《大學》朱注「壹是
　　　　　～切」之義。〕

　　【丁】夏時萬物皆～實，見《說文》。〔按，～實，小徐本作「～
　　　　　壯成實」。《史記‧律書》曰：「～者，言萬物之～壯也。」〕

【丁】當也。《詩‧雲漢》：「宁～我躬。」〔按，《唐道因碑》云：「～於內艱」。世稱遭父母喪曰～艱，亦曰～憂，即此意。〕

【丈】方～，方一～也……〔按，俗稱和尚之主持者曰方～。〕

【三】通作叄。《廣雅‧釋言》：「～，叄也。」〔按，《考工記‧輪人》「叄分其股圍」及《漢書‧刑法志》「秦造叄夷之誅」，叄並與～同。〕

【上】君也。《易‧剝》：「～以厚下安宅。」〔按，秦漢以來，遂爲皇帝之通稱。〕

【下】下～書。《周禮‧質劑》注：「質劑一箚而別之也，若今～手書。」〔疏〕：「漢時～手書，即今之指畫券也。」〔按，古時印章，不盡人有，多以手畫券爲記。又日本語謂拙爲～手。〕

【不】必墨切，音北，職韻。分物切，音弗，物韻。〔案：～音滋，岐異。古多讀平上二聲，《切韻指掌圖》定爲逋骨切，今讀與之合。惟今北方讀如幫鋪切，南方亦有異讀。此音北從段玉裁。〕

## 12. 沒有按字的按語

除了使用「按」、「案」之外，《中華》中還有很多直接用「〔〕」來表示的按語。如：

【下】天～，謂人主也。《老子》：「天～多忌。」〔俗稱世界曰天～，又謂中國曰天～。〕

【下】～女，神女也……〔今日本稱侍女曰～女，義本此。〕

【不】無也。《詩‧君子于役》：「～日～月。」〔言無一定之日月，序所謂行役無期度也。凡經傳「～」字，他本亦多引作無。〕

【不】華～注，山名。《左‧成公二年》傳：「三周華～注。」〔一名靡笄山，在今山東曆縣東北十五里。〕

## 13. 具言

用來爲外來詞（多是英文、拉丁文、法文詞）擬音，作用與「讀若」類似，

但它與「讀若」的區別在於，「讀若」後的擬音是單字，「具言」後的擬音往往不是一個漢字可以表示的。如：

【㪷】

法量名。竏百分一。具言生的立脫爾，當我一勺七撮六圭二粟弱。英文 Centilitre。

【籵】

～，法國度名。米之十倍。具言迭加米突，當我三丈二尺四寸，迭加或作迭克，或作特卡，西文 decametre。

### 14. 彼言

這一術語用來引出外文讀音，如：

【喱】讀若釐

英衡名。具言克令，亦言粟英。衡本位，當一釐七毫。彼言 grain。

【呎】讀若尺

英美度名。十二吋為一～，具言幅地，當我九寸八分七釐五毫三絲。彼言 Foot。

綜上所述，《中華》有自己的一套術語體系，大多運用傳統訓詁學術語，但含義卻略有差別，這與其編纂時代密切相關。

只是，在傳統小學中，古書注解有一套注解術語，比如「曰、為、為之、謂」等，它們有約定俗成的用法與含義。我們的語文辭書中倘若要使用這些術語，要麼遵循其一貫用法，要麼在凡例中注出該辭書中的用法。比如《中華》在凡例中就做出如下說明：「字之通、同、或作，各有分辨，不可不詳。本書初稿，將《集韻》本或、通、同、別作等字，悉載韻目之下，復加參考。有全體相同，而無全體可通者，設如縣、懸二字，本屬相通，今則縣可通懸，而縣邑不能作懸邑。凡稱本字者，亦多類次……」

同時，由於一本大型字典一統天下的局面早已結束，當市面上同時流傳著多種大型語文辭書時，它們之間的注釋術語也要盡量一致。我們並不能要求其完全相同，但至少不要引起歧義。比如：

【瑲】千羊切，音鏘，陽韻。

　　同瑲。玉聲也。《詩·采芑》:「有～蔥衡。」《釋文》:「～，本又作瑲，亦作鎗，同。」

【廑】渠斤切，音勤，文韻;奇靳切，勤去聲，問韻。

　　㊄通「勤」。《漢書·揚雄傳》:「其～至矣。」注:「～，古勤字。」

《中華》中的「同瑲」這一義項，《漢大》注爲「通瑲」。《康熙》注爲:「又《集韻》千羊切，音鏘。瑲，或作瑲。瑲瑲，玉聲。」

《中華》中的「通勤」這一義項，《漢大》注爲「同勤」。《康熙》注曰:「又與勤通。《前漢·文帝紀》廑事從事。又《揚雄傳》其廑至矣。」

但是，在《集韻》中，「瑲、瑲」「廑、勤」都是放在同一字頭處作爲異體字處理的。事實上，這兩組字都僅僅是在這一特定語音與意義下才能相互通用，它們並非完全的異體字。到底應該用「通」還是「同」?應該說，不管是用「通」或者用「同」都有各自的道理。但不管使用哪個字，在一本辭書內部都應該統一，且在凡例中做出說明。這一問題在目前的大型語文辭書中或多或少都存在，在今後的辭書編纂修訂工作中我們尤要引起重視。

# 第三章　《中華大字典》反切注音概況

　　由於 1918 年中華民國教育部才公佈注音字母，所以 1915 年出版的《中華》依然採用了反切注音。雖然反切這種注音方式是古老而傳統的，但《中華》爲其注入了新意，其創新之舉爲後世辭書提供了不少可供借鑒之處。在稱道其可取之處的同時，我們也要看到，盡管力求完備，疏漏仍在所難免，《中華》在反切注音中也有不少錯誤及尚須完善之處。在本章中我們在檢討其得失的同時，也對今天的語文辭書編纂進行思考。

## 第一節　古今常用字書的注音體例

### 一、傳統字書的注音體例

　　在介紹《中華》的注音體例之前，我們先回溯一下古代幾本有代表性的常用字書的注音體例：

　　我國第一部字典是東漢許慎的《說文解字》（公元 100～公元 121 年），但《說文》是文字學著作，許慎重在分析字形，說明本義，只爲一些生僻字或作者認爲有必要注音的字標注讀音。由於許慎所處的時代尚無反切注音法，所以僅用「讀若某」及「讀與某同」等直音法爲被注字擬音，如：

　　　　敂，敷也。从攴也聲。讀與施同。

𡥀，所依據也。从受、工。讀與隱同。

卟，卜以問疑也。从口、卜。讀與稽同。《書》云「卟疑」。

敽，繫連也。从攴喬聲。《周書》曰：「敽乃干。」讀若矯。

敉，撫也。从攴米聲。《周書》曰：「亦未克敉公功。」讀若弭。

敂，擊也。从攴句聲。讀若扣。

　　魏晉南北朝時期，《說文》系有許多字書，如魏張揖的《古今字詁》、晉呂忱的《字林》等，但已盡皆散佚。流傳下來較爲重要的是梁顧野王的《玉篇》（公元 543 年）。它是第一部楷書字典，「實際上已開後代字典的先河」〔註1〕，創造性地爲每個被注字先標明反切，然後羅列包括本義在內的多種意義。

　　但《玉篇》原書現在只剩殘卷，我們現在使用的是宋人的《大廣益會玉篇》，宋本《玉篇》刪掉了原書很多注釋，也改動了一些反切注音，與原本《玉篇》的音系已然不同，但兩書的反切注音大都是根據時音擬定的。《玉篇》也收錄了很多又音，它們或爲古音，或爲時音，或爲方音。如：

卟，吉兮、羌禮二切，問卜也。

敽，居表切，繫連也。

敉，武婢切，安也，撫也。

敂，枯苟切，或作扣。

懟，直類切，《說文》云「怨也」。又徒對切，愚也。

忘，無方切，不憶也。《說文》曰「不識也。」又無放切。

　　唐宋金元期間，文字金石之學研究繁榮昌盛，流傳下來了很多辨正字形的「字樣書」，如唐顏元孫的《干祿字書》，宋郭忠恕的《佩觿》，遼僧人行均的《龍龕手鑒》等，由於此處我們討論的是注音問題，故對它們不多作討論。

　　至於《類篇》，則繼承了《玉篇》的傳統，又與《集韻》「相副施行」；《六書故》是篆書字典；所以此處也不贅述。

　　明清兩代，有三本重要字書，分別是梅膺祚的《字彙》與張自烈〔註2〕的《正字通》，以及《康熙字典》。

---

〔註1〕見王力《中國語言學史》97 頁。

〔註2〕《正字通》的作者究竟是張自烈還是廖文英存在爭議，此處不論，暫定爲張自烈。

　　《字彙》（公元 1615 年）採用 214 部編排，對檢索法貢獻頗多。在注音問題上，凡例中稱：「經史諸書，有音者無切，有切者無音，今切矣，復加直音，直音中有有聲無字者，又以平上去入四聲互證之，如曰某平聲、某上聲、某去聲、某入聲。至四聲中又無字者則闕之。中有音相近而未確者，則加一『近』字，曰『音近某』。」

　　「字有本音而轉爲別音者，則先本音而轉次之。如『中正』之『中』，本平聲，而轉爲『中的』之『中』，則去聲。『中正』之『正』，本去聲，而轉爲『正月』之『正』，則平聲。先後固自有辯，平仄之序，非所論矣。」

　　「叶音必援引以實之，但出五經者人所共曉，止撮一二句足矣。如列史諸子，及歷朝詩賦等書，必兩音相叶，始顯。故多收上下文，不厭其煩。」

　　「字有多音多義，而同者止一音意義。註曰『與某字同，某切。』……如『僠……與番同，補禾切。』」

　　由凡例諸言可知，《字彙》的注音方法有四種：反切、直音、四聲互證（某平聲）、音近某。它還收錄了叶音，注意首音與又音的編排順序，在拿多音義字爲他字注音時特地指明是某音。這些舉措使得它在體例上大有進步，比以往字典使用起來更爲方便。如：

吐　　他魯切，音土。寫也，出也，歐也，舒也。○又去聲土故切，
　　　義同。

吼　　許偶切，齁上聲。虎聲，一曰牛鳴。又怨聲。又厚怒聲。○又
　　　去聲許侯切，義同。

涮　　生患切，栓去聲。涮洗也。○又所劣切，音刷，水名。

漧　　古文乾字。

　　由上面例子中我們可以看到，它的基本注音體例是「反切＋直音」，也即凡例中所說的「茲先音切以辨其聲，次訓詁以通其義」。對於俗字、古字等不注音只釋義。

　　梅膺祚在凡例中沒有說明書中反切、直音等注音材料的來源，但頻頻提及《洪武正韻》與《篇海》，如：「字宗《正韻》，已得其概。而增以《說文》，參以《韻會》，皆本經史，通俗用者。」又如「《篇海》以字音爲序，每苦檢閱之煩。」可見這些韻書、字書對《字彙》的編纂都有影響。據高永安（2002）

在《〈字彙〉音切的來源》一文中的研究，字彙的注音材料來自三方面：一是《韻會》、《洪武正韻》等韻書；二是《篇海》一系字書；三是作者自創。這個結論應該是可信的。

不過，由於《字彙》對於「《篇海》怪僻之字，悉芟不錄」，所以一些僻字查找不到。

公元 1670 年前後刊行的《正字通》，釋義比《字彙》繁博得多，但體例一如《字彙》，注音的主要方法也是「反切＋直音」，有時也單用反切或單用直音，還採用了「讀若、讀如」與「本音」注音，如：「鼓，《說文》讀若屬。」「委，古讀如阿。」「甈，本音娶。」但基本注音方法與《字彙》一致，如：

　　吐　他魯切，音土。《說文》寫也。……又暮韻，音兔，義同。

　　涮　俗字。……生患切，栓去聲，涮洗。又音刷。

根據凡例中的敘述，《正字通》本為糾正《字彙》錯誤而作，因此，注音材料沒有太多變動，不過作者加入了一些自己口語中的實際語音，所以帶上了贛方言語音特點。值得注意的是，張自烈反對叶音說，所以書中沒有出現「叶音」之名，但有時又把「叶音」之實以「又音」的形式給出。如：

　　蹣　相關切，音姍。蹣蹣，跛行貌。……又先韻音仙。

　　雌　此私切，次平聲，《說文》：「鳥母也。」……又齊韻音妻。

「雌」字「又齊韻音妻」，是因為《集韻》與《洪武正韻》中都有「千西切」一音。但「蹣」字「又先韻音仙」，是因為《韻補》中有「叶相然切」一音。

公元 1716 年成書的《康熙字典》，是清代最為重要的字典，它沿用了《字彙》的體例，是傳統字典的集大成之作。根據御製《康熙字典》序言中的說法，為了達到「無一義之不詳、一音之不備」的目的，書中的注音釋義「一本《說文》《玉篇》，兼用《廣韻》《集韻》《韻會》《正韻》，其餘字書一音一義之可采者，靡有遺逸。」所以，《康熙》中的注音體例是將某字在上述幾種質量較好的字書、韻書中的音義，按照所出舊籍的順序排列，如：

　　吐　《唐韻》《正韻》他魯切，《集韻》《韻會》統五切，竝音土。《說文》寫也。……又《廣韻》湯故切《集韻》《韻會》《正韻》土故切，竝音兔。

珊　《廣韻》蘇干切，《集韻》《韻會》相干切，竝音珊。……又《韻補》叶相然切。

卟　《唐韻》古奚切，《集韻》《韻會》堅奚切，《正韻》堅溪切，竝音雞。……又《集韻》遣禮切，音啓。卜問也。

涮　《廣韻》生患切，《集韻》數患切，竝音灤。……又《集韻》數眷切，音篡。義同。……又所劣切，音刷。水名。

我們可以看到，某字的某一個讀音，《康熙》會羅列出諸家說法，用多個反切注音。除此之外，與《字彙》《正字通》等相比，《康熙》除了收音齊全之外，一個顯著的優點是標明了注音材料的來源，大大方便了使用者。

## 二、《中華》的注音體例

在《中華》的凡例中，歐陽溥存詳細注明了注音材料的來源及這樣選擇的原因：「聲韻依時地而各有不同，今編中音切，一宗司馬溫公《集韻》。《集韻》書成於中州，宋去今未遠，其詳確又本非元明人所爲韻書所逮也。《集韻》所無，乃別采《廣韻》以下各韻書爲用。」所以正文中注音時不再標出注音材料的來源。

除此之外，考慮到「自古字書韻書，分途異撰」，所以「今敘合諸文，本從形體，更用《韻府》百六部目，題識各字之下，藉以通其溝徑，利彼學人。其字母爲《韻府》所未列者，依所音字補，所音字又爲《韻府》（原文誤作《府韻》）所無，或有切無音者，以疊韻收。讀若某者，不列韻。音切原闕一者，仍其舊。」

還爲「形體雖同，而音義並異者，另爲一字。兼存諸音，至叶韻乃後人執隋唐之韻以讀古經者所作，於古音今音俱無當，茲悉不錄。」

綜合凡例中的論述，我們可以總結出《中華》注音體例上新的特點是：以《集韻》爲注音標準、標注韻部、不取叶音、音義並異者另爲一字。如：

【吐】統五切，音土，麌韻。

㊀寫也。見《說文》。……

【吐】土故切，音兔，遇韻。

歐也。病自～也，見《廣韻》。……

【卟】遣禮切，音啓，薺韻。

　卜問也。見《集韻》。

【涮】數患切，音灤，諫韻；數眷切，音篹，霰韻。

　㊀洗也。……

【涮】所劣切，音刷，屑韻。

　水名。見《集韻》。

如上所述，《中華》在注音時，將「音義並異者」分成不同字頭注釋。每個字頭的注音選用《集韻》中的反切，大都只給出一個反切。但對於某一字頭，如果《集韻》中有兩個或兩個以上的反切注音，它也會「兼存諸音」。

雖然在《中華》中，「反切＋直音＋韻部」是其注音的基本體例，但對於某字的異體字、俗字、本字、古字、訛字、篆文等字體，它只列出字形和簡單說解，並不注音，如：

【僅】同付，見《六書故》。

【凭】俗憑字，見《正字通》。

具體來說，《中華》正文中的注音一般分爲下面六種情況：

單一讀音。如：

【一】益悉切，音壹，質韻。

【吨】徒渾切，音屯，元韻。

兩個或兩個以上讀音。如：

【谷】古祿切，音穀，屋韻；俞玉切，音欲，沃韻。

【倞】其亮切，強去聲，漾韻；居良切，音薑，陽韻；渠映切，
　　音兢，敬韻。

這兩種情況最常見，其他偶爾使用的注音方式有以下四種：

讀若、讀如法。日源漢字、科技新詞、「俗讀音」等多用此法。如：

【八】讀若巴〔按今北音讀如之〕。

【啤】讀若皮。

【嚷】讀如壤。

單用直音。新造漢字多單用直音法，如：

【乓】音霧，俗字。乒乓，玩具。英名 ping-pong。

未加注直音。這種情況較爲罕見，可能是疏漏，如：

【涵】下咱切，感韻。

【洒】蘇很切，阮韻。

音未詳。對於未能找到讀音的文獻來源，但又本該注音的僻字使用此法。如：

【鄴】音未詳。

【淬】音未詳。

## 三、《漢大》的注音體例

《漢語大字典》在「凡例」中的第 9、10、11 條說明了注音體例：

「9、多音多義字，用（一）（二）（三）……分列音項；同一音項下有幾個區別意義的反切，用㊀㊁㊂……分列；一個音項下統率的義項，用①②③……分項……」

「10、注音分現代音、中古音、上古音三段。現代音用漢語拼音方案標注。中古音以《廣韻》、《集韻》的反切爲主要依據，並標明聲韻調。上古音只標韻部，以近人考訂的三十部爲準。出現於近現代的字不標注中古音和上古音，出現於中古的字不標注上古音。」

「11、有異讀的字，一般依照普通話審音委員會的審訂音。傳統上有兩讀，又比較通行的，酌收兩讀。」

《漢大》後出轉精，在注音體例上更進一步。它和《中華》一樣，將多音義字的不同音義分列，只是沒有分爲不同的字頭。它不僅標明了中古反切注音的韻部，還加上了聲與調。將注音分爲三段，對中古反切讀音有所擇取等舉措，都增強了可檢索性與注釋性。如：

吐

（一）tǔ《廣韻》他魯切，上姥透。魚部。

（二）tù《廣韻》湯故切，去暮透。

墁

（一）màn 杢《廣韻》母官切，平桓明。元部。

抹子，泥工的一种抹墻工具。……

㊀《集韻》莫半切，去換明。

①貪。……

（二）wán《集韻》無販切，去願微。

木名，即荊。……

（三）mán《集韻》模元切，平元微。

同「構」。……

另外，雖然《漢語大字典》沒有像《中華》一樣將同一字的不同音義分字頭處理，但《漢語大詞典》卻是這樣的。它把「一個單字有兩個以上字頭的，在字頭的右上角分別以阿拉伯數字標注序號」。如：

似[1]　sì《廣韻》詳里切，上止，邪。

似[2]　shì 見「似的」。

它的單字條目注音體例則與《漢語大字典》相似，在「字頭下依次標注現代音與古音。現代音用漢語拼音字母標注。古音包括中古音與近古音，以中古音爲主。古音用反切標注。在《廣韻》《集韻》的反切後依次列聲調、韻部和聲類，其他韻書反切後只標注聲調和韻部。字書只列反切。」如：

伯[1]　bó《廣韻》博陌切，入陌，幫。

伯[2]　bà《洪武正韻》必駕切，去禡。

伯[3]　mò《洪武正韻》莫白切，入陌。

伯[4]　pò《廣韻》博陌切，入陌，幫。

伯[5]　bǎi《廣韻》博陌切，入陌，幫。

伽[1]　qié《廣韻》求迦切，平戈，羣。

伽[2]　jiā《字彙》具牙切。

伽[3]　gā譯音用字。

## 第二節　反切注音的創新之處

根據上文我們對古今幾本常用字書注音體例的介紹，通過將《中華》與其前後大型語文字書注音體例的對比，我們可以看到，《中華》中的反切注音有它自己的特色，本節我們就來具體分析其創新之處。

### 一、不再羅列衆音，讀音更明確

在《康熙》中，「人各異見」的衆多讀音得以會面，對於語言研究者來說，它們是考察語音變遷的重要資料，但對於一本字典來說，這種注音方式會讓普通讀者無所適從，從而顯得缺乏實用價值。

從字典存在的意義來看，其注音需要有一個統一的標準。歷史上，《切韻》音系之所以由隋至今仍影響深遠，是因爲它經過了嚴格的審音。在《切韻》序中，陸法言記述了劉臻、顏之推、盧思道等八人「因論南北是非，古今通塞；欲更捃選精切，除削疏緩」的過程，然後「蕭顏多所決定」。而《集韻》之所以總是招來非議，原因之一就是它收錄的音非常寬泛，前代經典中的切語都盡量收錄，卻沒有給出解釋說明，讓人無法分清哪些音是時下通用的，哪些是前代經籍的，哪些是標準規範的，哪些是方音俗讀的。

由此可見，前人編纂韻書、字書尚且要審音辨讀，今人編纂字典，更要對前代的注音材料妥善處理，力爭取捨得當。因此，雖然《中華》顯然是以《康熙》爲基礎編纂而成，但它沒有像《康熙》一樣羅列《廣韻》《集韻》《古今韻會舉要》《洪武正韻》等韻書的讀音，而是只選取了《集韻》中的讀音。《集韻》中沒有注音的，才從後世韻書中擇取。

### 二、爲同字異語分別注音

對於某一擁有多個音義的字形，《康熙》的做法是將其全部放在一個字頭下，先列出該字形在《說文》中的音義，然後再一一列出其它音義。

《中華》對此做出了改動，「形體雖同，而音義並異者，另爲一字。」比如：

【壄】上與切，紓上聲，語韻。

㊀田盧也，見《集韻》。

　　㈢別館也。《唐書‧蕭復傳》：「歲饑，復家百口，不自振，議鬻
昭應～。」

　　【墅】以者切，音野，馬韻。

　　同「野」。郊外也。見《集韻》。

　　「別墅」的「墅」和與「野」通假的「墅」雖然字形相同，但在音義與用
法上皆不同，所以《中華》將其分為兩個字頭，分別注音釋義。

　　這一舉動的意義非凡，它表明了在傳統小學與現代語言學觀念大碰撞的民
國時代，編者們開始有了「詞」的概念，試圖將不同的音義分開處理。雖然在
形式與內容上做得都不夠完美，但這一創新之舉被後來的辭書繼承並後出轉精。

## 三、選取更接近時音的音讀

　　《康熙》是把《廣韻》音放在最前面的，然後繼之以《集韻》《類篇》《韻
會》《正韻》等字書、韻書中的讀音。《中華》之所以舍《廣韻》就《集韻》，是
因為《集韻》中的讀音「去今未遠」，更容易拼合出讀音，與時音更為接近。

　　比如：「子」字，《廣韻》「即里切」，《集韻》「祖似切」；「厓」字《廣韻》
「五佳切」，《集韻》「宜佳切」；「搣」字《廣韻》「亡列切」，《集韻》「莫列切」，
改類隔為音和；「印」字，《廣韻》「於刃切」，《集韻》改為「伊刃切」，使反切
上下字的開合口一致；「卵」字，《廣韻》「盧管切」，《集韻》改為「魯管切」，
使反切上下字聲調一致。

　　當然，距離民國時代最為接近的朝代絕非宋代，宋之後也有諸多韻書傳世，
《中華》之所以選擇《集韻》，另一個原因是《集韻》雖然改動了不少《廣韻》
中的反切，但仍與《切韻》音系一脈相承，除「船禪相混」等個別現象之外，
音理上並沒有過多變化，代表的仍是中古語音系統，不像《洪武正韻》等後世
韻書一樣南北雜糅。所以，在新的注音方式公佈之前，《中華》在各方權衡之下
選擇了《集韻》作為注音標準還是比較恰當的。

## 四、不取叶音

　　在《字彙》《正字通》《康熙》中，叶音都是相當重要的一部分內容。雖
然它是古人試圖探究古音的表現，但叶音這一現象本身就是不正確的。雖然

在《康熙》編纂時，「叶音說」早已受到陳第、顧炎武等人的批判，但編者們仍然大講叶音。

比如：「安，《唐韻》《集韻》《韻會》《正韻》竝於寒切，案平聲。……又叶烏前切，音煙。《詩·大雅》：『執訊連連，攸馘安安。』又叶於眞切，音因。蘇軾《李仲蒙哀辭》：『矯矯犖犖，自貴珍兮。欺世幻俗。內弗安兮。』」

再如：「牛，《唐韻》語求切……又叶音奚。《詩·小雅》：『我任我輦，我車我牛。』叶下『哉』。『哉』讀將黎反。」

到了民國時代，隨著古音學的發展，叶音一說徹底失去了地位，《中華》的編者認爲「叶韻乃後人執隋唐之韻以讀古經者所作，於古音今音俱無當，茲悉不錄。」所以，《中華》雖然試圖「兼存諸音」，但對於叶音一概不取，宣告了在字典中收錄叶音時代的終結。

## 五、間接區分了單字在複詞中的讀音

在語言中，音與義是密切相關的，即便是同一個詞語，讀音不同的時候意義也有可能不同。因此，有異讀音的單字，當它在複詞中的讀音可能出現岐義時，就應該對這一複詞進行注音。在今天的辭書中，這一原則已經得到了普遍重視，比如《漢語大詞典》就對有多個讀音的單字每個讀音標上序號，在爲複詞釋義時，詞頭中的該單字也標有序號，方便讀者明確該複音詞的讀音。

在《中華》中，由於它在單字下收錄了大量的複音詞，所以也間接地對複詞進行了注音。比如：

【若】日灼切，音弱，藥韻。

　㊀～干。預設數也。《漢書·賈誼傳》：「各爲～干國。」〔又〕不定之辭。《禮記·曲禮》：「始服衣～干尺矣。」

　㊁～何。猶如何也。《左·僖公三十三年》傳：「以間敝邑～何。」

【若】爾者切，音惹，馬韻。

　㊂般～。梵言，智慧也。《廣弘明集·辨惑篇》：「西稱般～，此翻智慧。」

　㊂阿蘭～。梵言，閒靜處也。《華嚴經音釋》：「阿蘭～，梵語也，

此云閑靜處。」

這種注釋方式，可以讓我們很容易認識到梵文佛經中的「若」讀音是 rě，與「若干」等詞中的「ruò」讀音不同。

此外，如果某個單字，當它僅在複音詞中有另一個讀音時，也另列一個字頭，單獨爲該複音詞注音釋義。比如：

【蔓】無販切，音萬，願韻。

　　㊀葛屬，見《說文》。《通訓定聲》：「許云葛類者，謂如葛之類，引藤蔓長者，凡皆謂延也。《左·隱元年》傳『無使滋～』。《楚辭·怨上》『葐蒍兮～衍。』」〔按，植物學云，凡植物之能纏繞或攀附於他物者，通謂之～。若細別之，則木本曰藤，草本曰～。〕

【蔓】謨官切，音謾，寒韻。

　　～菁，菜名。《本草綱目》：「蕪菁，北人名～菁，時珍曰：菁是芥屬，根白而長，其味辛苦，而短莖粗葉，大而厚闊。夏初起薹，開黃花四出如芥，結角亦如芥。其子均圓，宛似芥子，而紫赤色。」

在上例中，「蔓」字在「瓜蔓」「藤蔓」等詞中讀「無販切」wàn，但在「蔓菁」一詞中讀 mán，《中華》的這種注音方式可以幫我們讀準複音詞中單字的音。

## 第三節　反切注音中的訛誤

在主編陸費逵心中，《中華》的編撰目的就是糾正《康熙》中的錯誤，彌補其不足，力圖取而代之。在編纂過程中，它廣泛利用清儒的研究成果，「校正了《康熙字典》的錯誤二千多條」。但王引之《字典考證》中的 2588 條考證，內容多針對訓釋，對語音方面的錯誤涉及較少，因此王力先生後來著有《康熙字典音讀訂誤》一書，「補充王引之的考證」，更正書中讀音不下 5000 處。另外，明治十八年（公元 1885 年）日本人渡部溫著有《康熙字典考異正誤》一書，列舉書中錯誤 11700 多條，且多與王引之的考證並無重複。但《中華》的編者們很可能沒有看到渡部溫的著作。也就是說，《康熙》中的很多錯誤是清儒沒有指出的，校正其中的二千多條錯誤還遠遠不夠。因此，《中華》承襲了《康熙》中的許多錯誤，並且由於其注音體例與《康熙》不同，自己也犯了很多錯誤。在

這一章中，我們只談注音。篇幅所限，此處我們只選取其中的「一」「｜」「丶」「丿」「乚」這五個最基本的部首來看：

## （一）一　部

　　【三】蘇暫切，音散，勘韻。

「暫」是闞韻字，在平水一百零六韻中與勘韻同屬「勘」韻部。但「散」是翰韻字，與它們不同音。

　　【上】是掌切，商上聲，養韻。

「上」爲禪母濁聲字，「商」爲書母清聲字，誤同《康熙字典》。可改爲「常上聲」。

　　【丑】敕久切，音醜，有韻。

「丑」爲徹母字，「醜」爲昌母字，不同音，可改爲「音杻」或「音杼」。

　　【且】淺野切，音跙，馬韻。

「跙」爲語韻字，不屬馬韻。

　　【且】子余切，音疽，魚韻。

「疽」爲清母，「子」爲精母，不同音。

　　【且】此與切，音苴，語韻。

「苴」爲精母，「此」爲清母，不同音。

　　【丣】以久切，音有，有韻。

「以」和「丣」都是喻母四等字，而「有」是喻母三等字，不同音，可以改爲「音酉」或「音卣」。

## （二）｜部

　　【丩】居尤切，音鳩。居虯切，音樛，尤韻；巨天切，音撟，篠韻。

「撟」是見母字，「巨」是羣母字，不同音。

　　【個】居貨切，音箇，箇韻。

「貨」爲過韻字，可能是「賀」字之誤。

　　【丫】乖買切，音拐，蟹韻。

「乖」和「丫」爲見母，「拐」爲羣母，不同音，可改爲「音枴」。

【串】樞絹切，音釧，諫韻。

在 206 韻中，「釧」和「絹」爲線韻字，故應把「諫韻」改爲 106 韻中的「霰韻」。

（三）丶部

【丶】冢庾切，音主，麌韻。

「主」爲章母，「丶」和「冢」爲知母，不同音，可改爲「音拄」。

【主】陟慮切，音鑄，御韻。

「陟」爲知母，「鑄」爲章母，不同聲。且「鑄」爲遇韻，亦不同韻。根據釋義，此「主」同「注」，而「注」爲章母遇韻，與「鑄」同音，則需改動的是切語與最後的韻目。

【丼】都感切，丹上聲，感韻。

「丹」爲寒韻，其上聲爲旱韻，不同音。可改爲「耽上聲」。

（四）丿部

【乂】魚刈切，音詣，隊韻。

「乂」和「刈」均屬隊韻，但「詣」爲霽韻字，不同音。

【乃】囊亥切，柰上聲，賄韻。

「柰」爲泰韻字，其對應上聲並非賄韻。

【久】巳有切，音九，有韻。

「久」爲見母字，故「巳」爲「己」之形誤。

【乏】扶法切，音伐，洽韻。

「伐」是月韻字，「法」與「乏」是乏韻字，不同音。

【甶】藏宗切，音息，東韻。

「宗」是冬韻字，不是東韻。

【乘】石證切，音剩，徑韻。

「石」是禪母字，「剩」是船母字，不同音。

【九】已有切，音久，有韻。

根據讀音，「已」當爲「己」之誤。

【乞】丘既切，音器，未韻。

「器」是至韻字，而「乞」和「既」都是未韻字，不同音。所以「音器」錯誤，可改爲「音氣」。

【㪝】似絕切，音蜥，屑韻。

「蜥」是心母錫韻字，「㪝」是邪母薛韻字，聲韻都不同音，可改爲「音揳」。

【乬】以冉切，音广，琰韻。

「乬」是喻母四等字，「广」是疑母字，不同音，可改爲「音琰」或「音剡」。

【亂】鄔項切，央上聲，講韻。

「央」有兩讀，其上聲一爲養韻，一爲梗韻，都不是講韻，所以不能說是「央上聲」，可改爲「音慃」。

【乭】乙冀切，衣去聲，寘韻。

「乭」和「冀」是至韻字，「衣」去聲是未韻，不同音，可改爲「伊去聲」。

### （五）亅部

【予】演女切，于上聲，語韻。

「于」是虞韻字，其上聲是麌韻，不是語韻。《康熙字典》中「音與」才是對的。

【�】離呈切，音靈，青韻。

撞也。……

「�」和「靈」都是青韻字，但「呈」是清韻字，不同音。而且，《集韻》並無「離呈」切，意爲「撞也」的「�」字，在《集韻》中爲「郎丁」切。

【事】仕吏切，音示，寘韻。

「示」是牀母三等字，「事」是牀母二等字，不同音。

【㐨】時與切，音序，語韻。

《類篇》才是音「時與切」，《集韻》的注音是「象呂切」。「時」爲禪母，「序」爲邪母，所以應取《集韻》切語。

列舉以上五部的勘誤只是爲了幫我們認識《中華》注音的概貌，現在我們來總結書中注音的錯誤類型。

總的來說，從來源分析，《中華》所犯的錯誤可分爲兩類：一是照抄《康熙》出現的錯誤，一是自己所犯的錯誤；從類型分析，《中華》在注音方面所犯的錯誤可分爲八類：1. 誤用《集韻》中的錯誤反切；2. 誤用《正韻》等韻書中的反切；3. 直音錯誤；4. 方音錯誤；5. 韻部標注錯誤；6. 音義相同者分爲二音；7. 字形錯誤；8. 《康熙》中爲避諱而改字，《中華》不核對原書，照搬過來，從而導致注音不準確。

下面我們就這八種錯誤類型一一來看：

# 一、誤用《集韻》中的錯誤反切

首先我們必須肯定的是，在使用《集韻》中的反切時，《中華》並沒有完全照抄，對其中的錯誤也做出了更正。比如：肺（肉部），失人切，音申，眞韻。此字《集韻》作「外人切」，《中華》的編者們已經做出了校正。只是從字形上來看，黃侃在《集韻聲類表》中確定的「升」比「失」與訛誤的字形「外」更爲接近。

此外，由於《中華》是以《康熙》爲藍本增刪而成的，所以經常從《康熙》那裏直接轉引其他字書韻書的注音釋義，但它也並非不假思索地照搬，而是經過審音的，因此也改正了《康熙》中的許多錯誤，此處我們只舉與《集韻》有關的例子。如：

【岍】乎經切，音形，青韻。

此字《康熙》注爲「呼經切，音刑。」「乎」「形」「刑」都是匣母，「呼」是曉母，《康熙》誤引了《集韻》中的反切，《中華》糾正了過來。

【峖】於寒切，音安，寒韻。

《康熙》注爲「於含切，音安」，抄錯了韻書，《中華》做出了更正。

【嶡】苦軌切，音歸，紙韻；五賄切，音頠，賄韻。

《康熙》中注爲「《集韻》苦軌切，音跪」，直音不妥，且「五賄切」失

收，《中華》都進行了糾正。

【挾】楚兩切，音搶，養韻。

《康熙》注爲「又《集韻》楚兩切，倉上聲。」「倉上聲」是切不出「楚兩切」的，在《集韻》中，「搶」和「挾」屬於同一小韻，所以《中華》中的注音是對的。

【枕】于求切，音尤，尤韻。

《康熙》中注爲「《集韻》《類篇》余求切，並音尤。」「余」是喻四以母，「于」和「枕」是喻三于母，《康熙》誤引了《集韻》，《中華》中的注音是對的。

較爲遺憾的是，這方面的工作沒有做到盡善盡美。編者們僅僅對此類特別明顯的錯誤給予關注，對於聲韻較爲接近但並不相同的被注音與注音之間的差異，則大都忽略。因此，當他們把《集韻》中的反切原封不動地拿來用時，犯了不少錯誤。

比如，王力先生指出的《康熙》誤用今本《集韻》錯誤反切的三個例子，《中華》就有兩個——「夷」和「蝱」。「夷，延知切，音姨，支韻。」「夷」和「姨」是脂韻字，「知」是支韻字，不同音。「蝱，眉耕切，音盲，庚韻。」「蝱」是庚韻字，「耕」是耕韻字，不合。再如：

【仇】恭於切，音居，魚韻。

《中華》的「凡例「中已然聲明，字頭下面的切語首選《集韻》，此處，「仇」字在《集韻》中的反切是「恭于切」，《康熙》誤引爲「恭於」，《中華》也跟著錯了。而「于」是虞韻字，「於」是魚韻字，兩者並不同音。

【吃】居乙切，音訖。欺訖切，音乞，物韻。

「乙」爲質韻字，「吃」和「訖」都是迄韻字，語音相差較遠，「居乙切」似乎有誤，《廣韻》中「吃」爲「居乞切」，所以「乙」可能是「乞」之誤。

【哞】匹絳切，音胖，漾韻。

誤同《康熙》。《集韻》原文爲「匹降切」，而且不應該「音胀」，應該是「音胖」。另外，此處韻部標注錯誤，應該是絳韻，並非漾韻。

【咽】因連切，音燕，先韻。

誤同《康熙》。「咽」字《集韻》作「因蓮切」，而不是「因連切」。「蓮」是仙韻字，與「咽」同韻，但「連」是仙韻字，用在這裏是錯誤的。

【吪】乎瓜切，音譁，麻韻。

《康熙》中的注解是：「又《集韻》《韻會》並乎瓜切，音譁。口開也。」但《集韻》中的注音不是「乎瓜切」，而是「呼瓜切」。

【朻】渠尤切，音虯，尤韻。

「朻」字《廣韻》有居蚴、居求、居黝三切，均爲見母。查《集韻》，「渠尤切」並無「朻」字，「朻」屬於「居尤切」小韻，且是該小韻的最後一個字，緊接著就是「求，渠尤切」小韻，所以《康熙》可能因此誤引了《集韻》原書，《中華》也就跟著錯了。

有時候，《康熙》引用的《集韻》注音是正確的，但《中華》犯了錯誤，如：

【冥】眠見切，音麫，霰韻。

《康熙》中注爲：「又《集韻》暝見切，音麫。冥眴，視不見。」查《集韻》原書，是「暝見切」，而不是「眠見切」，《中華》引用錯誤。

【哨】蘇曹切，音騷，豪韻。

《康熙》中的注解是「又《集韻》《韻會》並蘇遭切，音騷。揚子《方言》秦晉之西鄙，自冀隴而西，使犬曰哨。」《集韻》原文的確是「蘇遭切」，《中華》引用錯誤。

【吽】五侯切，音齵，尤韻。

「吽」字《集韻》爲魚侯切，《康熙》中的引用是正確的，《中華》誤用了釋義時書證中的注音，雖然這兩個反切的音韻地位相同，但違反了其注音體例。

除了直接轉引《康熙》中收錄的《集韻》反切之外，《中華》自己也在《集韻》中找到了很多《康熙》中沒有記錄的讀音。但在引用這些音時，《中華》有時也會犯錯誤，比如：

【尹】聳允切，音笋，軫韻；于貧切，音筠，眞韻。

《康熙》中爲「尹」字的注音沒有與眞韻雲母相近的讀音，查《集韻》，應該是「于倫切」而不是「于貧切」。

【冥】彌延切，音絲，先韻。

《康熙》中爲「冥」的注音沒有「彌延切」，查《集韻》，「冥」字應該是「民堅切，音同眠」。

【卵】古門切，音鯤，元韻。

《康熙》中「卵」沒有魂韻見母的注音，查《集韻》沒有古門切，「公渾切」下有該字，且意義相吻合。

【卑】并弭切，音彼。部禮切，音陛，紙韻。

《康熙》中「卑」字沒有與「并弭切」相同或相近的音，查《集韻》，應該是「補弭切」，而不是「并弭切」。

【侚】松遵切，音旬，眞韻。

《康熙》中「侚」字沒有「松遵切」的音，《集韻》中也沒有，只有「松倫切」，意義是「使也」，與《中華》中的解釋相吻合，所以應該改爲「松倫切」。

【楻】胡萌切，音衡，庚韻。

《集韻》中「楻」和「衡」都是「胡盲切」，不是「胡萌切」，此處抄寫錯誤。

【搴】已仙切，音鸇，先韻。

在《集韻》中，「搴」位於「鸇」小韻下，注音確爲「已仙切」，該小韻只有這兩個字。由於反切上字「已」是以母，鸇是章母，「搴」是見母，相差甚遠。所以我們有必要查證資料：

「鸇」字在《廣韻》中只有「諸延切」一個讀音，章母仙韻；「搴」字在《廣韻》中爲「九輦切」，見母獮韻。何以二者同音，且有了「已仙切」這一以母的讀音？

查《集韻》，仙韻中「鸇」共出現了三次，除了「已仙切」之外，還有「稽延切，鷣屬」與「諸延切，鳥名，《說文》「鸇風也」，籀文從廛或從隹」這兩個讀音。「諸延切」的音義與《說文》「從鳥亶聲」相符，也與《廣韻》中的注音相同。段注中說「釋文引說文上仙反」，上是禪母，與「已」讀音也相差甚遠。

在《集韻》仙韻中，「搴」出現了兩次，一爲「已仙切，引取也，《史記》搴長茭」，以母仙韻；一爲「丘虔切，方言取也。楚謂之擽，一曰縮也，拔也」，

溪母仙韻。但在《集韻》獮韻中，「搴」字另有「九件切」，注釋亦爲「《說文》拔取也」，與《廣韻》中的「九輦切」一脈相承，音義皆同。也就是說，在《集韻》中，「搴」多出來了平聲的兩個讀音。攐與搴同、搴俗作攐，它們只有上聲讀音，另一個與搴同的攐有「丘虔切」一音，但都沒有「已仙切」的讀音。

因此我們認爲，「已」很可能是「己」之誤。在《集韻》中，這兩個字形的錯誤並不鮮見，比如《中華》中「九」的注音爲：「已（應爲「己」）有切，音久，有韻。」查《集韻》有韻，給「九」的注音，字形像「已」也像「巳」，唯獨不像「己」。「拳」也同樣如此，它在《中華》中的注音是「拳，己（原文誤作『已』，《集韻》中的字形也是「已」）袁切，綣平聲，元韻。」而且，既然「鷢」有「稽延切」的讀音，「搴」有「丘虔切」的讀音，那麼它們讀「己仙切」也就不奇怪了。很明顯，《集韻》中的字形「己」看起來總是很像「已」，《中華》失查，犯了不少此類錯誤。

## 二、誤用《正韻》等韻書中的反切

王力和黃侃的音韻學觀點不盡相同，但是對《洪武正韻》都持否定態度，認爲《康熙》不該採用《洪武正韻》中的反切。由於《中華》讀音一宗《集韻》，所以誤用《洪武正韻》《古今韻會舉要》《字彙補》等書反切的情況很少，但它對於《集韻》中未收的字，則採用《廣韻》之後的韻書、字書中的注音，所以也難免採用了一些不合反切原則的注音。這種錯誤還可以分爲兩類：

（一）被注字的被釋義在《集韻》中是有注音的，但編者們沒有在《集韻》中找到被切字的注音，因此採用了其他韻書的注音。這樣做既違背了自身的體例，所使用的反切有時候也是錯誤的，比如：

【矴】離呈切，音靈，青韻。

「矴」和「靈」都是青韻字，但「呈「是清韻字，不能相切。而且，《集韻》並無「離呈」一切，「離呈」切來自《篇海類編》，由於《康熙》在解釋此字時，沒有注明其在《廣韻》《集韻》中的反切，《中華》也就直接把《康熙》的注音拿來用了，沒有去《集韻》中查證是否有「矴」字及其注音。事實上，意爲「撞也」的「矴」字，在《集韻》中爲「郎丁切」。所以，此條應改爲「矴，郎丁切，音靈，青韻。」

【𠄔】時與切，音序，語韻。

此字《類篇》音「時與切」，《集韻》音「象呂切」。「時」爲禪母，「序」爲邪母，《類篇》中的讀音是不合反切規則的，所以應取《集韻》切語。

【吆】於宵切，音腰，蕭韻。

「吆」字在《集韻》中爲「伊堯切」，沒有必要使用《五音集韻》中的「於宵切」。

【巽】雛睆切，音撰，潸韻。

查《康熙》中的注解是「又《五音集韻》雛睆切，音撰。」《中華》中的注音來自《五音集韻》，但其實《集韻》中有一個「鶵免切」，應該採用這一讀音。

【佗】吐臥切，音唾，箇韻。

查《康熙》，注爲：「又《韻會》《正韻》吐臥切，音唾。」所以《中華》中採用的「吐臥切」來自這兩部後出的韻書，其實《集韻》中有「他佐切」，應該採用這一反切讀音。

【悠】側鳩切，音鄒，尤韻。

《康熙》中的注解是：「又《韻會》側鳩切，音鄒。」《中華》照搬了這一讀音，卻沒有核對《集韻》。事實上《集韻》有「甾尤切」，應該選擇這一讀音。

【剽】匹沼切，音縹，篠韻。

查《集韻》原書，沒有「匹沼切」。查《康熙》，是這樣注解的：「又《韻會》匹沼切，漂上聲。末也。《莊子・庚桑楚》有長而無本剽者，宙也。又《集韻》俾小切，瓢上聲。末也。」我們可以看到，「末也」這一意義，《康熙》給出了兩個讀音，《中華》應該選擇《集韻》中的「俾小切」，卻誤用了《韻會》中的「匹沼切」，應該改正過來。

（二）被注字或者被注字的該讀音《集韻》確實未收，因此《中華》採用《洪武正韻》《字彙補》等韻書中的注音，但這些注音本身是錯誤的，反切和直音不相符，如：

【另】郎定切，音令，敬韻。

這一讀音來自《五音集韻》，「定」是徑韻字，「令」是勁韻字，不同音。

【曶】古得切，音格，職韻。

注音來自《字彙補》，「得」是德韻字，「格」是鐸韻或陌韻字，反切與直音不相匹配。

【咱】子葛切，音咂，曷韻；茲沙切，音查，麻韻。

此字在《康熙》中注爲：「《篇海》子葛切，音咂。俗稱自己爲咱。又《中州音韻》茲沙切，音查。義同。」「茲」是精母或從母字，「查」是崇母字，不同音。

【枖】子（原文誤作「于」）息切，音積，職韻。

讀音來自《篇海》，「子息切」是精母職韻，「積」是精母昔韻，不同音。

【棣】式志切，音世，寘韻。

這一讀音來自《篇海》，「志」是志韻字，「世」是祭韻字，不同音。

## 三、直音錯誤

在使用反切注音的同時，《康熙》還爲絕大部分字加上了直音。當反切上下字較爲生僻時，直音可以幫我們確認字音，但這種做法可能出現的問題就是直音與反切會出現矛盾，王力先生已經給出了許多例證，此處不贅述。《中華》繼承了《康熙》的這一做法，但它的直音與《康熙》並不相同。略舉數例：

| 被注字 | 《集韻》的反切 | 《康熙》的直音 | 《中華》的直音 |
| --- | --- | --- | --- |
| 一 | 益悉 | 漪入聲 | 壹 |
| 丁 | 當經 | 玎 | 釘 |
| 七 | 戚悉 | 柒 | 漆 |
| 三 | 蘇甘 | 颯平聲 | 釤 |
| 个 | 居貨 | 歌去聲 | 箇 |
| 乂 | 魚刈 | 刈 | 詣 |
| 乎 | 洪孤 | 湖 | 胡 |
| 予 | 演女 | 與 | 于上聲 |
| 亞 | 衣駕 | 鴉去聲 | 雅去聲 |
| 亳 | 白各 | 泊 | 薄 |

此類現象不在少數，《中華》對《康熙》中的很多直音做出了更改，也把不少錯誤的直音糾正了過來，比如：「峯，敷容切，音丰（原文誤作丰），冬韻。」

《康熙》中給此字的注音是「《廣韻》《集韻》《韻會》竝敷容切，音風」。風為東韻字，與「峯」並不同音，《中華》改正了過來。

不過，雖然《中華》有意識地對《康熙》中的直音加以改良：盡量不用有破讀者注音，盡量用更常見更簡單的字注音，盡可能避免「屈折的直音」等。但仍然有很多直音來自《康熙》，且《康熙》在直音上所犯的很多錯誤它未能避免，比如：

　　【上】是掌切，商上聲，養韻。

「上」為禪母，濁聲字。「商」為書母，清聲字。誤同《康熙》。可改為「常上聲」。

　　【丑】敕久切，音醜，有韻。

「丑」為徹母字，「醜」為昌母字，不同音，可改為「音杽」或「音杻」。

　　【卯】以久切，音有，有韻。

「以」和「卯」都是喻母四等字，而「有」是喻母三等字，不同音，可以改為「音酉」或「音卣」。

　　【丫】乖買切，音拐，蟹韻。

「乖」和「丫」為見母，「拐」為羣母，不同音，可改為「音拐」。

　　【丶】塚庾切，音主，麌韻。

「主」為章母，「丶」和「塚」為知母，不同音，可改為「音拄」。

除了這些之外，由於它的直音並非全部來自《康熙》，自身所注的直音也有很多錯誤，如：

　　【三】，蘇暫切，音散，勘韻。

「暫」是闞韻字，在平水 106 韻中與勘韻同屬一部。但「散」是翰韻字，與它們不同音。

　　【丩】居尤切，音鳩。居虯切，音樛，尤韻；巨天切，音撟，篠韻。

「撟」是見母字，「巨」是羣母字，不同音。

　　【兲】竹瓦切，音寡，馬韻。

根據《康熙》的說法，《玉篇》中對「天」的注音是「竹瓦切」，而《同文舉要》則注爲「音寡」，兩者並非同一來源，亦不同音，所以不能既注爲「竹瓦切」又「音寡」。

【俀】羊列切，馮入聲，屑韻；羊制切，音異，霽韻。

「異」是志韻字，不屬於霽韻，此條錯誤。

【另】郎定切，音令，敬韻。

「定」和「令」都是徑韻字，不是敬韻，應改爲「另，郎定切，音令，徑韻。」

此外，《中華》對《康熙》中的部分直音做出了改動，其初衷是爲了避免使用生僻字，爲了讓直音更方便更準確，但這些改動是錯誤的，比如：

【义】魚刈切，音詣，隊韻。

「义」和「刈」均屬隊韻，但「詣」爲霽韻字，不同音。《康熙》中「音刈」是對的，雖然拿反切下字作爲直音用字似乎不那麼妥當，但由於沒有更合適的同音字，姑且從之。

【亙】居鄧切，音艮，徑韻。

「艮」是恨韻字，與「亙」不同音，《康熙》中「音堩」是對的。

標注直音時還有另一個問題——我們應該盡量選用只有一個讀音的字，以避免產生誤會。如果被用來標音的那個字有兩個以上的讀音，我們應該盡量避免使用不常見的那個讀音來爲其他字標注直音。但是《康熙》和《中華》在標注直音時，都沒能嚴格遵循這一原則，比如：「咦，馨夷切，音屎，支韻。」「屎」字確實有「喜夷切、馨夷切」這一讀音，但更常用的則是「式視切」一音，因此這種直音不好，應該選擇不易引起誤解的其他字，注出更簡明準確的直音來。

既然使用直音法，就要盡可能地使用同音字，正如王力先生所說，其實標注直音很簡單，只要選擇同一小韻的字就可以了。因此，這些錯誤都是應該而且完全可以避免的。

## 四、方音錯誤

在《中華》中，因反切多摘自字書、韻書，直音則常由編者們自己加注，

所以方音錯誤主要出現在直音中。盡管《中華》以《康熙》爲藍本編纂而成，但由於方音錯誤過於明顯，所以《中華》對《康熙》中有方音之嫌的直音多有更改，不過這項工作做得不盡如人意，有時候的改動依然錯誤。另外，《中華》的總編輯歐陽溥存是南昌人，後來的字典編輯部也在南昌，這可能正是書中爲什麼以直音做注時，間或摻雜有贛方言的原因，雖然這種情況較爲罕見。下面略舉數例：

【汻】呼古切，音父，麌韻。

「汻」字《康熙》注釋爲「《唐韻》呼古切，音火」，王力先生認爲這是以吳音亂正音，因蘇州人讀「火」如「虎」。《中華》的編者們可能認識到了「音火」不妥，故此改爲「音父」，從吳音變爲了贛語，因「f」、「h」不分是贛方言的一大特點。當然，也有另一種可能，就是抄錄或者刊刻錯誤，誤將「火」寫爲「父」。

【耤】慈夜切，音鄐，禡韻。

「耤」字《康熙》注爲「慈夜切，音謝」，「慈」是從母字，「謝」是邪母字，《中華》的編者們做出了更改，但改動之後的「鄐」依然是邪母字，仍然屬於方音。

【寔】承職切，音室，職韻。

「寔」字《康熙》中注爲「《集韻》丞職切，音室」，這個反切是對的，《中華》將「丞」改爲「承」，與《集韻》不合。但「室」是書母質韻字，「丞」和「承」都是禪母字，聲韻皆不合。

【甚】時鴆切，音任，沁韻；食荏切，音忍，寑韻。

此條錯誤同《康熙》，禪母字與日母字相混，屬於王力先生所說的「以吳音亂正音」。

【喪】蘇郎切，音霜，陽韻。

其釋義包括「亡也」「持服也」「柩也」等條目，的確跟《廣韻》中讀「息郎切」的「喪」字是同一個詞，那麼爲什麼直音爲「霜」呢？「蘇」是心母字，「霜」是生母字，s 與 sh 不分，當是方音錯誤。

## 五、韻部標注錯誤

《中華》的注音體例是在每一個字頭的反切與直音之後，還要標明其在平水 106 韻中的韻部。與 206 韻相比，106 韻已經寬泛得多了，更不應該出錯。雖然很少見，但《中華》還是在標注韻部時犯了錯誤，如：

【咩】匹絳切，音脹，漾韻。

此處的「絳」是「降」字之誤，但這兩個字和「咩」一樣，都是絳韻字，而不是漾韻，所以應該改為「絳韻」。

【採】此宰切，音採，隊韻。

「宰」與「採」都是上聲海韻字，並非去聲，所以應該把「隊韻」改為「賄韻」。

另外，由於引自《洪武正韻》《字彙補》等韻書的反切和直音本身就不同音，因此《中華》在標注韻部時往往左右為難，前後矛盾，如：

【串】樞絹切，音釧，諫韻。

《集韻》中「樞絹切」小韻並沒有「串」字，《中華》中這一注音來自《洪武正韻》，「釧」和「絹」為線韻字，「串」為「諫韻」字，所以此條注音是不對的。

【主】陟慮切，音鑄，御韻。

這一注音來自《洪武正韻》。「陟」為知母，「鑄」為章母，並不同聲。且「鑄」為遇韻，亦不同韻。根據釋義，讀此音的「主」同「注」，而「注」為章母遇韻，與「鑄」同音，所以需要改動的是切語與最後的韻目。

## 六、音義相同者分為二音

在指出《中華》所犯的這一錯誤之前，我們還是要肯定它在這方面所做出的努力。比如，「模」、「橅」在《康熙》中都是同音岐為二音，但這一錯誤在《中華》中並沒有出現。

我們可以說，《中華》在《康熙》的基礎上做了大量的「拆分」工作，所以「把兩個音義不同的詞放在同一字頭下」這種錯誤很少，出現較多的錯誤是把本該屬於同一字條的讀音誤分為多個字條，由於這一問題涉及到形音義的配合，後面的章節我們會詳細論述。此處只略舉數例：

（一）墁

【墁】謨官切，音瞞，寒韻；莫半切，音縵，翰韻。

㊀塗具，通作鏝、槾，見《集韻》；

㊁牆壁之飾曰～，《孟子・滕文公》：「毀瓦畫～」。

【墁】謨官切，音瞞，寒韻。

堿或字，《集韻》：「堿，土覆，或作～」。

（二）掕

【掕】裏孕切，陵去聲，徑韻；閭承切，音陵，蒸韻。

止馬也，見《說文》。段注：「～馬，猶勒馬也。疑《易》『拯馬壯』，『拯』乃～之叚借。」

【掕】盧登切，音楞，蒸韻。

止也，見《廣雅・釋詁》。

（三）㑿

【㑿】呼八切，音暍。荒刮切，音䀸，黠韻。

傛㑿，健貌，見《廣韻》。

【㑿】許轄切，音瞎，黠韻。

傛㑿，無憚也。韓愈《聯句》：「填隍傶傛㑿。」

我們可以看到，「㑿」字分成的兩個字條中都只有「傛㑿」一個義項，查「傛」字，也只有一個義項「傛㑿，健貌。」顯然「傛㑿」是一個連綿詞，雖然可能有兩個不同的意思，但也沒有必要分爲兩個字條來解釋。不管從音義哪方面來說，這兩個字條都是可以合併的。

（四）墌

【墌】職略切，音灼，藥韻。

基址也，見《類篇》。

【墌】之石切，音隻，陌韻。

築土爲基，見《類篇》。

## 七、字形錯誤

《中華》糾正了《康熙》中一些明顯的字形訛誤，如「峒」字，《康熙》中注爲「又《五音集韻》在孔切，音董。」《中華》改爲「杜孔切」，這才是對的。但它自身在編寫、刊刻過程中也出現了不少字形錯誤，如：

【娗】侍（應作「待」）鼎切，音挺，迥韻；

【娟】所教切，音稍，效韻；七約切，音碏，樂（應作「藥」）韻；

【撲】普木切，鋪入聲，屋韻；匹角切，音覺，璞韻（應該是「音璞，覺韻」）；拍逼切，音揊，職韻。

【扞】古旱切（「切」字誤作「初」），音笴，旱韻。

【契】誥（應爲「詰」）計切，音栔，霽韻。

【粗】牡（應爲「壯」）所切，音阻，語韻。

【汦】許（應爲「詳」）裏切，音似，紙韻。

【九】已（應爲「己」）有切，音久，有韻。

【呾】瞠（《集韻》原文是「瞳」字）軋切，音獺，黠韻。

【烜】大（應該是「火」字）遠切，音烜，阮韻。

【呲】才支切，音疵；余支切，音移，支韻。

　欺（《集韻》作「嫌」）食也，見《集韻》。

【嘽】黨旱切，音亶，旱韻。

　慄也。（「慄」是「慄」之形誤）

## 八、《康熙》中爲避諱而改字，《中華》未核對原書

該條錯誤主要體現在「玄」字上。因康熙皇帝名玄燁，故《康熙》中爲了避諱，在引用各韻書中的反切時，多把「玄」字改爲懸、圓、緣等字。但除了「懸」之外，其余二字與「玄」並不同音。「玄」是匣母先韻字，「圓」是于母仙韻字，「緣」是以母仙韻字。而《中華》的編者們沒有認眞核對《集韻》原書，把《康熙》中因爲避諱而改動的反切照搬過來，犯了同樣的錯誤。這主要表現在以「玄」作爲反切上下字的諸字中，如：

【涓】圭懸切，音蠲，先韻。

【焆】圭懸切，音涓，先韻。

【睊】扃縣切，音懁，霰韻；恚懸切，音涓，先韻。

【稍】圭玄切，音涓，先韻。

　　以上四個字在《集韻》中同屬「圭玄切」小韻，但在《中華》中注音如上，原因是在《康熙》中「涓」「焆」「睊」的注音都是「《集韻》圭懸切」，《中華》也就依樣拿來用了，雖然「懸」與「玄」同音，不違背反切原則，但「圭懸切」畢竟不是《集韻》中的注音。而且，「睊」字的注音「恚懸切」，「恚」應該是「圭」字之誤，《康熙》錯了，《中華》也跟著錯了。至於「稍」字，《康熙》中的注音為「《集韻》圭淵切，音涓。」「淵」為先韻影母，與先韻匣母的「玄」字聲母相差較大，且在《中華》編纂時代的實際語音中兩者讀音相距也較遠，可能因此才與《康熙》中的注音不同，改為了「圭玄切」，與《集韻》中的反切相符合了。再如：

【鋗】火懸切，音駽，先韻。

【弲】火懸切，音鋗，先韻。

【睊】火懸切，音駽，先韻。

【悁】火圓切，音鋗，先韻。

　　這一組的四個字，在《集韻》中都是「火玄切」，但《康熙》在注音時，前三個都注為「《集韻》火懸切」，「悁」字的注音是「《廣韻》火圓切」沒有相應的來自《集韻》的注音。所以它們在《中華》中的注音就成為上述模樣，全都與《集韻》中的反切不合。

【淵】縈圓切，音弸，先韻。

【弲】縈懸切，音淵，先韻。

【削】縈玄切，音淵，先韻。

【蜎】縈玄切，音淵。圭玄切，音涓，先韻。

【焆】縈懸切，音淵，先韻。

【肙】縈懸切，音淵，先韻。

以上六字在《集韻》中都是「縈玄切」，它們在《中華》中的反切與《康熙》中引用《集韻》的反切完全相同，《康熙》中沒有避諱「玄」字的時候，《中華》中的注音就與《集韻》吻合了。事實上這些字在《集韻》中都屬於同一小韻，注音應該是整齊一致的，不應該出現如此混亂的局面。

【攜】懸圭切，音畦，齊韻。

【畦】翾規切，音觿。宣爲切，音隨，支韻。

【鑴】玄圭切，音摧，齊韻。

【杘】玄圭切，音摧，齊韻。

【盻】戶圭切，音攜，佳韻。

這一組的五個字，在《集韻》中都是「玄圭切」，以「玄」作爲反切上字。《中華》中的注音一如《康熙字典》中《集韻》的反切。而「盻」字的「戶圭切」來自《廣韻》，《康熙》中沒有注明其在《集韻》中相應的讀音，所以《中華》也就用了《廣韻》中的音，但事實上此字在《集韻》中是形義相符的讀音。

在《〈康熙字典〉音讀訂誤》的序言中，王力先生將《康熙》的注音錯誤歸爲以下八類：1. 反切的錯誤（此類錯誤又具體分爲如下七種：誤用《正韻》的錯誤反切；誤用《韻會》的錯誤反切；誤用《字彙補》等書的錯誤反切；誤用今本《廣韻》的錯誤反切；誤用今本《集韻》的錯誤反切；《康熙字典》的錯誤反切；不合反切原則）；2. 直音的錯誤（具體分爲五種：聲母的錯誤；韻母的錯誤；不依字的一般讀法注直音；入聲與平上去聲對應的錯誤；誤以後代的音讀爲直音）；3. 同音歧爲二音，二音混爲一音；4. 張冠李戴；5. 以方音亂正音；6. 抄錯了韻書；7. 避諱；8. 叶音問題。

我們可以看到，《中華》在注音方面雖然也有八大錯誤，但由於自身體例的關係，與《康熙》中的錯誤有同有異。同一類型的錯誤，具體涉及到的字條也並不相同。而且，由於書成眾書，各位編者水準不同，加之《康熙》各部分的品質也不盡相同，《中華》的總編輯缺乏整齊劃一之功，以至於各部分的品質良莠不齊，比如，「山部」糾正了許多《康熙》中的錯誤，明顯比「口部」、「手部」更準確，質量更高。

# 第四節 反切注音尚須完善之處

## 一、偶有列舉眾音的現象

字典中的注音是爲了向人們顯示某一字形讀某音時在語言中表示什麼意思，所以，某一字形可以有兩個以上的讀音，但當它代表某一意義時的讀音應該是確定的。如果不加取捨地將這一形義在歷時與共時層面上的所有讀音都羅列出來，會讓使用者無從取捨，這種注音是意義不大的。《中華》爲了防止這一現象出現，在中古諸多字書、韻書中選擇了《集韻》一書作爲注音的標準，不再考慮《廣韻》《字彙》《洪武正韻》等書中的反切。和《康熙》的注音相比，這種做法能更有效地給出明確的讀音。大部分時候《中華》做得都不錯，但也有極個別不夠妥當的例子，比如：

> 【哂】許既切，音欷，未韻；馨夷切，音咦。虛其切，音僖，支
> 韻；虛器切，音戲。丑二切，音屎。許四切，音四，寘韻；
> 敕栗切，音扶。闐吉切，音欯，質韻；徒結切，音姪，屑
> 韻。
>
> ㊀大笑也。《詩》曰「～其笑矣」，見《説文》。
>
> ㊁笑貌，見《集韻》。

這兩個義項，用了九個音來注釋。這種羅列眾音的注音方式恐怕不夠妥當。

再如：

> 【洚】古巷切，音絳，絳韻；胡公切，音洪，東韻；祖賓切，音
> 宗。乎攻切，音碻，冬韻；胡江切，音降，江韻；胡貢切，
> 音哄，送韻。
>
> ㊀水不遵道，一曰下也。見《説文》。
>
> ㊁同降。《書·大禹謨》：「降水警予」。朱傳：「降水，洪水也，
> 古文作～。」
>
> ㊂同洪。《六書故》：「～洪實一字。孟子時已誤讀爲二字矣。」

又如：

【顀】枯回切，音恢，灰隉；枯昆切，音昆，元韻；苦猥切，音

**頯**，賄韻；苦馬切，音髁，馬韻；苦骨切，月韻。

大頭也。讀若魁。見《說文》。

一個單義詞有五個讀音，並且注釋的正文中還有一個讀若音，這種注音方式肯定是不夠科學的。

## 二、一些本該收錄的反切未曾列出

《中華》在收列某一義項時，有時只注出了它「同某」或者「某或字」，沒有給出讀音。其實這一義項在《集韻》中是有讀音的，按照其體例，應該給出反切注音，比如：

【冰】同凝。《洪武正韻》：「古文冰作仌，凝作～，後人以～代

仌，以凝代～。」〔按，《集韻》：「～爲仌或字。」〕

《集韻》中有「魚陵切」，音凝，同「凝」。《中華》失收了這一本有出處的讀音。再如：

【噎】一結切，音咽，屑韻；益悉切，音一，質韻。

【噎】壹計切，音翳，霽韻。

【噎】同嗄。

《集韻》中有「乙界切，氣逆也。」是「嗄」一義的讀音。

又如：

【卒】臧沒切，音猝，月韻。

【卒】蒼沒切，音倅，月韻。

【卒】即聿切，音啐，質韻。

【卒】同倅。

《集韻》中有「取內切」，是「同倅」一義的讀音。

又如：

【彌】武移切，音迷，支韻。

【彌】母婢切，音弭，紙韻。

【彌】婗或字。

《集韻》中有「研奚切」，是「婗或字」的讀音。

當然，這些都只是個別現象，而且同樣的毛病《漢大》也有，比如，「區」字在《中華》中的注釋是：

【區】虧於切，音驅，虞韻。

【區】烏侯切，音甌，尤韻。

【區】居侯切，音鉤，尤韻。

【區】祛尤切，音丘，尤韻。

《漢大》「祛尤切」一項只有中文拼音，沒有標注反切。

## 三、漏收了一些音義

作爲一本大型語文辭書，每一個單字的義項都要力求完備，同時承載這一義項的語音也應該收列。和《康熙》相比，由於有效利用了乾嘉學派的研究成果，《中華》在義項收列上更爲豐富。但它也有不少疏漏，最典型的表現就是《集韻》中的一些音義未曾收錄。比如：

【噭】詰弔切，音竅，嘯韻。

【噭】吉弔切，音叫，嘯韻。

【噭】吉歷切，音激，錫韻。

聲激也。《史記·樂書》：「嘄～之聲興而士奮。」

在《集韻》中，「噭」有「吉歷切」，見母，意義是「聲激也」；但還有一個「詰歷切」，溪母，意義是「《說文》食也」，中華沒有收錄這一音義。

【徇】徐閏切，音殉，震韻。

㊀疾也。見《說文》。

【徇】松遵切，音旬，眞韻。

【徇】黃絹切，音縣，霰韻。

在《集韻》中，「徇」字有一個「徐閏切」，邪母，意義是「《說文》疾也」。還有一個「須閏切」，心母，意義是「遠也」。《中華》沒有收錄後一音義。

如果說這種情況是因爲幾個不同反切之間的音韻地位相近而故意不收，那麼下面這些就是眞正的疏漏了：

【味】無沸切，音未，未韻。

【味】莫拜切，音韐，卦韻。

《集韻》「隊」韻中「味」字還有「莫佩切」，「器光澤也，《禮》『瓦不成味』。」《中華》失收。

【佻】田聊切，音條，蕭韻；徒了切，迢上聲，篠韻。

【佻】直紹切，音肇，篠韻。

【佻】餘韶切，音姚，蕭韻。

《集韻》「號」韻中該字還有「大到切，傲也。」

【卷】逵員切，音權，先韻。

【卷】驅圓切，音曮，先韻。

【卷】古倦切，音眷，霰韻。

【卷】古轉切，眷上聲，銑韻。

【卷】古本切，音袞，阮韻。

《集韻》中該字還有「巨隕切，晌卷，縣名，在安定郡。」《中華》失收。

【傀】力回切，音雷，灰韻。

【傀】語韋切，音巍，微韻。

【傀】魚鬼切，音嵬，尾韻。

【傀】魯猥切，音壘，賄韻。

《集韻》中「傀」字還有「盧對切。極也，一曰重大而偏。」《中華》失收。

【圈】窘遠切，音箞，阮韻；巨卷切，倦上聲，銑韻；逵眷切，音倦，霰韻。

【圈】驅圓切，犬平聲。逵員切，音權，先韻；去爰切，綣平聲，元韻。

《集韻》中該字還有「苦遠切，圈豚行不舉足貌，一曰轉也。」《中華》失收。

【屏】旁經切，音蛢，青韻。

【屏】卑盈切，音并，庚韻。

【屏】必郢切，音丙，梗韻；卑正切，音摒，敬韻。

《集韻》中該字還有「步定切，偃廁。」《中華》失收。

【噣】陟救切，音晝。丁候切，音鬪，宥韻。

【噣】竹角切，音啄，覺韻。

【噣】朱欲切，音燭，沃韻。

《集韻》中還有「徒谷切，畢星別名。」《中華》失收。

【噢】乙六切，音郁，屋韻。

【噢】委羽切，音傴。顆羽切，音踽，麌韻；於九切，音懮，有
　　韻。

《集韻》中還有「於到切，叫也。」《中華》失收。

【佁】夷在切，讀若駭，賄韻。

【佁】養里切，音以，紙韻。

《集韻》中還有「象齒切，至也。《呂氏春秋》『佁靡之機』，高誘讀。」
《中華》失收。

【佼】吉巧切，音攪，巧韻。

【佼】古交切，音交，肴韻。

《集韻》中還有「何交切。效也，像也。」以及「居肴切。友也，通作
交」。《中華》皆失收。

【侉】苦瓜切，音夸，麻韻。

【侉】安賀切，阿去聲，箇韻。

《集韻》中還有「胡瓜切，怯也，痛也。」以及「尤孤切，怪辭也。」《中
華》皆失收。

【剽】匹妙切，音漂去聲，嘯韻。

【剽】毗霄切，音瓢，蕭韻。

【剽】匹沼切，音縹，篠韻。

《集韻》中還有「卑遙切，識也。」《中華》失收。

【兀】居郎切，音岡，陽韻。

【亢】苦浪切，音抗，漾韻。

《集韻》中還有「居行切。人名，老聃弟子有亢桑子。」還有「丘庚切，跡也。」《中華》失收。

【仔】羊諸切，音余，魚韻。

【仔】余呂切，余上聲，語韻。

《集韻》中還有「象呂切，方言豐人楚謂之仔。」《中華》失收。

【伉】口浪切，康去聲，漾韻。

【伉】居郎切，音岡，陽韻。

《集韻》中還有「口朗切，閌，人名。」雖然「口浪切」音下已有人名一義，但它其實是與「亢」通，這兩個人名應該是不同的，不可混爲一談，《中華》失收「口朗切」的音義。

【共】渠用切，蛩去聲，宋韻。

【共】居容切，音恭，冬韻。

【共】古勇切，恭上聲，腫韻。

【共】居用切，音蛬，宋韻。

【共】忌遇切，音具，遇韻。

《集韻》中還有「胡公切，共池，地名。」《中華》失收。

【可】口我切，音坷，哿韻。

【可】苦格切，音克，陌韻。

漏收了《集韻》「居何切，同『歌』」這一音義。

## 四、異體字與通假字的音義間或失收

異體字與通假字都是書寫形式，也就是文字系統的問題，它們對詞匯系統並無太大影響，因此詞典可以不予理會，但字典就應該盡量收錄。每一組異體字中的每個字都應該作爲字頭，並盡可能地收錄這一字頭其它的讀音和與之相應的意義。

《中華》中的注音是以《集韻》中的讀音爲標準的，而《集韻》的體例是把音義相同的一組異體字放在一起注釋，從兩個到十數個，如僊韻諸延切

「饘」字一組共有十一個異體字，錫韻狼狄切「鬲」組有十個，每一組異體字有著共同的注音和釋義，但僅限於這一讀音。因為很多異體字只是狹義異體字，只有部分用法相同，並非所有用法完全相同。

比如，「邪」在表示「《說文》琅邪郡，又曰疑辭」時，與「耶」是異體字，余遮切；在表示「不正也」義時與「衺」是異體字，徐嗟切；在表示「緩也」時與「徐」是異體字，祥余切。所以我們在利用這些材料時，應該根據音義項分別注釋。

但由於《集韻》收錄的異體字數量非常可觀，即便是在編纂技術先進的今天，想要將所有這些異體字和通假字無一遺漏地收錄也是很難的，更何況是在戰亂頻仍的民國時代。因此，《中華》中有一部分漏收的異體字或通假字，如：

　　　【寨】士邁切，音砦，卦韻。

　　　【寨】蘇則切，音塞，職韻。

《集韻》中還有「丘虔切，木名，或作欋。」《中華》失收。

　　　【完】胡官切，音桓，寒韻。

　　　【完】五忽切，音兀，月韻。

《集韻》中還有「枯官切，同『寬』。《說文》屋寬大也，一曰緩也。古作『完』。」《中華》失收。

　　　【家】居牙切，音加，麻韻。

　　　【家】古胡切，音姑，虞韻。

《集韻》中還有「居迓切，通『稼』。」《中華》失收。

　　　【度】徒故切，音渡，遇韻。

　　　【度】徒落切，音鐸，藥韻。

《集韻》中還有「直格切，同『宅』。」《中華》失收。

　　　【庶】商署切，音恕，御韻。

　　　【庶】賞呂切，音暑，語韻。

　　　【庶】之石切，音隻，陌韻；章恕切，音鷫，御韻。

《集韻》中還有「之奢切，同『遮』。」《中華》失收。

【廁】初吏切，音菑，寘韻。

【廁】察色切，音測，職韻。

《集韻》中還有「札色切，同『仄』。」《中華》失收。

【囋】才達切，音巀。子末切，音拶，曷韻。

【囋】才贊切，音巑，翰韻。

【囋】在坦切，音瓚，旱韻。

【囋】同讚。

《集韻》中還有「千安切，同『餐』。」《中華》失收。

【咸】胡纔切，音諴，咸韻。

【咸】户暗切，音憾，勘韻。

【咸】古斬切，音鹹，豏韻。

《集韻》中還有「居咸切，通『緘』。」《中華》失收。

【呈】馳貞切，音程，庚韻。

【呈】直正切，音鄭，敬韻。

《集韻》中還有「丑郢切，通『逞』。」《中華》失收。

【卑】賓彌切，音碑，支韻。

【卑】頻彌切，音陴，支韻。

【卑】并弭切，音彼。部禮切，音陛，紙韻。

【卑】毗至切，音鼻，寘韻。

《集韻》中還有「部弭切，同『踔』。」《中華》失收。《集韻》中另有「逋還切，水名，出越巂縣。」《中華》亦失收。

【區】虧于切，音驅，虞韻。

【區】烏侯切，音甌，尤韻。

【區】居侯切，音鉤，尤韻。

【區】祛尤切，音丘，尤韻。

《集韻》中還有「丘堠切，同『恂』。區霧，鄙吝心不明也。」《中華》失收。

【剟】株劣切，音輟，屑韻。

【剟】都活切，音掇，曷韻。

《集韻》中還有「測紀切，同『剹』。」《中華》失收。

【唬】盧訝切，音嚇，禡韻；盧交切，音哮，肴韻。

【唬】下老切，音皓，皓韻；郭獲切，音號，陌韻。

【唬】郭獲切，音號，陌韻。

《集韻》中還有「乎刀切。同『號』。」《中華》失收。

【伎】巨錡切，音芰，紙韻。

【伎】巨支切，音奇，支韻。

《集韻》中還有「去智切，同『庋』。」《中華》失收。

【僇】盧谷切，音六，屋韻。

【僇】力救切，音雡，宥韻。

　　癡行～～也。一曰且也。見《說文》。桂注：「～，通作戮。《釋詁》：戮，病也。馥謂癡亦病也。」一曰且也者，～通作聊。《廣雅》：聊，且也。段注：「～即今所用聊字，聊者耳鳴，～其正字，聊其假借字也。」

《集韻》中還有「憐蕭切。且也，願也，通作『聊』。」《中華》失收這一讀音。因其意義與「力救切」義項有所重複，故可作為又音收錄。

【僕】蒲沃切，音鏷，沃韻；步木切，音鏷，屋韻。

【僕】普木切，音撲，屋韻。

《集韻》中還有「博木切，同『轐』。《說文》車伏兔也。」《中華》失收。

【僚】郎鳥切，音了，篠韻。

【僚】憐蕭切，音聊，蕭韻。

《集韻》中還有「魯皓切，同『獠』。」《中華》失收。

【僤】時連切，音蟬，先韻；徒干切，音壇，寒韻。

【僤】徒亶切，壇上聲，旱韻。

【僤】徒案切，音憚，翰韻。

【僤】時戰切，音繕，霰韻。

《集韻》中還有「旨善切，倮也，同『𧝹』。」《中華》失收。

【儽】盧對切，音壘，隊韻。

【儽】倫追切，音虆，支韻。

《集韻》中還有「魯果切，同『裸』。」《中華》失收。

【分】方文切，音餴，文韻。

【分】府吻切，音粉，吻韻。

【分】符問切，汾去聲，問韻。

【分】方問切，音糞，問韻。

【分】符分切，音汾，文韻。

《集韻》中還有「皮莧切，同『瓣』。」《中華》失收。

【喜】昌志切，音熾，寘韻。

【喜】許已切，音嬉，紙韻。

【喜】許記切，音憙，寘韻。

《集韻》中還有「虛其切，末喜有施氏，女名，通作『嬉』。」《中華》失收。

## 第五節　使用古代韻書字書反切時的注意事項

不管是《中華》這種主要使用反切注音的傳統字典，還是《漢大》這種主要用漢語拼音注音的現代字典，一部大型的語文辭書總是難免要涉及到反切注音的。

這些存在於古代字書、韻書、經史典籍裏，在一千多年歷史中積淀下來的反切讀音，有正有誤，有古有今，有通語也有方音，我們的字典編纂在使用這些反切時一定要注意辨別，並且根據自身的編纂原則來進行選擇。

首先，我們要做好前代字書韻書的校勘工作，應根據語音史的研究成果進

行審音，判斷某字書或韻書中的某個反切注音本身是否正確，可否採用。

比如，《集韻》屑韻「薂」小韻的注音爲「四蔑切」，但實際上是「匹蔑切」之誤。《康熙》給「慊」字的注音是「《廣韻》《集韻》《韻會》《正韻》並古簟切，音歉。」「古簟切」實爲「苦簟切」之誤。

除了此類明顯的字形錯誤之外，還有韻字歸屬錯誤，比如《廣韻》山韻「鰥」小韻注音爲「古頑切」，然而在《廣韻》中，「頑」是「五還切」，刪韻字，不該拿刪韻字作爲山韻的反切下字。這些失誤不管是在傳抄過程中才出現的，還是成書時就有的，我們都要詳加審查，避免將錯誤的反切讀音編入辭書。

在使用《洪武正韻》《字彙補》《篇海類編》等韻書時更要注意審音，它們雖然看起來與近代普通話語音相近，但有時與《切韻》音系不合，比如以「眉兵切」切「冥」；有時一二等字混同，比如以「蘇監切」切「三」。此類錯誤在這些韻書中爲數不少，因此從中選取音讀材料時一定要慎重。

其次，在引用前代字書韻書中的音義時，若非有意刪汰，就要注意全面細致，切勿誤收漏收。如：崔豹《古今注‧輿服》中出現過的「鞗」字，《康熙》以前的辭書都未曾收錄。後世的辭書往往以前代辭書爲基礎編纂而成，字書越來越多，注音釋義越來越詳備，但這並不意味著前代字書韻書中的所有音義都被后代辭書收錄了。比如，《集韻》收字比《廣韻》多，但《廣韻》中的「訟」字，「七恭切，訟遘」，《集韻》未收。

除了注意不要漏收音義之外，我們還要注意不能把古書中原本正確的注音釋義張冠李戴。《廣韻》《集韻》這種爲每個字頭分別注音釋義的方式，後世在引用時不太容易出錯，但像《經典釋文》那種在某一字頭下可能出現其他字音讀的注釋方式，在使用其音義材料時就要格外小心。

如：《莊子‧天道》：「天下奮棅，而不與之偕。」《釋文》：「奮棅，音柄。司馬云：威權也。李丑倫反。」「棅」音「柄」毋庸置疑，但李軌的「丑倫反」就殊不可解了。遍查韻書字書，「棅」字都沒有與「丑倫反」近似的讀音。查《廣韻》「丑倫切」，下有「標」字，與「棅」字形似。查《集韻》，「標」爲敕倫切，音韻地位相同。也許李軌是在爲形近的「標」注音，如果把它當作是爲「棅」字注音，可能就犯錯誤了。

再次，轉引的反切注音，一定要核對原書。比如，《康熙》中雖收錄了從

《廣韻》至《洪武正韻》諸書之音，但沒有做到盡善盡美，如果不去核對原書，沿用舊注只會因循訛誤。《中華》在這方面犯的錯誤前文已列舉不少，此不贅述。

此外，在浩如煙海的古籍中，為某字注音釋義的材料有很多，如果同一個字在《切韻》音系，或者說在中古音系的韻書中存在著音韻地位不同的反切，是否要盡悉收錄呢？當然不是，漢語形音義漫長的歷史發展過程，決定了異讀字是一種客觀存在，因此「又音」也是難免的，它們是研究語音史的重要材料。但對於字典編纂來說，必須對蕪雜的又音做出取舍，最好給出一個明確的注音，最多不要有兩個以上的注音。

如果需要給出兩個讀音，那麼讀音的先後順序怎樣排列也要考慮。

在《經典釋文·敘錄》中，陸德明曾明確表示：「若典籍常用，會理合時，即便遵承，標之於首。其音勘互用，義可並行，或字有多音，眾家別讀，苟有所取，靡不畢書，各題姓氏，以相甄識。義乖於經，亦不悉記。其或音、一音者，蓋出於淺近，示傳聞見，覽者察其衷焉。」

這段話可以分為四個層面：

在為某字注音時，放在最前面的，即「首音」，是「典籍常用、會理合時」的音，也就是作者認為既有確鑿的歷史淵源又合乎時音的規範讀音；

那些對於「首音」有參考價值的音義，或者訓詁學家們有不同讀音的字，只選取其中一部分，標出注音者的姓氏來以幫助識別。這一部分讀音保存了大量漢魏六朝經師的注音，是研究漢魏六朝語音系統的重要材料；

對於「義乖於經」者，不再一一收錄；

那些「或音」和「一音」，或是俗讀或較易理解，姑妄存之，供人參考。

在《經典釋文》的注音中，作者按照這一準則，把自己審定的讀音作為「首音」，選取其它有價值的讀音存考。在一千五百年前，這種觀念及做法是值得大為稱道的，其中有價值的地方我們在今天仍然可以借鑒。

在今天的大型語文辭書編纂中，我們亦需把編纂時代的標準音放在最前面。同時，為了反映出語音的歷史發展脈絡，可以把歷史上存在過的音放在後面作為參考。以《中華》為例，它選擇《集韻》作為注音標準的理由就是「宋去今未遠」，相較《廣韻》，讀音與近代更為接近。因此，如果同一字形的某些意義在《集韻》中有多個讀音，那麼給這些異讀字注音時，可以把與當時的語

音系統最相符的讀音作爲首音，其它的又讀音放在後面，比如，在《中華》中「符」字釋爲：

　　【符】何庚切，音行，庚韻；寒剛切，音杭，陽韻。

　　　　～簹，竹簞也。《方言》：「～簹，自關而東周洛楚魏之間謂之倚

　　　佯；自關而西謂之～簹。」注：「～簹似籧篨，直文而麤，江東人呼

　　　爲笪。」

　　不止《集韻》，《廣韻》中亦兩音均有，因此可以把兩個讀音都收錄，但把「寒剛切」放在前面似乎更爲妥當，因爲它與近世讀音更爲接近。否則，這種不考慮讀音排列先後順序的做法，就違背了以《集韻》爲注音依據的初衷。

# 第四章 《中華大字典》對一形多音義字的區分

　　在我國辭書史上，將同一字形的不同音義分開注釋，是由《中華》首倡的。隨著語言學理論的發展以及文字、詞匯、語音研究的深入，我們已經意識到，一組形體相同的字，由於各個音義之間關係複雜，因此這組字有可能是幾個不同的詞，也有可能是一個多音義字，所以不可一概而論。但在清末民初，《中華》的編者們對這一問題的認識還不夠清晰，因此《中華》對一形多音義字的區分不夠細致，但即便是其後的《漢大》做得也不夠盡善盡美，本章擬就此問題進行分析闡述。

## 第一節　《中華》對一形多音義字的區分概況

　　在中古以後的常見字書、韻書中，《廣韻》的體例是把同音的字歸為一組組小韻，每字下都有小體字解釋字義，小韻首字釋義之後標注反切注音。若小韻中某字有兩讀或多讀，則在該字的注釋後加注「又音」。

　　《集韻》注音釋義的體例大致與《廣韻》相當，只是注釋較略，增收了很多古體、異體、俗體字。且對於多音字，《廣韻》互注「又音」，《集韻》沒有。

　　和《廣韻》《集韻》這些韻書不同，《字彙》與《正字通》等字書是按照漢字形體分部編排的，將某一字形的不同音義都放在同一字頭下。《康熙字典》的

體例也是這樣。

　　《中華》的創新之一是把「形體雖同，而音義並異者，另爲一字。」表面上看起來，《廣韻》《集韻》等韻書都是這樣做的，但作爲韻書，它們要據音編排，必然要將不同的音義分開注釋。而《中華》作爲據形編排的字典，像《字彙》等字書一樣將某一漢字形體的各個音義都編排在一起，卻有意將不同音義分爲幾個字頭處理，這在我國古代字書中是首開先例，說明這部字典的主編人員已具有相當的現代語言學意識，對於「詞」的概念有所認識。如：

　　【枱】盈之切，音飴，支韻。

　　　枱或字，見《說文》木部。

　　【枱】詳茲切，音詞，支韻。

　　　鐮柄也，見《五音集韻》。

　　【枱】象齒切，音似，紙韻。

　　　矛屬，見《集韻》。

　　【枱】讀若台。

　　　化學原質之一，或譯鉈，金屬，以鐵硫燒取硫強水，將引氣管内所結之質。用光色分原法試分而得之，其光帶現綠色綫，在泉水亦可得此物。甚少，性似銀，亦似鋅；質似鉛，色亦如之。原子量二零六，一零。考得期一千八百九十二年。英文 Thallium。

　　第一個字頭的「枱」，《說文》釋爲「耒端」。「耒」是指古代一種可以腳踏的木製翻土農具，原爲木製，後用金屬。所以有時用木字旁，有時用金字旁；第二個字頭表示「鐮柄也」的「枱」，同「柅」，是鐮柄之意；第四個字頭「讀若台」的「枱」，是化學元素「鉈」的舊譯字。這同一個字形，至少記錄了語言中的三個詞，是應該分開注釋的，《中華》爲我們進行了有益的嘗試。

　　只是，將「形體雖同，而音義並異者，另爲一字」這種做法是否妥當呢？《中華》的這種嘗試表明了編者們試圖將同一書寫形式所代表的不同的詞區分開來。但「字」與「詞」的概念是不同的。字是語言的書寫形式，它代表語言中的詞，一個字形可以是一個詞，也可以是幾個詞。以音序編排的字典，可以把一形多音義字在相應的讀音下分立字頭，但在以形編排的字典中是否也要分

立字頭,這個問題值得商榷。

我們認為字典中字頭分合的標準應該是「字」而不是「詞」,如果是詞典,可以根據某一個字形所代表的詞語數量將其分為不同的詞頭,但對於字典來說,我們收錄的是「字」而不是「詞」,唯一根本的依據應該是字形的同異。當我們在進行字量統計時,字的個數都是根據字形來統計的。所以,我們在肯定《中華》所做出的努力值得稱道的同時,也要指出它在形式上不必採用「另立一字」的做法,在同一字頭下分條目注音釋義就可以了,《漢大》就是這樣做的。

現在撇開形式不談,我們來看《中華》區分「音義並異者」的具體做法。這種試圖將「字」與「詞」區分開的嘗試即便在今天我們也難以做到完美,更何況是在漢語語言學理論剛剛萌芽的民國時期。因此,在區分「音義並異」的字形時,《中華》也難免會犯錯誤,下面我們來看一個典型例子:

【啐】取內切,音倅,隊韻。

　　㊀驚也,見《說文》。〔按,《通俗編》云:「時俗小兒受驚,為母者率以此為噢咻之辭。」〕

　　㊁呐~,嗶也,見《增韻》。

　　㊂嘗也。《儀禮·士冠禮》:「~醴。」

【啐】蘇對切,音碎,隊韻。

　　送酒聲,見《廣韻》。

【啐】輸芮切,音稅,霽韻。

　　㊀小歠也,見《集韻》。

　　㊁歃也,見《廣雅·釋言》。

【啐】摧內切,音鬌,隊韻。

　　驚也,見《集韻》。〔今俗語乍受驚而自安慰,每曰~,或曰否~。〕

【啐】祖對切,音晬,隊韻。

　　少飲酒也,見《集韻》。

【啐】即聿切,音卒,質韻。

㈠吮聲，見《玉篇》。

㈡～啤聲，見《廣韻》。〔按王褒《洞簫賦》：「馳散渙以逫律」，義蓋與～啤通，而字較古雅。〕

【啐】倉夬切，音嘬，卦韻。

啗也。《禮記・雜記》：「眾賓兄弟則皆～之。」《釋文》：「～，又倉夬（原文誤作央）反，徐邀讀。」

【啐】昨律切，音崒，質韻。

嘈～，眾聲也，見《集韻》。

【啐】五割切，音薛，曷韻。

㈠語相訶距也，見《五音集韻》。

㈡～～，喞喞，戒也，見《五音集韻》。〔按，《廣韻》作「啐」。〕

【啐】才達切，音巀，曷韻。

嘈嘈，鼓聲，嘈或作～，見《廣韻》。

如上例所述，《中華》把「啐」字分爲十個字頭，但梳理這些字頭下的釋義，其實可以合併爲「驚也」、「嘗也」、「吮聲」、「啗也」、「語相訶距也」、「眾聲也」等幾個義項。

在前五個字頭的注音中，取內切是清母隊韻，蘇對切是心母隊韻，輸芮切是書母祭韻，摧內切是從母對韻，祖對切是精母隊韻，除了「輸芮切」外，其他幾個音都是隊韻字，聲母都是齒頭音，意義有著極爲明顯的關係，所以本不必另分字頭。而「輸芮切」一音，雖爲書母祭韻，與另外四個音差別較大，但其意義，不管是「小小地喝一口」還是「飲」，在其他讀音下都已經出現過，所以，也可以與其他四個音合併。由於「取內切」音下的意義最爲豐富，涵蓋了其他四個讀音的義項，因此，可以將其他四個音整理之後歸併於「取內切」下。

至於「昨律切」與「才達切」，它們解釋的根本就是同一個詞語「嘈啐」，更不必分爲兩個音了。

也就是說，這十個字頭，其實最多只用五個就可以了。因爲只有當「形體雖同，而音義並異」時，才需要「另爲一字」。字形相同，意義之間有明顯關係，

只有讀音不同並不能算是同形詞。

《康熙》將同一個字形的所有讀音都羅列在一個字頭下固然不夠實用，但《中華》過猶不及，將一個字形分出十個讀音恐怕也不太能讓人接受。出現這種現象的原因，一方面是因爲沒有嚴格遵照「音義並異」的原則，另一方面也是由於對字形與音義的關係認識不清，因此也就無法做到準確地區分。

## 第二節 「音義並異」該如何界定

既然《中華》所犯錯誤的原因之一是對字形與音義的關係認識有所欠缺，那麼在辭書編纂中，我們該怎樣處理一形多音義字幾個音義間的關係呢？

「形體雖同，而音義並異者」很像是文字學概念中的「同形字」，但究竟是不是這樣呢？「同形字這個名稱是仿照同音詞起的。不同的詞如果語音相同就是同音詞。不同的字如果字形相同就是同形字。同形字的性質跟異體字正好相反。異體字的外形雖然不同實際上卻只能起一個字的作用。同形字的外形雖然相同實際上卻是不同的字。」〔註1〕

同形字有狹義與廣義之分，根據裘錫圭先生的意見，同形字包括以下幾種類型：那些分頭爲不同的詞造的、字形偶然相同的字；由於形借而產生的同形現象；本來不同形，後來由於字體演變、簡化或訛變等原因變得完全同形的字。他還認爲，如果兩個字所代表的詞之間有本義和假借義關係，或者有本義跟引申義的關係，都不算同形字。

我們認爲，「同形詞」這一概念意義很明確，指的是書寫形式相同的一組詞；但「同形字」就值得推敲了，書寫形式相同，本來就應該是同一個字形，也就是一個字。由於這一概念不甚明確，因此，此處我們不採用「同形字」的概念，而使用「一形多音義」的說法。

在討論《中華》在區分一形多音義字的得失之前，我們首先要對「音義並異」做出界定。語音形式的不同顯而易見，不管是聲、韻還是調，只要有差別就算是讀音不同。但「義」的「異」，情況較爲複雜。什麼才算是意義「不同」？我們可以理解爲意義「沒有聯繫」，也就是「沒有派生關係」。意義完全不同，就是沒有聯繫；但在「意義完全沒有聯繫」和「意義完全相同」之間，還有一

---

〔註 1〕見裘錫圭《文字學概要》第 208 頁。

個中間狀態，就是「意義有聯繫，但又不完全相同」。

　　那麼一組字形相同，讀音相同，意義有聯繫的書寫形式，應該算是多義詞還是同音同形詞？這個問題學界已有普遍認同的意見：「同形詞中每個詞的意義截然不同，而多義詞的幾個義項有個共同的核心意義把它們聯繫起來，義項間往往有派生關係。」〔註2〕也就是說，不管這種意義上的聯繫是近引申還是遠引申，只要它們讀音相同，擁有一個能把各義項聯繫在一起的核心意義，那麼就應該算是多義詞的關係，是一個詞。比如：「一手好字」中表示量詞的「手」與表示人體部位的名詞的「手」；「老人」中的「老」與「老朋友」中的「老」等，這裏的「手」和「老」都是多義詞。

　　而一組字形相同，讀音不同，意義有聯繫的書寫形式呢？「意義有明顯聯繫的異音同形詞頗近於多義詞，……我們這裏處理爲同形詞，而不作爲多義詞來看待，主要是覺得這些詞雖然意義有聯繫，但畢竟語音形式存在差異，且往往伴隨著語法意義和語法功能的轉變，所以看作是兩個不同的詞要穩妥一些。」〔註3〕我們較爲認同曹先生的這種說法，因爲在辭書編纂過程中，我們需要爲不同的音搭配不同的意義，如果將其視爲一個詞，難免在音義搭配上顯得混亂。比如：表示「生長」的「長」與表示「長短」的「長」；表示「惡狠狠」的「惡」與表示「厭惡」的「惡」等。

　　綜上所述，我們可以將某個多音義字各音義之間的關係分爲下列五種情況：

　　1. 形同、音不同、意義不同，不同的詞；

　　2. 形同、音同、意義完全不同，不同的詞；

　　3. 形同、音不同、意義有聯繫，不同的詞；

　　4. 形同、音不同、意義完全相同，異讀字；

　　5. 形同、音同、意義有聯繫，多義詞。

　　第一種情況很容易理解。顯然，一組音義皆不同，書寫形式相同的字，只能算是同形詞。如：表示「重量」的「重」與表示「重複」的「重」；表示「占卜」的「占」與表示「占有」的「占」等。

---

〔註2〕周世烈《同形詞概說》，錦州師範學院學報，1995年第2期。

〔註3〕曹煒《現代漢語詞匯研究》第222頁，北京大學出版社2004年版。

　　第二種情況事實上可以叫做同音同形詞。比如「大米」的「米」和「釐米」的「米」；「花朵」的「花」與「花費」的「花」等。

　　第三種和第五種情況上文已經分析過，此不贅述。

　　第四種情況，雖然詞是形音義的結合體，但並不意味著三者只要有一個不同就可以算作不同的詞，此類異讀字即是證明。「所謂的異讀字，只是一種單義同用破音字，即它表示一個意義在相同的詞語中使用時有不同的讀音。」〔註4〕比如「血」，不管它讀 xùe 還是 xiě，意義和書寫形式都是相同的，所以盡管語音形式不同，它依然是一個詞。再如，「熟」讀 shú 或 shóu、「剥」讀 bō 或 bāo、「酵」讀 xiào 或 jiào、「召集」中的「召」讀 zhāo 或 zhào 等，雖然它們各自都有兩個讀音，但只能算是異讀字，代表的是一個詞。

　　需要注意的是，有些字在古代漢語中是多義詞，但隨著歷史的發展，在現代漢語中它所代表的幾個義項彼此看起來似乎沒有聯繫了。比如，表示「一刻鐘」的「刻」與表示「雕刻」的「刻」。對於此類現象，我們認為，在古漢語研究中宜將其作為多義詞處理。在大型語文辭書中，由於需要全面羅列從本義到引申義的各個義項，找到派生關係較為容易，因此作為多義詞處理較為妥當。

　　當然，在判斷意義有沒有聯繫時，我們面臨著一個難點：該怎樣判斷詞義之間的派生關係呢？由於這種派生關係是在久遠的年代中慢慢產生的，我們在回溯時主要依據文獻材料，而文獻往往有眾多佚失，難以反映出語言全貌，所以，我們沒有發現，並不意味著真的就不存在。因此我們很難準確地判斷出詞義間的派生關係。但有難度並不代表著我們可以不作為，放棄對語源和詞彙史的深入研究從而訴諸「感覺」。「我們認為詞源上有聯繫的，現時感覺意義無聯繫的應算同音詞……」〔註5〕在科學研究中，將「感覺」作為原則恐怕不夠妥當。且詞義的派生關係本來就是「歷時」的，用「現時」的「感覺」來判斷也值得商榷。在這一問題上，我們需要加強對漢語詞彙史和語源的研究，為我們的漢字音義發展梳理出清晰的脈絡，雖難以盡善盡美，但可以盡可能地接近事實真相。

　　以上是關於「同形詞」「多義詞」的理論思考，那麼在具體的辭書編纂實踐

〔註4〕張覺《關於「異讀字」正名》，《學術研究》2002 年第 12 期。

〔註5〕符淮青《現代漢語詞彙》第 86 頁，北京大學出版社 1985 年版。

中該怎樣運用這些理論呢？

從字典編纂的角度來講，我們需要首先弄清楚一個問題：在編纂辭書時，為什麼要區別一形多音多義字？只有回答了這個問題，才能討論辭書區分它們的標準。而這個問題的答案，應該和辭書的編纂目的及受眾羣體有關。

如果是《現代漢語詞典》這樣以記錄漢語普通話詞彙為主的中型工具書，面向羣體是中等以上文化程度的讀者，需要把重心放在服務大家的語言生活上，而且由於其是「詞典」，所以要讓大家明白：字與詞的概念是不同的，相同字形的字之間，由於代表的意義不一樣，所以也不是同一個詞。對於同形異音詞來說，《現代漢語詞典》是按音序排列的，既然不是同一個詞，讀音又不相同，按各自讀音分頭排列就可以了，並不難操作。但該怎樣處理同形同音詞呢？《現代漢語詞典》第五版「凡例」中稱：「形同音同，但在意義上需要分別處理的，也分立條目。」「意義需要分別處理」是一個較為模糊的標準，《現漢》在這一問題上的處理也並不盡如人意。鑒於以上種種原因，我們認為《現代漢語詞典》只需要區分異音同形詞，不建議為同音同形字另立條目。

但是像《康熙》《中華》《漢大》這樣的大型語文辭書，面向對象是高等以上文化程度的讀者，還要滿足科研工作需要，它們要源流並重，古今兼收，體現出漢字形音義的發展歷史，因此要用不同的標準對待。對大型語文字典來說，要用「字」的編排體現出「詞」的概念這一點是沒有疑問的。只是，和使用音序排列法的《現代漢語詞典》不同，這些大型語文字典大都是以形編排的，當我們遇到兩個或兩個以上字形相同的字時，不管它們之間是什麼關係，都需要編排在一起，所以分立條目的標準要更為複雜一些。

《中華》的標準是「音義並異」，《漢大》凡例中說「多音多義字，用（一）（二）（三）⋯⋯分列音項；同一音項下有幾個區別意義的反切，用㊀㊁㊂⋯⋯分列；一個音項下統率的義項，用①②③⋯⋯分項」。

就標準來說，《中華》的「音義並異」只包含了異音同形字，沒有考慮到同音同形字；《漢大》的「多音多義」比較籠統，我們假設它等同於文字學中的「一形多音義」概念，包括詞義引申、假借、同義換讀、異字同形等關係，但也沒有涉及同音同形字的問題。所以，兩者的標準其實是一致的。

比如，表示「小麥」的「來」和表示「往來」的「來」，由於同音同形，《中

華》和《漢大》都沒有分立條目，只是《漢大》在說明本義的時候，引用了羅振玉的《增訂殷墟書契考釋》中的說法，稱「來」字的「往來」義是假借而來的。我們認爲，對於同音同形字，可以不必另立條目，但適當加上按語或者注釋，考訂語源，表明文字形體間的關係，對於增進大型語文辭書的知識性、學術性、實用性大有裨益。

對於異音同形字來說，需要在形式上有所區分。但《中華》另立一字的做法，雖然可以讓各音義的獨立性更爲顯著，卻影響了它們之間的整體聯繫性。因此，《漢大》在同一字形下另設音項的體例更爲合理。同音同形字就不必另列，我們只需要將異音同形字逐條注釋。

## 第三節　對意義不同的異音同形詞的處理

《中華》對意義不同的異音同形詞的處理是頗爲得當的。由於這一類別的詞是比較確定的同形詞，並不難區分，所以《中華》處理得很好，這些區分也與之後的《漢大》一致。在我們考察範圍內，這類異音同形詞有 279 對，約占 35%。比如：

「乾」字「渠焉切，音虔，先韻」的讀音下，義項包括「上出也」、「卦名」、「天也」、「君也」；「居寒切，音幹，寒韻」的讀音下，義項爲「燥也」、「枯也」、「得利曰乾」、「俗呼義父母」等。

「何」字「寒歌切，賀平聲，歌韻」的讀音下義項爲「問也」、「辭也」；「下可切，賀上聲，哿韻」的讀音下義項是「儋也，俗作荷」。

「倪」字「輕甸切」讀音下的義項是「譬喻也」、「磬也」；「胡典切」下的義項是「間諜也」、「候風者也」。

「倩」字「倉甸切，千去聲，霰韻」讀音下的義項是「人美字也」、「好口輔也」；「七正切，清去聲，敬韻」讀音下的義項是「壻也」、「凡事請人代爲之」。

「偦」字「寫與切，音諝，語韻」讀音下的義項是「什長也」、「有才智之稱」；「新於切，音胥，魚韻」讀音下的義項是「疏也」、「通作楈」。

「儔」字「大到切，音導，號韻」讀音下的義項是「翳也」、「隱蔽也」；「陳留切，音酬，尤韻」讀音下的義項是「侶也」、「類也」、「通疇誰也」。

「佋」字「時昭切，音韶，蕭韻」讀音下的義項是「廟～穆，用法同昭」；「市沼切，音紹，篠韻」讀音下的義項是「介形也，亦作紹」。

「前」字「才先切，音錢，先韻」讀音下的義項是「本作歬，先後也」；「子淺切，湔上聲，銑韻」讀音下的義項是「齊斷也」、「淺黑色」。

「劉」字「力竹切，音六，屋韻」讀音下的義項是「削也，同戮」；「居尤切，音樛，尤韻」讀音下的義項是「劉流，回轉貌」。

「劾」字「戶代切，音瀣，隊韻。下改切，瀣上聲，賄韻。紇則切，恒入聲，職韻」讀音下的義項是「法有罪也」；「口戒切，音炫，卦韻」讀音下的義項是「勤力也，一曰勉也」。

「哪」字「囊何切，音儺，歌韻」讀音下的義項是「哪哪，儺人之聲」；「乃箇切，音奈，箇韻」讀音下的義項是「語助」；「乃結切，音涅，屑韻」讀音下的義項是「呭哪，胡人名」。

「呴」字「朔律切，音率，質韻」讀音下的義項是「飲也」、「人名」；「須倫切，音荀，眞韻」讀音下的義項是「咨親爲詢，或作呴」。

「吋」字「徒口切，豆上聲，有韻」讀音下的義項是「叱也」；「讀若寸」讀音下的義項是「英度名，十二吩爲一吋」。

「咳」字「何開切，音頦，灰韻」讀音下的義項是「小兒笑也，古作孩」；「柯開切，音該，灰韻」讀音下的義項是「奇咳」、「非常也」、「同該」、「同欬」。

「咯」字「歷各切，音酪，藥韻」讀音下的義項是「訟言也」；「剛鶴切，音各，藥韻」讀音下的義項是「雉聲」。

「萑」字「朱惟切，音佳，支韻」讀音下的義項是「艸多貌」、「草名」、「木名」；「胡官切，音桓，寒韻」讀音下的義項是「本作萑，薍也」。

我們可以看到，這些例子中，既有分頭爲不同的詞造的、字形偶然相同的字，如「吋」。「吋」本來已有「徒口切」、「叱也」的音義，但近代從英美傳入的度量衡制度在漢語中並無相應漢字表述，因此人們造出了「呏，讀若升，英美度名，具言加侖」，「吩，讀若分，英度名，吋十二分之一」，「呎，讀若尺，英美度名，十二吋爲一呎」等字。其中「吋」恰巧與表示「叱也」的「吋」同形，「吩」恰巧與表示「吩咐」的「吩」同形；又有由於形借而產生的同形現象，如「何」。疑問代詞「何」借用負荷的「荷」的本字「何」表

示；還有本來不同形，後來由於字體演變、簡化或訛變等原因變得完全同形的字，如「萑」。「萑」字音 huán，但傳世文獻中多已省作「萑」，與表示「艸多貌」的「萑」字同形。

由於這類同形詞最容易區分，不常出錯，所以此處我們不再贅述。

## 第四節　對意義有聯繫的異音同形詞的處理

在第二節我們分析過的某個多音義字各音義之間關係的五種類型中，形同、音同、意義有聯繫的，視爲一個多義詞；形同、音不同、意義有聯繫的，處理爲不同的詞。因此，對於某字形意義有聯繫的幾個音義來說，讀音是否相同，或者說本身是否爲同一個讀音，是判斷的關鍵。

表面上看起來，讀音相同、形體相同者，《中華》及其後的《漢大》都沒有做出區分，也就是說它們並沒有涉及同音同形詞，所以我們此處考察的對象也主要是異音同形詞，只要判別字義上的聯繫即可。

但問題在於，《中華》中的注音大多取自《集韻》，而《集韻》的一大特點是它所收的反切力求完備，見於前代字書、韻書、典籍中的注音它都盡量收錄，由於語音在長久的歷史中是不斷變化的，所以在《集韻》所反映出的共時語音層面上其實包含著歷時的語言訊息，我們需要把它層層剝離出來，才能判斷出某個字形的兩個不同的讀音原本是否爲同一個音。

比如，「家」在《中華》中有兩個注音：一爲「居牙切，音加，麻韻」，一爲「古胡切，音姑，虞韻」。「居牙切」音下有「室內曰家」「家人所居通曰家」等二十一個義項。「古胡切」音下有兩個義項，分別是「大家，女之尊稱」和「天子太子諸王稱母曰家家」，都可以算作專有名詞。在漢語語音史上，「家」在先秦讀如「姑」幾成定論。倘若這兩個音下有意義相近的義項，那麼它們其實應該算作同一個詞。

同理，我們來看下面這個字：

【咆】蒲交切，音庖，肴韻。

　　㊀嗥也，見《說文》。桂注：「《淮南・覽冥訓》『虎豹襲穴而不敢～』。」

【咆】皮教切，音皰，效韻。

　　　獸呼也，見《集韻》。

　　「蒲」爲並母，「皮」爲奉母，但古無輕脣音，在《廣韻》中尚且不分輕重脣音，所以它們聲母輕重脣的差別可以忽略。但兩個讀音同時也有聲調平去的差別，然而在宋代，同一韻的平聲與上去聲混並的現象並不罕見，所以我們很難說它就是兩個不同的讀音。比如，筆者在考察《新唐書釋音》時發現，同一個「狙」字，作者注音時既用「七余切」（魚母），也用「七預」切」（御母）；同一個「銲」字，注音時用了「侯幹切」（寒韻），也用了「何旦切」（翰韻）。此類現象爲數不少。且在《四聲等子》中，類似的平聲與上聲、去聲之間的混切也決不罕見，比如：在宕攝內五陽唐重多輕少韻中，絳韻審母位置上出現的字爲「孀」，該字在《廣韻》中爲色莊切，審韻陽母，是陽絳混切；漾韻溪母位置上的字爲「眶」，該字在《廣韻》中爲去王切，溪母陽韻，爲陽漾混切；養韻溪母位置上的字爲「恇」，該字在《廣韻》中爲去王切，溪母陽韻，爲陽養混切。雖然我們不能據此判斷在宋代平聲與上聲混並是通語中的普遍現象，但至少可以證明單單靠平聲與上去聲的區別不足以判定兩個字音是不同的。而且，「皮教切」一音只有「獸呼也」一意，它與「嗥叫」這一義項堪稱近義詞，沒有必要將其分爲兩個條目。

　　因此，雖然《中華》中爲「咆」字所分的兩個字頭音義都不同，但我們不認爲可以將其作爲同形詞處理，因此可以考慮合併。

　　現在，根據這一原則，我們來考察《中華》對意義有聯繫的異音同形詞處理中的得失。

　　應該說，該類同形詞數量最多，情況最複雜，但在這一問題上，《中華》處理得很簡單，只要讀音不同，意義並不是完全相同，就分爲兩個字頭。它並沒有考慮語音演變等因素或者加以分析，因此分得過於瑣碎，這一毛病也往往被人詬病。不過，對這個問題我們也不能一概而論，《中華》中這一類別的同形詞至少應該分爲以下四部分：

## 一、音近義近

　　同一字形所分出的幾個條目中，某一讀音下的釋義與另外一個讀音的釋義非常相近，或者有明顯的引申關係，且這兩個讀音也相近的，可以算作同一個詞。下面我們舉例分析：

（1）【嫗】威遇切，音嫗，遇韻。

　　～喻，和悅貌。《漢書·王褒傳》「～喻受之」，顏注：「於付反。」

　　【嫗】匈于切，音訏，虞韻。

　　㊀悅言也。揚雄《劇秦美新》：「上下相～」。

「威」爲影母，「匈」爲曉母，兩者聲母相近，聲調只有平去的差別，且這兩個音的意義是很近的引申關係，故此可做同一個詞處理。因「威遇切」只有一個義項，所以可歸並於「匈于切」下。

（2）【剿】楚教切，抄去聲，效韻。

　　略取也，見《集韻》。

　　【剿】初交切，音抄，肴韻。

　　襲取也。《禮記·曲禮》：「毋剿說。」注：「謂取他人之說以爲己說。」〔按，剿當從刀作～。《正字通》云「～說之～，訛作剿。」〕

兩者只有聲調平去的差別。至於意義，「襲取」是竊取、抄襲；「略取」是奪取，杜預注曰：「不以道取曰略」，也有偷襲的意味。所以，根據意義上的聯繫，本不必分爲兩個條目。

（3）【努】暖五切，音弩，虞韻。

　　勉也。李陵詩：「～力崇明德。」

　　【努】農都切，弩平聲，虞韻。

　　戮力也，見《集韻》。

兩者只有聲調平上的差別。但「戮力」與「努力」都是盡力之意，本不必分。

（4）【嚂】盧瞰切，音濫，勘韻。

　　貪食貌。《淮南·齊俗》：「荊吳芬馨以其～口。」

　　【嚂】苦濫切，音闞，勘韻。

　　呵也，見《廣韻》。〔按《集韻》本作喊。〕

　　【嚂】虎覽切，音䁂，感韻。

聲也，喊或作～，見《集韻》。

【囕】盧甘切，音藍，覃韻。

食囕，嗜也。囕或從口，見《集韻》。

「盧瞰切」與「盧甘切」，「苦濫切」與「虎覽切」可以兩兩合併，這樣處理比較妥當。

（5）【廖】憐蕭切，音聊，蕭韻。

寥本字。《說文》：「空虛也。」段注：「此今之寥字」。

【廖】力交切，音膠，肴韻。

室中虛貌，見《集韻》。

蕭韻與肴韻讀音相近，這兩個義項也可以合併。

（6）【劙】鄰知切，音离，支韻；郎計切，音麗，霽韻。

㈠分割也，見《玉篇》。

㈡直破也，見《韻會》。

【劙】里弟切，麗上聲，薺韻。

刀刺也，見《集韻》。

這兩個字頭讀音只有聲調的差別，且意義有明顯的引申關係，本不必分開。故「里弟切」一音義可以與「鄰知切」合併。

（7）【嘻】盧其切，音熙，支韻。

㈦笑樂之貌。《太玄樂》：「人～鬼～。」

㈨～笑，強笑也。《漢書・灌夫傳》：「夫怒，因～笑曰：『將軍貴人也。』」

【嘻】許記切，音憙，寘韻。

笑也，見《集韻》。

【嘻】於其切，音醫，支韻。

同噫，恨聲，見《集韻》。

這三個讀音之間，聲調上有平去的差別，聲母上曉母與影母的差別，但都

差別不大。「許記切」的釋義與「虛其切」下第七個義項相當，「於其切」的釋義與「虛其切」下第九個義項相當，所以沒有書證的後兩個字頭可能本不必分出。

（8）【㘎】力結切，音捩，屑韻。

　　㈠鶴鳴也，見《説文新附》。〔按，《晉書・陸機傳》「華亭鶴～」，紐樹玉曰「通作戾，亦作唳，口旁蓋俗所加」。〕

　　㈡嘹～，雁聲。黃庚（原文誤作唐）詩：「長空獨嘹～」。〔又〕蟬聲。陳子昂詩：「嘹～白露蟬」。

【㘎】郎計切，音麗，霽韻。

　　㈠鳥鳴也，見《玉篇》。

　　㈡嘍～，鳥聲也，見《廣韻》。

雖然讀音一為平聲，一為入聲，但兩者只有韻尾-i 和-t 的差別，而宋代入聲韻尾正在消失過程中。至於意義，鶴和雁都屬於鳥，總起來說「㘎」就是鳥鳴的意思，沒有必要分為這麼多義項，更沒有必要作為兩個字頭。

（9）【咨】津夷切，音資，支韻。

　　㈡嗟也。《詩・蕩》：「文王曰～」。

【咨】資四切，音恣，寘韻。

　　歎聲。《易・萃》：「齎～涕洟」。

「歎聲」與「嗟也」在意義上的聯繫自不必說，「津夷切」與「資四切」又同為精母，只有聲調上平去的差別，因此它們可以算作同一個詞。

（10）【哮】虛交切，音嗃，肴韻。

　　㈢咆～，虎豹怒號也。常建詩：「日入聞虎豹，空山滿咆～。」

【哮】孝狡切，恷上聲，巧韻。

　　大呼也，見《集韻》。

【哮】許教切，音孝，效韻。

　　喚也，見《廣韻》。

《漢大》沒有收錄「孝狡切」，原因可能是它與其他兩個音的讀音和意義都

相近且不見於《廣韻》。但它卻收錄了「許教切」的音義，而它的音義與「虛交切」也相似。與其厚此薄彼，還不如像《中華》一樣都加以區分並收錄。但這三個讀音均爲曉母，差別只在於聲調的平上去，因此可以合併爲同一個詞。

（11）【剗】楚限切，音鏟，潸韻。

　　㊀削也，見《廣雅·釋詁》。

　　㊁平也，見《一切經音義》引《聲類》。

　　㊂減也。《呂禮·權勳》：「必～若類」。

　　㊃通剗。《校官碑》：「禽姦爻猾。」〔爻即～字。〕

　【剗】側展切，音展，銑韻。

　　㊀刈也，見《集韻》。

　　㊁翦減也。蘇軾詩：「王師本不戰，賊壘何足～。」

　　㊂通翦。《詩·甘棠》：「勿翦勿伐。」〔韓詩翦作～。〕

　【剗】初諫切，鏟去聲，諫韻。

　　攻也，平治也。韓愈詩：「活計以鋤～」。

「楚限」、「側展」、「初諫」的讀音相似，它們的義項也有聯繫，《漢大》將這三個音義都合併於「初限切」下，這樣處理比較妥當。

（12）【譺】虛宜切，音犧，支韻。

　　㊀吹～，口聲，見《玉篇》。

　　㊁鳴～，歎辭，見《集韻》。

　【譺】香義切，音戲，寘韻。

　　～～，聲也，見《集韻》。

「虛宜切」與「香義切」同爲曉母，只有聲調平去的差別，意義也有明顯聯繫，所以可以視爲同一個詞。《漢大》沒有虛宜切，將其意義合併於香義切下，這樣處理是比較恰當的。

（13）【吟】魚音切，音崟，侵韻。

　　㊃哦也。《莊子·德充符》：「倚樹而～」。

　　㊆鳴也。如龍～、猿～、蟬～之類。

【吟】宜禁切，音㕧，沁韻。

　　長詠也。韓愈詩：「白鶴叫相～」。

「魚音切」與「宜禁切」只有聲調平去的差別，且意義相近，所以可以作爲同一個詞處理。

（14）【唁】魚旰切，音岸，翰韻。

　　㊀弔失容，見《廣韻》。

　　㊁弔國曰～，見《類篇》。

【唁】魚戰切，音嗇，銑韻。

　　同唁。弔生也。見《集韻》。

雖然讀音略有差異，但比較相近，且核心意義都是「吊唁」，所以「魚戰切」本不必與「魚旰切」分列。

（15）【呢】女夷切，音尼，支韻。

　　㊀～喃，小聲多言也，見《玉篇》。〔又〕燕語也。宋人詩：「～喃燕子語梁間」。

　　㊁細繹也。舶來品，如哆囉～之類。

　　㊂俗語餘辭。如～字呵字哩字，每綴之語尾。《通俗編》：「～，《商君書》每用此爲相問餘辭。」

【呢】乃倚切，音旎，紙韻。

　　聲也，見《集韻》。

【呢】女履切，音柅，紙韻。

　　言以示人也，本作詉，見《集韻》。

「乃」是泥母，「女」是娘母，聲母間的關係顯而易見，且意義間也有明顯聯繫，所以至少「乃倚切」與「女履切」應該合爲一個詞。至於「女夷切」，我們可以看到，表示布料的「呢」與表示聲韻的「呢」才是眞正的同音同形詞。但同爲聲音的「女夷切」與「乃倚切」，由於韻部上的差別也只是聲調的平上，所以可以視爲同一個詞。

（16）【咭】閒吉切，音欯。其吉切，音佶，質韻。

笑貌，見《玉篇》。

【咭】火一切，醯入聲，質韻。

喜也，欥或作～。見《集韻》。

這兩個讀音韻部相同，聲母一爲溪母，一爲曉母，這兩個聲類在中古之後已經漸趨合併，且意義也相近，所以可以視爲一個詞。

（17）【嗌】伊昔切，音益。乙革切，音戹，陌韻。

㊀咽也，見《說文》。段注：「～者，扼也，扼要之處也。咽、～雙聲。《漢書》『昌邑王～痛』，《爾雅注》云『江東名咽爲～』。」

【嗌】壹計切，音翳，霽韻。

同齸，咽也。江東名咽爲齸，見《集韻》。

兩個讀音的注釋中都有「江東名咽爲齸」一語，意義上的聯繫毋庸置疑，差別只在讀音。「伊昔切」爲昔韻影母，「壹計切」爲霽韻影母，韻部差別較大，但始見於《集韻》中的「壹計切」，很有可能是入聲韻尾脫落之後出現的讀音。所以我們可以將其視爲同一個詞。

（18）【噍】茲消切，音焦。慈焦切，音樵，蕭韻。

㊀鳥鳴也。《漢書・揚雄傳》：「～～昆鳴」。

【噍】將由切，音遒，尤韻。

小鳥聲。《禮記・三年問》：「至於燕雀，猶有啁～之頃焉。」

從意義上來看，「鳥鳴也」與「小鳥聲」的意義聯繫非常緊密。從讀音來看，「茲消切」是蕭韻，「將由切」是尤韻，韻部相差較遠。但在上古音中，尤之半與蕭之半同屬幽部，而這兩個義項的書證都在先秦兩漢時期，所以，它們的韻部有可能是相同的。因此，不妨將其視爲同一個詞。

（19）【劂】居月切，音厥，月韻。

刀也，見《廣雅・釋器》。〔按，《楚辭・哀時命》「握剞～而不用兮。」注：「剞～，刻鏤刀也。」〕

【劂】姑衛切，音劌，霽韻。

曲鑿也。《漢書・揚雄傳》「般倕棄其剞～兮」注：「～，姑衛

切。〔按，傅毅《琴賦》「施公輸之剞～」。～與下文制字爲韻，蓋與揚雄賦讀音相近。〕

「剞劂」是一種刻鏤的刀具，所以這兩個義項關係明顯。從讀音來看，月韻與霽韻似乎存在著入聲與去聲的巨大差異，但在上古音中，中古的月韻與霽之半同屬於月部，所以它們的讀音在上古有可能是相同的，也可以作爲同一個詞處理。

（20）【劚】烏谷切，音屋，屋韻。

　　㊀重誅也。《漢書·敘傳》：「底～鼎臣。」

　　【劚】乙角切，音渥，覺韻。

　　㊀刑也，見《廣雅·釋詁》。

　　㊁通渥。《易·鼎》「其形渥」，鄭注：「作刑～」。

《漢大》沒有「乙角切」的音，將其意義合併於「烏穀切」下。這兩個讀音在意義上的聯繫比較明顯，在讀音上，雖然一爲屋韻，一爲覺韻，但在上古音中，中古的屋之半與覺之半同屬屋部，所以它們的讀音也有可能相同，可以看作同一個詞。

（21）【崔】倉回切，音催，灰韻。

　　㊀大高也，見《説文》。

　　【崔】遵綏切，音摧。朱惟切，音隹，支韻。

　　～～，高大也。《詩·南山》：「南山～～」。

「大高也」與「高大也」在意義上很難說有什麼差別。至於讀音，它們聲母相近，「綏」與「隹」都是脂韻字，中古脂韻字的 1/3 與灰之半在上古都是之部字，它們有可能是同一韻部，所以，可以作爲同一個詞處理。

（22）【崆】枯公切，音空，東韻。

　　㊀～巄，山高貌，見《集韻》。

　　㊁～峒，山名，詳峒字。

　　【崆】克講切，音控，講韻。

　　山貌，見《集韻》。

【崆】枯江切，音腔，江韻。

〜峵，山高峻貌，見《集韻》。

《漢大》沒有「克講切」的音，將「枯江切」作爲「枯公切」的又音。無疑「崆」字的意義都與山有關，讀音上的差別主要在韻母。在上古音中，東韻的 1/3 與江韻同屬東部，所以它們的讀音也有可能是相同的，可以視爲同一個詞。

## 二、讀音相近，被釋雙音詞相同

我們知道，同一個雙音節詞，即便字形相同，但如果讀音不同，意義也有可能不同，比如「便宜」（pián）與「便宜」（biàn）。所以，字形相同、讀音相近都不能證明它們是同一個雙音詞。只有音形義皆近，才可以下此定論。因此，如果同一字形所分出的兩個或兩個以上條目中，某一義項（通常只有這一個義項）的讀音，與其他讀音相近，意義也聯繫密切，且解釋的其實是同一個詞語，那麼這一讀音和意義本不必分立。舉例分析如下：

（1）【侎】蘇紺切，靸去聲，勘韻。

　㊀傝〜，老無宜適也，見《玉篇》。

　㊁傝〜，癡貌。見《廣韻》。

【侎】桑感切，音糝，感韻。

　傝〜，無儀也。見《集韻》。

「蘇紺切」與「桑感切」只是聲調上去的差異。而對「侎」字的注釋，其實是對「傝侎」這一雙音詞的解釋。究其意義，本不必分成諸多義項，更不必分爲兩個詞。

（2）【俸】補孔切，音琫，董韻。

　㊀屛〜，小貌，見《玉篇》。

　㊁偋〜，密不見，見《集韻》。

【俸】撫勇切，音捧，腫韻。

　併〜，小貌，見《集韻》。

「屛俸」與「偋俸」及「併俸」，很有可能是同一詞語的不同詞形，況且根據其意義，本來也不必分開。

（3）【倥】康董切，音孔，董韻。

　　㊀～傯，事多，見《廣韻》。

　　㊁苦也，見《集韻》。

　　【倥】苦動切，音控，送韻。

　　～傯，窮困也，見《玉篇》。

兩個讀音只有聲調上去的差別。「苦動切」的音下只有「倥傯」一個義項，雖然釋義不同，但這一詞語在「康董切」中已經出現過了，我們頂多可以說這是一個多義詞，後一個音不必分出。

（4）【兢】居陵切，音矜，蒸韻。

　　㊁戒慎也。《書・皋陶謨》：「～～業業」。

　　㊂恐也。《詩・雲漢》：「～～業業」。

　　㊃彊也。《詩・無羊》：「矜矜～～」。傳：「以言堅強也。」朱駿聲云：「堅訓矜彊，訓～，詩人重言形況。」

　　【兢】巨興切，音殑，蒸韻。

　　～～，堅強貌，見《集韻》。

「居陵切」是見母，「巨興切」是羣母，兩者雖有聲母上的差異，但由於全濁聲母的變化，在宋代它已不足以徹底與清音區別開了。且「巨興切」下的「堅強貌」，與「居陵切」下第四個義項的「以言堅強也」，並沒有太大的差別。

（5）【嶔】口嚴切，音謙，鹽韻。

　　～巖，欹貌。《文選・司馬相如賦》：「～巖倚傾」。

　　【嶔】口銜切，音嵌，咸韻。

　　～巖，深貌。《文選・揚雄賦》：「深溝～巖而為谷」。

這兩個讀音，解釋的是同一個詞「嶔巖」，雖然意義不同，但讀音接近，故此也可以看作是一個多音多義詞。

## 三、讀音相近，意義範圍有別

同一字形所分出的幾個條目中，某一讀音與另外一個讀音相近，意義則是「渾言」與「析言」的區別，它們可以算作同一個詞。舉例分析如下：

（1）【募】莫故切，音暮，遇韻。

　　㊀廣求也，見《説文》。〔今云～債、～緣，本此義。〕

　　㊁召也，見《廣韻》。

　　㊂招也，《荀子・王制》：「案謹～選閱材伎之士。」〔今云～兵，本此義。〕

　　【募】亡遇切，音務，遇韻。

　　以財使也，見《集韻》。

「亡遇」與「莫故」兩音之間只有輕重脣音的差別，「以財使也」可以與「廣求也」「招也」合併爲同一義項，都以「招募」爲核心義。故「亡遇」一音本不必另列。

（2）【喬】渠嬌切，音僑，蕭韻。

　　㊀高而曲也，从夭从高省，《詩》曰「南有喬木」，見《説文》。……

　　【喬】渠廟切，音轎，嘯韻。

　　木枝上曲也，見《集韻》。

「渠嬌切」是宵韻字，「渠廟切」是笑韻，兩者在讀音上有平去的差別。但究其意義，不管是「木枝上曲」，還是各種事物的「高而曲」，都是在形容高聳貌。所以，「渠廟切」的音義不必從「渠嬌切」的音義中區分出來。

（3）【桊】古倦切，音眷，霰韻。

　　囊也，今鹽官三斛爲一～，見《説文》。〔按，此舉漢時鹽法中語。〕

　　【桊】逵員切，音權，先韻。

　　囊有底曰～。見《集韻》。

「古倦切」與「逵員切」，一爲見母，一爲羣母，聲調亦有平去之別，但雖然讀音不同，意義卻本不必分。

（4）【喊】下斬切，音轞，豏韻。

　　㊀怒聲也。柳宗元文：「跳踉大～，斷其喉，盡其肉。」

　　㊁譁聲也。戚繼光《號令篇》：「各兵吶～」。

　　㊂喚召人也。俗云喚人曰～人。

　【喊】虎覽切，音嚂，感韻。

　　聲也。《揚子法言》「狄牙能喊」，吳祕注：「聲也」。李軌注：「呬物聲」。《正字通》引法言注：「和味也，本作咸。」

　　不管是「怒聲、譁聲」，都是「聲也」。所以雖然讀音有些差異，但不必視爲兩個詞。

（5）【嗟】咨邪切，音罝，麻韻。

　　㊃發聲也，見《小爾雅・廣言》。

　　㊄吟也，見《廣雅》。疏證：「《樂記》『長言之不足，故～歎之。』」鄭注云：「～歎，和續之也，是古今謂吟爲～歎也。」

　　㊅哀號聲。《易・節》「則～若」，虞注：「～，哀號聲。」

　　㊆～～，美歎之聲。《詩・烈祖》：「～～烈祖」。〔又〕勑之也。《詩・臣工》：「～～臣工」。

　【嗟】遭哥切，音餷，歌韻。

　　歎聲。《易・離》：「不鼓缶而歌，則大耋之～。」〔王肅讀「遭歌切」。〕

　　不管是「哀號聲」還是「美歎之聲」，都是「歎聲」。這兩個讀音聲母相同，韻部有別，但中古的歌韻與麻韻在上古音中本來就屬於同一韻部。所以「遭哥切」的這一音義可以與「咨邪切」合併，作爲同一個詞處理。

## 四、讀音較遠，意義有聯繫

　　同一字形所分出的幾個條目中，某一讀音下的釋義與另外一個讀音的釋義有關係，但並不是非常緊密，且兩個讀音相差較遠的，我們可以將其視爲不同的詞。如果語音史上的研究有新的發現，可以再重新分析。舉例如下：

（1）【叭】普八切，音汃，點韻。

聲也，見《集韻》。

【吥】普活切，音鏺，曷韻。

口開也，見《五音集韻》。

【吥】讀若霸。

喇～，軍中吹器，俗呼號筒，見戚繼光《新書・號令篇》。

《漢大》中沒有「普活切」，其意義「口開也」歸於「普八切」音下。雖然《五音集韻》等後出韻書中新製的反切不夠可靠，但由於該義項與其它讀音的釋義不太接近，抹煞它的存在恐怕也不妥，不妨姑妄存之。

（2）【嚌】前西切，音齊，齊韻。

㊀鳥哀聲，見《集韻》。

㊁～～，憂悲也。《太玄・樂》：「管絃～～」。

【嚌】居諧切，音皆，佳韻。

～～，眾聲也。《文選・班彪賦》：「鵾雞鳴以～～」。

這兩個音的意義雖然都是聲音，但「前西切」一音的核心意義是「哀傷的聲音」，而「居諧切」則只是鳥獸叫聲，差異較大。且「前西切」為從母齊韻，「居諧切」為見母皆韻，雖然在上古，齊之半與皆之半同屬脂部，但聲母也差別也較大，因此像《中華》這樣將其作為兩個詞處理恐怕更為妥當。《漢大》中沒有收錄「前西切」，可以再斟酌。

（3）【匬】勇主切，音庾，麌韻。

量器，受十六斗，見《玉篇》。

【匬】徒侯切，音頭，尤韻。

甌～器也，見《說文》。段注：「大徐無～字，非是。甌者小盆也。甌～二字為名，則非甌也。」《玉篇》云：「余主切，器受十六斗。」按《玉篇》蓋謂即《論語》「與之庾」之「庾」。包注：「十六斗為庾也。」

雖然意義同為「十六斗」，字形又相同，似乎應是同一個詞，但由於讀音差異很大，「勇主切」是以母麌韻，「徒侯切」是定母侯韻，可以暫且視為不同的

詞。

（4）【僭】子念切，尖去聲，豔韻。

　　㊁差也，《左‧哀公五年》傳：「不～不濫。」

　　㊂下犯上謂之～。《穀梁‧隱五年》傳：「始～樂矣。」

　【僭】七林切，音侵，侵韻。

　　亂也。《詩‧鼓鍾》：「以雅以南，以籥不～。」〔言二雅、二南、籥舞，三者皆不～亂也。〕

　《漢大》沒有「七林切」，將其意義歸於「子念切」下，雖然它們的意義有明顯聯繫，但讀音相差還是較大的，不妨分開處理。

　在以上四類中，《中華》把前三類一概分為不同的詞，只有第四類是正確的，這與其體例有關。它的「音義並異」是非常狹義的「異」，只要在《集韻》中不同就算是「異」，卻忘記了由於《集韻》的收字原則是「務從該廣」，可能某一個字在歷史上各個不同時期的讀音它都收錄了，但它們其實是同一個詞。在《康熙》中，由於羅列眾音，沒有涉及「詞」的概念，所以這一問題並不明顯。但當《中華》試圖將「字」與「詞」區分開來時，就出問題了。

## 第五節　對意義完全相同的異讀字的處理

　前面我們已經分析過，在同一字形分成的幾個條目中，如果其中一個讀音的釋義（往往只有一個義項），在另一個讀音中已經出現過，且解釋完全相同或者幾乎完全相同。那麼即便讀音不同，也不能把它們當作不同的詞，應該作為異讀字處理。對於此類的同形詞，《中華》的區分大部分都是恰當的，比如：

　【邨】麤尊切，音村。徒渾切，音屯，元韻。

　　地名，見《說文》。段注：「本音豚，屯聚之意也，變字為村。」〔按，朱駿聲云：「《廣雅‧釋詁四》：『～，國也』，此『邦』之誤字，後世用為村落鄉村。」〕

　【賄】虎猥切，音悔，賄韻；呼內切，音痗，隊韻。

　　㊀財也，見《說文》。段注：「《周禮》注曰『金玉曰貨，布帛曰～』，析言之也。許渾之，貨～皆釋曰財。」

㈡贈送財也，見《玉篇》。〔按，《儀禮・聘禮》「～用束紡」，注：「～，予人財之言也。」〕

【詐】助駕切，音乍，禡韻；疾各切，音昨，藥韻。

慙語也，見《說文》。段注：「與心部『怍』音同義近，《論語》『其言之不怍』，當作此字。」

【閉】必計切，音嬖，霽韻；必結切，音鼊，屑韻。

㈠闔門也。從門、才，所以距門也，見《說文》。段注：「闔下云閉也，與此爲轉注，從門而又像撐距門之形，非才字也。」

……

【鴛】於袁切，音智。烏昆切，音溫，元韻。

～鴦也，見《說文》。……

在這些例子中，同一個字形的注音，有的只是聲調上的差異，比如「虎猥切」與「呼內切」；有的只有韻部的差別，如「於袁切」與「烏昆切」、「必計切」與「必結切」；有的聲韻皆不同且差別很大，比如「齏尊切」與「徒渾切」、「助駕切」與「疾各切」。但不管它們讀音上的差異有多大，《中華》一概將其作爲異讀字處理，因爲它們的注釋是完全相同的。

只是，有時候，它也違反了自身「音義並異」才能「另爲一字」的原則，將一些本該作爲異讀字處理的當作了同形詞，雖然這一部分字的比例不大，但畢竟是失誤，下面我們舉例分析：

（1）【嚚】魚巾切，音銀，眞韻。

㈠語聲也，見《說文》。桂注：「《晉語》『～瘖不可使言』，韋謂聲不善。」

【嚚】牛閑切，音訮，刪韻。

語聲，見《集韻》。

我們沒有證據證明「牛閑切」讀音下的「語聲」與「魚巾切」讀音下的「語聲也」有區別，所以盡管兩個讀音間韻部有別，還是應該視爲異讀字。

（2）【啡】鋪枚切，音肧，灰韻。〔《字彙》入非部，今從《玉篇》入口部〕

唾聲，見《玉篇》。

【啡】滂佩切，音配，隊韻。

㊀臥息也，見《集韻》。

㊁吐聲，見《集韻》。

【啡】普亥切，音俖。普罪切，音殕，賄韻。

出唾聲，見《廣韻》。〔按《通俗編》云：「元人劇本有吓字，即〜之俗體，《字彙》謂吓爲相爭之聲，蓋當云爭而唾之之聲。」〕

「鋪枚切」是灰韻滂母，「滂佩切」是隊韻滂母，「普亥切」是海韻滂母，「普罪切」是賄韻滂母，它們只有韻部平上去的差別。「鋪枚切」與「普亥切」都只有「唾聲」一個意義，而「滂佩切」下第二個義項「吐聲」已足以代表這一意思。所以，按其體例，這三個條目可以合併爲一個，意義歸併，讀音用「滂佩切」即可。

（3）【坐】祖臥切，音挫，箇韻。

㊀安也，見《說文》。

㊁辱也。《淮南・說山》：「君子不入市，爲其廉〜也。」

【坐】臧戈切，挫平聲，歌韻。

安也。見《集韻》。

讀音上有聲調平去的差別，但兩個沒有書證的「安也」，意義其實可以算作是完全相同的。讀音「臧戈切」與「祖臥切」也只有聲調平去的差別，所以就不必再爲其另設音義了。

（4）【係】胡計切，音系，霽韻。

㊀絜束也，見《說文》。段注：「絜束者圍而束之也，俗通用繫。」

㊁縛也，《孟子・梁惠王》：「〜累其子弟。」注：「〜累，猶縛結也。」

【係】吉詣切，音計，霽韻。

束也，見《集韻》。

【係】吉棄切，音繫，寘韻。

縛也，見《集韻》。

「束也」、「縛也」本身就意義相近，是否需要作爲兩個義項尚且需要考慮，更不必說將這一意義分爲三個詞分別注音了。我們可以將這三個音義合併，把「吉詣切」或是「吉棄切」中的一個作爲「胡計切」的又音列出。

（5）【唊】吉協切，音頰，葉韻。

　　㈡～～，多言也，見《廣韻》。

　　【唊】訖洽切，音夾，洽韻。

　　　多言也。《韓非・姦劫》：「讇諛　多誦先古之書，以亂當世之治。」〔諛即～字。〕

「訖洽切」是見母洽韻，「吉協切」是見母帖韻，韻母並不相同，但「訖洽切」下唯一的義項可以與「吉協切」的第二個義項合併，故此也不必分出。

（6）【嘽】他干切，音灘，寒韻。

　　㈡～～，眾也。《詩・采芑》：「戎車～～」。〔又〕喜樂也。《詩・崧高》：「徒御～～」。〔又〕盛也。《詩・常武》：「王旅～～」。傳：「嘽嘽然盛也」。〔又〕閒暇有餘力之貌，見《詩・常武》「王旅～～」箋。

　　【嘽】徒案切，音憚，翰韻。

　　～～，喜樂聲也，見《集韻》。

「他干切」是透母寒韻，「徒案切」是定母翰韻，讀音聯繫密切，「喜樂也」與「喜樂聲也」這兩個義項也差別不大，所以「徒案切」這一音義本不必單獨列出。

其它情形類似，但《中華》一概將其分爲不同詞的異讀字又如：

（1）【廋】疎鳩切，音搜，尤韻。

　　㈠隱也。《論語・爲政》：「人焉～哉。」

　　【廋】蘇后切，音叟，有韻。

　　　隱也。《國語・晉語》：「有秦客～辭於朝。」〔謂以隱伏詭譎之言問於朝。〕

（2）【嘉】居牙切，音加，麻韻。

　　㈠美也，見《說文・壴部》。桂注：「《詩・大明》『文王～止』。」

【嘉】亥駕切，音暇，禡韻。

美也。見《集韻》。

（3）【徑】魚莖切，音娙，庚韻；倪堅切，音妍，先韻。

㊀急也，見《集韻》。

㊁伎也，見《集韻》。

【徑】堅正切，音勁，敬韻。

伎也，見《集韻》。

（4）【唬】盧訐切，音嚇，禡韻；盧交切，音哮，肴韻。

㊀虎聲也，從口虎，見《說文》。段注：「《通俗文》曰：『虎聲謂之哮～』。」

【唬】下老切，音皓，皓韻；郭獲切，音虢，陌韻。

虎聲，見《集韻》。

（5）【劉】力求切，音留，尤韻。

㊀殺也。《方言》：「～，殺也。秦晉宋衛之間，謂殺曰～，晉之北鄙亦曰～。」

【劉】龍珠切，音鏤，虞韻。

殺也。漢禮立秋有貙～，見《集韻》。

（6）【厎】軫視切，音指，紙韻。

㊂致也。《書·旅獒》：「西旅～貢厥獒」。

㊄至也。《楚辭·天問》：「南土爰～」。

【厎】都黎切，音低，齊韻。

至也，見《集韻》。

【厎】陟利切，音致，寘韻；丁計切，音帝，霽韻。

致也。《書·禹貢》：「震澤～定」。

（7）【句】古侯切，音溝，尤韻。

㊀曲也，見《說文·句部》。……

【句】古有切，音九，有韻。

　　曲也。《淮南·地形》：「～瘻民」。

（8）【弛】賞是切，音豕，紙韻。

　　⊕四易也，見《爾雅·釋詁》。注：「相延易」。

　　⊕七施也。《禮記·孔子閒居》：「～其文德」。

【弛】余支切，音移，支韻。

　　改易也，見《集韻》。

【弛】賞是切，音始，紙韻。

　　通「施」。《周禮·小宰》：「歛～之聯事」。

　　上述例子中的異音同形詞義項完全相同或幾乎完全相同。還有一部分字，義項幾乎完全相同，但語音差別較大時，不妨存其又音。如：

【龐】盧東切，音籠，東韻；力鍾切，音龍，冬韻。

　　一充實也。《詩·車攻》：「四牡～～」。

【龐】蒲蒙切，音蓬，東韻。

　　充牣也，見《集韻》。

　　「充牣也」無疑與「充實也」關係密切，但「盧東切」是來母，「蒲蒙切」是並母。《漢大》沒有蒲蒙切的讀音，我們認為除非有證據表明來母與並母之間有聯繫，或者有證據表明「蒲蒙切」這一讀音是沒有根據的，否則暫時還是不要忽略並母的讀音，可以作為又音存之。

【嘯】先弔切，音熽，嘯韻。

　　吹聲也。歗，籀文～從欠，見《說文》。桂注：「《詩·江有氾》『其～也歌』，箋云：～，蹙口而出聲也。」

【嘯】息六切，音肅，屋韻。

　　吹氣若歌也，見《集韻》。

　　《漢大》沒有「息六切」，就其意義來說，與「先弔切」的意義幾乎是完全相同的。但韻部相差較遠，目前的語音史研究中沒有結論可以證明兩者在上古或者中古存在聯繫，因此不妨存其讀音，作為又音。

但是，至於又讀音需不需要列出，也要視情形而定。倘若某一音項能夠包括另一音項下所有的義項，而且這一音項有文獻根源和歷史傳承，就可將其視為正音，另一個音項則可有可無。比如：

【厲】力制切，音例，霽韻。

　　四惡也。《詩·柔桑》：「誰生～階。」

　　十五嚴也。《論語·述而》：「子溫而～。」

　　十六猛也。《左·定十二年》傳：「與其素～。」

　　十七烈也。《楚辭·招魂》：「～而不爽些。」

　　四四繇帶以上曰～，見《爾雅·釋水》。

　　四六帶也。《方言》：「帶謂之～。」

【厲】良薛切，音列，屑韻。

　　一嚴也。見《韻會》。

　　二為惡也。《詩·正月》：「胡然～矣。」

　　三飄～，歌聲清越也。《文選·左思賦》：「歌江上之飄～。」

　　四囊垂飾。見《韻會》。

　　五通「烈」。《禮記·祭法》：「～山氏」。〔《左·昭二十九年》傳作「烈山氏」。〕

由於「厲」在《康熙》中的注釋是：「……又《韻會》力蘗切，《正韻》良薛切，並音列。《韻會》嚴也。一曰囊垂飾。」所以《中華》照樣收錄了，其實《集韻》「力蘗切」下有「厲」字，釋義是「嚴也，一曰囊垂飾。」所以，《中華》首先應該把「良薛切」改為「力蘗切」。

然後，查《廣韻》「力制切」，「厲」的解釋為「惡也，亦嚴整也，烈也，猛也，又姓。漢有魏郡太守厲溫。」查《集韻》祭韻「力制切」下「厲」字，釋義為「《說文》旱石也，或從蠆。一曰嚴也，惡也，危也，大帶垂也，亦姓。」從義項上看，「良薛切」讀音下的義項可能在「力制切」下均已出現過。因此，「良薛切」這一音項完全不必單獨列出，甚至也不必作為又音給出。

再如：

【儚】彌登切，音萌，蒸韻。

〜〜，惽也。見《爾雅·釋訓》。

【儚】謨中切，音瞢，東韻。

憃也，或作懜，見《集韻》。

查《集韻》，「彌登切」中的「儚」注釋爲「《爾雅》『〜〜，惽也。』」但「謨中切」音下的解釋是「《爾雅》『〜〜，惽也。』一曰憃也，或作懜。」既然這兩個義項擁有共同的讀音，就不必爲它們分別作注了，雖然「彌登切」可以作爲又音，但沒有太大必要，將上述兩個義項合併在「謨中切」下即可。

## 第六節　辭書中一形多音義字的處理意見

《中華》這種將一形多音義字另立字頭的形式雖然沒有被《漢大》沿用，但內容顯然是被繼承了。我們選取了《中華》子集及醜集中 801 組、2002 個字頭進行考察，有 203 組與《漢大》的處理是相同的，約占四分之一強。由於《漢大》中收錄了一些現代漢語的讀音，所以這一比例並不讓人驚訝。但與《漢大》不同並不代表就是錯的，因爲《漢大》也有做得不妥的地方。比如：

喊（一）hǎn《廣韻》呼覽切，上敢曉。又呼賺切，下斬切。

①嘗味……

②大聲呼叫……

③可。《集韻》感韻：「喊，《博雅》：可也。」

第三個義項「可也」，在《集韻》中的注音是「虎感切」，與「呼覽切」的音義皆不同，按照體例應該將其分列，《漢大》疏漏了。

再如，「嚗」字在《中華》中是這樣注釋的：

【嚗】北角切，音剝，覺韻；披教切，音皰，效韻。

㊀怒聲，見《玉篇》。

㊁剝落之聲。《莊子·知北遊》：「〜然放杖而笑」。注：「〜，放杖聲。」

㊂吒〜，恚呼貌。見《玉篇》。

在《漢大》中：

噗（一）bó《廣韻》北角切，入覺幫。藥部。

①象聲詞。1. 物着落聲。……2. 迸裂聲。……

②怒聲。《集韵·覺韵》：「噗，怒聲。」

（二）pào《集韻》披教切，去效滂。

聲。《集韻·效韻》：「噗，噗然，聲也。」

《漢大》把北角切、披教切分爲了兩個音。披教切的解釋是「聲也」。在《集韻》中，「北角切」是「怒聲」；「匹角切」是「聲也，放杖聲」；「披教切」是「噗然，聲也。」既然都是「聲音」，爲什麼要分開呢？既然要分開，爲什麼又不徹底區分呢？

又如：

【𤸷】何交切，音肴。于包切，音猇，肴韻。

刺也，一曰痛聲，見《說文》。〔按，小徐本「一曰痛聲」作「一曰毒之」，解曰「疾害也」。《玉篇》《類篇》與大徐同。《廣韻》五肴惟訓痛聲，《集韻》五肴兩見：何交切引《說文》同大徐，于包切「痛聲，作痛𤸷」。趙宧光云：「刺讹作刺。刺，七賜切；刺，盧達切。」段茂堂、桂未谷從之。王菉友云：「作刺音盧達切，非也，當是擊刺之刺，刺而後傷也。」下文一曰痛聲，亦因傷而痛也。〕

【𤸷】戶賄切，音瘣。於罪切，賄韻。

痛聲，見《集韻》。〔按《顏氏家訓·風操篇》云：「《蒼頡篇》有～字，訓詁云：痛而謼也。音羽罪反，今北人痛則呼之。《聲類》音于來反，今南人痛或呼之。此二音隨其鄉俗，可行也。〕

盡管按語中說「下文一曰痛聲，亦因傷而痛也。」兩個讀音的意義明顯是有聯繫的，但因讀音有較大差異，《中華》分而訓之。《漢大》則將其合爲一音。它到底該分該合呢？我們認爲，由於「肴」韻與「賄」韻差別較大，根據原則和體例，在找出兩個韻部可能混並的證據之前，它們還是應該區分的。

再如：

【呾】當割切，音怛，曷韻；乙轄切，音鸛，黠韻。

㊀相呵也。韓愈《張徹墓銘》：「不肖者之～也。」

㊁相呼也，見《集韻》。

《漢大》把「當割切」與「乙轄切」分成兩個音了。當割切釋爲「相呵」，乙轄切釋爲「相呼聲」。但在《集韻》中，「當割切」與「乙轄切」都是「相呼也」。所以《中華》的處理是正確的，漢大欠妥。

再：

【吺】丁侯切，音兜，尤韻。

㊀譶～，多言也，見《說文》。段注：「譶，多言也；譶～，玉篇作嗵。」

【吺】汝朱切，音儒，虞韻。

囁～，言也，見《集韻》。《正字通》云：「～嚅音義通。」

「譶吺」與「囁吺」極有可能是同一個詞，「言」與「口」這兩個形旁本來就都是表示言語行爲的，且其意義也有明顯的關係。但《中華》將這兩個音分開了，可能因爲讀音相差懸殊，根據我們的分析，這樣是可取的，也與其體例一致。但《漢大》也這樣處理了，就與其體例不一致了。

又如：

【咹】阿葛切，音遏，曷韻。

㊂止也。《廣雅疏證》：「《爾雅》：『遏，止也。』遏與～同。」

【咹】於旰切，音按，翰韻。

聲止也，見《集韻》。

《中華》把這兩個音分開了，雖然就意義來說，「聲止」也屬於「止」，似乎不必區分。但因爲讀音相差較大，所以仍然將其作爲兩個詞處理，《漢大》也是這樣做的。

但同時：

【喁】魚容切，音顒，冬韻；語口切，音偶，有韻；元俱切，音愚，虞韻。

㊀魚口上見，見《說文》。王注：「《韓詩外傳》曰『水濁則魚～』。」

（三）～～，口向上也。《史記・司馬相如傳》：「～～然皆爭歸議。」

【喁】五矩切，音麌，麌韻。

喁～，魚口聚貌，見《集韻》。〔按劉逵注《吳都賦》曰「喁～，
魚在水中羣出動口貌。」〕

「魚在水中羣出動口貌」，魚在水裏紛紛露出嘴巴，嘴巴也應該是向上的。
可能是因為這種意義上的聯繫，《漢大》沒有收錄「五矩切」的音義。但按其體
例應該是列出的。「魚口聚貌」與「魚口上見」之間的關係不會比「止也」與「聲
止也」之間的關係更近，既然後者可以視為不同的詞，為何前者不能？

如果說是因為讀音的關係，那麼「魚容切」與「五矩切」的差異，和「阿
葛切」與「於旰切」的差異同樣大。

因此，與《漢大》的同異並不能作為衡量正誤的標準。在判定一形多音義
字各音義間的關係時，我們應該有一個統一的標準，並在辭書編纂過程中一以
貫之。

作為大型語文辭書，義項與讀音的區分要比中型詞典細緻，但不可過於瑣
碎。在字典編纂中，要以字形的同異作為確立字頭的標準。如果字形相同，不
管是否是同一個詞，都需要先放在同一個字頭下，然後再做區分。

一組讀音相同、字形相同的書寫形式，如果有一個能把各義項聯繫在一起
的核心意義，那麼它就算是一個多義詞，否則就是一組同音同形詞。

一組讀音不同、字形相同的書寫形式，如果意義完全不同或者有聯繫，都
是同形詞。但如果它們的意義完全相同，則是異讀字。

在判斷意義的同異時，「同」與「異」都容易取捨，需要關注的是那些意義
在同與異之間的中間地帶，可以結合字形與讀音進行綜合判斷。

在判斷讀音的同異時，不可只看表面現象。如果能證明它們在語音史上是
古今音的關係，或者在同一歷史層面上有可能混並，那麼即便看起來讀音不同，
也不可單憑讀音的同異來確定。

在堅持原則的同時，我們也必須明白搞一刀切是很難的，必須把形音義三
者結合起來，才能判斷某個一形多音義字所代表的是多音字還是同形詞。

# 第五章 《中華大字典》中音義相配的 得失

　　由於選取《集韻》中的反切作爲注音標準，《中華》在反映時音方面有較大的局限性，爲了盡可能照顧到今音，它採用添加按語的方式標明了一些「俗讀」「今讀」音。

　　總起來說，《中華》中的音義相配有正有誤，還有一些值得商榷之處。本章我們以多音義字爲考察對象，通過查閱古代字書、韻書和經典文獻，以及與《漢大》和《康熙》對比分析，對《中華》中的音義相配情況進行詳細闡述，同時也一併討論在大型語文辭書中如何使用反切注音，如何處理古音古義與今音之間的分歧。

## 第一節　幾種常用辭書的音義相配狀況

　　對於大型語文辭書來說，取音配義是個頗爲複雜的問題。古代字書、韻書以及注解中又音繁多，從錯綜複雜的字書與韻書中找到與義項吻合的反切讀音並讓音義配合得絲絲入扣是很難的工作。因此，字典中出現音義相配的矛盾也並不鮮見。下面我們以「不」這個常用字爲例，考察其在《康熙》《中華》和《漢大》這三本字典中的注音和釋義，並進行對比分析：

## （一）《康熙字典》

不 丕〔古文〕否壶 [註1]

《韻會》《正韻》竝逋沒切，補入聲。不然也，不可也，未也。《禮・曾子問》葬引至于堩，日有食之，則有變乎，且不乎？　又《周禮・夏官》服不氏掌養猛獸而教擾之。注：服不服之獸者。

又《廣韻》《韻會》竝分物切。與弗同。今吳音皆然。

又《韻會》俯九切，音缶。與可否之否通。《説文》：鳥飛上翔，不下來也。從一，一猶天也。象形。

又《玉篇》甫負切。《廣韻》甫救切。竝缶去聲。義同。

又《廣韻》甫鳩切。《集韻》《韻會》《正韻》方鳩切。竝音浮。夫不，鶴也。亦作鳺鴀。《爾雅・釋鳥》：鶴其，鳺鴀。邢疏：陸璣云：今小鳩也，一名鵓鳩，幽州人或謂鸇鴝，梁宋間謂之佳，揚州人亦然。　又未定之辭也。陶潛詩：未知從今去，當復如此不？　又姓。《晉書》：汲郡人不準。◎按《正字通》云：不姓之不《轉注古音》音彪。

又《正韻》芳無切。與柎通，花萼跗也。《詩・小雅》鄂不韡韡。鄭箋：承華者鄂也。不當作柎。鄭樵曰：不象萼蔕形，與專通。陸璣《詩疏》柎作跗。束晳《補亡詩》：白華絳跗。唐詩紅萼青跗，皆因之。　又華不注，山名，在濟南城東北。《左傳・成二年》：晉卻克戰於鞌。齊師敗績。逐之，三周華不注。伏琛《齊記》引摯虞《畿服經》：不，與《詩》鄂不之不同。李白詩：茲山何峻秀，綠翠如芙蓉。蓋因華跗而比擬之。胡傳讀不如卜，非。又古詩《日出東南隅行》：使君謝羅敷，還可共載不？羅敷前致辭，使君亦何愚。使君自有婦，羅敷自有夫。◎按愚當讀若吾，疑模切，與敷、不、夫叶，敷、不、夫本同模韻。《正字通》不改音符，叶夫、愚，非是。　又與丕同。《書・大誥》爾丕克遠省。馬融作不。秦《詛楚文》：不顯大神巫咸。《秦和鐘銘》：不顯皇祖。竝與《詩・周頌》不顯、不承

---

〔註 1〕《康熙字典》原文沒有分段，爲求行文清晰，此處標點與段落爲筆者所加。

同。不顯、不承猶《書》云丕顯、丕承也。

　　又《韻補》**叶補美切**。音彼。《荀子・賦篇》：簡然易知，而致有理者與？君子所敬，而小人所不者與？所不，謂小人所鄙也。《正字通》不字在入聲者，方音各殊。或讀逋入聲，或讀杯入聲。司馬光《切韻圖》定爲逋骨切。今北方讀如幫鋪切，雖入聲轉平，其義則一也。

　　如上所示，《康熙》中「不」字的讀音有：逋沒切（bù）〔註 2〕、分物切（fú）、俯九切（fǒu）、甫救切（fòu）、甫鳩切（fōu）、音彪（biāo）、芳無切（fū），加上叶音補美切（bǐ），共有八個讀音，各讀音所代表的義項分別緊隨其後。

## （二）《中華大字典》

【不】必墨切，音北，職韻；分物切，音弗，物韻。〔案：不音滋歧異，古多讀平上二聲，《切韻指掌圖》定爲逋骨切，今讀與之合，惟今北方讀如幫鋪切，南方亦有異讀。此音北從段玉裁。〕

　　㊀鳥飛上翔，不下來也。從一，一猶天也。象形，見《說文》。

　　㊁弗也。《禮記・射義》：「好學不倦，好禮不變。」〔不訓作弗〕

　　㊂無也。《詩・君子于役》：「不日不月」。〔不言無一定之月，序所謂行役無期度也。凡經傳不字，他本亦多引作無。〕

　　㊃非也。《禮記・中庸》：「苟不至德，至道不凝焉」。疏：「不，非也。」

　　㊄反語詞。如不亦，亦也；不有，有也；不盈，盈也；不顯，顯也；不難，難也。

　　㊅發聲詞。《爾雅・釋魚》：「龜左倪不類，又倪不若。」疏：「不，發聲詞也」。

　　㊆不然也，不可也。見《韻會》。

---

〔註 2〕　《康熙》原文的注音只有反切，爲了方便對比，括號內參照《漢語大字典》的注音加注了漢語拼音，下文對《中華》「不」字讀音的分析同。

㈧未也。見《正韻》。

㈨毋也。《書・召誥》：「王不敢後。」〔言毋敢或後也〕

㈩勿也。《孟子・滕文公》：「夷子不來。」〔言夷子勿來也〕

(十一)不周，山名。《淮南・原道》：「觸不周之山。」注：在昆侖西北。〔按《方輿記》：昆侖山在陝西肅州衛西北，後肅州衛爲甘肅酒泉縣，山當在今甘肅境。〕

(十二)通「丕」。《書・康誥》：「惟乃丕顯考文王。」〔丕通作不。不顯，顯也；不顯考，顯考也。〕

【不】俯九切，音缶，有韻。

㈠弗也。見《廣韻》。

㈡同「否」。《詩・何人斯》：「否難知也。」箋：「否、不通也。我與汝情不通，汝與於譖我與否，復難知也。」

【不】芳無切，音孚，虞韻。

華不注，山名。《左・成公二年》傳：「三周華不注。」〔一名靡笄山，在今山東歷縣東北十五里。〕

【不】方鳩切，音垺，尤韻。

㈠夫不，鳥名。隹也，或作鳺鴀。《爾雅・釋鳥》：「鵖其，鳺鴀。」邢疏：「陸璣云：今小鳩也。一名鵓鳩，幽州人或謂鷱鴡，梁宋間謂之隹，揚州人亦然。」

㈢未定之辭。陶潛詩：「未知從今去，當復如此不。」

【不】補靡切，音彼，紙韻。

㈠鄙也。《荀子・賦論（應作篇）》：「君子所敬，而小人所不者與？」注：謂小人所鄙也。

㈢不借，即麻作之履也，見《方言》。

【不】必幽切，音彪，尤韻。

姓也。晉汲郡人不準。《正字通》：「不姓之不，《轉注古音》音彪。」

「不」字《中華》收錄了七個反切，但將《康熙》中的「必墨切」與「分物切」放在同一字頭下，因此共分為六個字頭注音，分別是：必墨切，分物切（bù）、俯九切（fǒu）、芳無切（fū）、方鳩切（fōu）、補靡切（bǐ）、必幽切（biāo）。沒有收錄「甫救切」一音。其它各讀音雖然可與《康熙》中的讀音相對應，但每一讀音下的義項則與《康熙》有同有異。

## （三）《漢語大字典》

不 《說文》：「不，鳥飛上翔不下來也。从一，一猶天也。象形。」王國維《觀林堂集》：「不者，柎也。」高鴻縉《中國字例》：「羅振玉曰：『象花不形，花不為不之本義』……不，原意為鄂足，象形字，名詞。後借用為否定副詞，日久而為借意所專，乃另造柎字以還其原。」按，不，孳乳為丕，金文用為丕顯字。《說文》解形誤，所訓為假借義。

（一）bù《廣韻》分物切，入物非。又甫鳩切，方久切，之部。

①非，不是。清王引之《經傳釋詞》卷十：「不，非也。」《禮記·中庸》：「苟不至德，至道不凝焉。」孔穎達疏：「不，非也。」《墨子·非命上》：「上之所賞，命固且賞，非賢故賞也，命固且罰，不暴故罰也。」孫詒讓《閒詁》引王引之云：「不，與非同義，故互用。」

②副詞。1、表示否定。如：不吃；不去；不信。《玉篇·不部》：「不，弗也。」《易·無妄》：「不耕獲，不菑畬。」唐白居易《寄唐生》：「不懼權豪怒，一任親朋譏。」又單用，作為否定性的回答。曹禺《雷雨》第一幕：「魯四鳳：『您要見他？』周繁漪：『不』。」2、勿，不要。表示禁止。〔註3〕3、用於同一名詞和形容詞之間，表示不管、不論、不介意。4、用在動詞後，表示不可能。5、表示反問。《論語·陽貨》：「不曰堅乎，磨而不磷；不曰白乎，涅而不緇。」6、用在句尾，表示疑問。如：行不？記得不？喜歡不？

③助詞。1、用來加強語氣，如：好不嚇人。2、用來調整音節。

---

〔註3〕為節省篇幅，此處引文現當代漢語中的書證省去若干。

《玉篇・不部》:「不,詞也。」《爾雅・釋丘》:「夷上灑水不漘。」
郭璞注:「不,發聲。」

④通「丕」,大。

⑤通「鄙」。視爲鄙陋。

(二)fǒu《廣韻》方久切,上有非,之部。

①鳥向上飛翔貌。

②同「否」。

(三)fōu《廣韻》甫鳩切,平尤非。

①〔夫不〕也作「鳺鴀」,鳥名。

②姓。《通志・氏族略五》:「不氏,晉時有汲郡人不準,發魏襄王冢,得竹書蝌蚪文者。」

(四)fū《集韻》風無切,平虞非。

花萼。後作「柎」。

《漢大》中「不」字收錄了四個反切,分爲四個字頭,分別是:分物切(bù)、方久切(fǒu)、甫鳩切(fōu)、風無切(fū)。沒有收錄《康熙》中的「逋沒切、甫救切、音彪、補美切」四音。

對比上述三本大字典對「不」字的注釋,我們可以看到,《康熙》中收錄的讀音最多,它不愧中國傳統字書、韻書集大成之作。但《中華》和《漢大》分別在其基礎上有所增刪,體現出了自己的特色。具體表現爲《漢大》收錄了許多現代的用法,《中華》更側重繼承,收錄了很多古語詞,但也盡可能地查漏補缺:

「補靡切,音彼,紙韻」讀音中,《中華》新增了一個來自《方言》的詞「不借」,這是《康熙》和《漢大》中都沒有的,有助於人們更準確地讀出這一方言詞的語音。

「芳無切,音尃,虞韻」這一讀音,《康熙》中舉例有二:花萼、華不注。《中華》與《漢語大詞典》各取其一,《中華》取了華不注,《漢語》取了花萼。

「方鳩切,音浮,尤韻」,《康熙》中該讀音下有三條釋義:鳥名、未定

之辭、姓。《漢大》中只取了「姓」這一意義；《中華》把這一讀音分成了兩個，「姓」一義取《轉注古音》中的讀音。

同時，我們也可以看到《中華》與《漢大》在音義相配時也有分歧，比如：「鳥向上飛翔貌」一義，《康熙》是「俯九切」，《漢大》是「方久切」，《中華》是「必墨切」又「分物切」，孰是孰非呢？《中華》是錯的，這與其體例有關。它的體例是在第一個讀音的第一個義項下列舉該字在《說文》中的釋義，「鳥飛上翔」恰是《說文》對「不」的解釋，因此《中華》將其放在中古最常用的讀音下面，作為第一個義項了。

另，《中華》明確說明了不取叶音，但它卻收錄了《康熙》中「又《韻補》叶補美切，音彼」的音義，這是不嚴謹的做法，《漢大》就沒有涉及這一讀音，將其意義放於「分物切」音下。只是，《漢語大詞典》中反倒收錄了：

不 $^5$　pǐ《韻补》補美切，上紙。

通「否 $^2$」。

1. 邪僻。《商君書・壹言》：「秉權而立，垂法而治，以得奸於上而官無不，賞罰斷而器用有度。」高亨注：「不与否古通用。《詩・大雅・抑》：『未知臧否』，《釋文》：『否，惡也。』」2. 鄙，不敬重。《荀子・賦》：「君子所敬，而小人所不者與？」

既然我們早已清楚叶音是不足取的，那麼《中華》和《漢語大詞典》就不該用它來注音釋義，應該像《漢大》一樣將其義項放於合適的讀音下。不過，《漢大》是否就做得正確無誤呢？也不盡然。如：

【式】設職切，音識，職韻。

【式】蓄力切，音敕，職韻。

　　占文謂之～。《周禮・太史注》：「出師，則太師主抱～，以知天時，主吉兇。」疏：「以其見時候，有法～，故謂轉天文者為～。」

「蓄力切」的「式」一音來自《集韻》，釋義為「占（原文誤作古）文也。古者大出師，則太師主抱式。」《漢大》中沒有「蓄力切」一音，將其意義歸於「《廣韻》賞職切」音下，並解釋為「後作『栻』」。但「栻」在《廣韻》中是「恥力切」，徹母。與「賞職切」的書母不同音；至於「蓄力切」，「蓄」可以是曉母，也可以是徹母，此處應該是徹母，所以兩者同音。因此，既然《漢

大》是以《廣韻》作爲首選的注音標準，就不應該把一個徹母字放入書母的讀音下，更何況它們的意義之間也沒有聯繫。

再如：

【亞】衣駕切，雅去聲，禡韻。

【亞】通壓。杜甫詩：「花～欲移竹」。〔郝敬《讀書通》曰：「壓通作～」。〕

《漢大》將「通壓」這一義項放在「《廣韻》衣嫁切」下，但「壓」在《廣韻》中是「烏甲切」，入聲狎韻字，與「衣嫁切」禡韻字的「亞」並不同音。或許像《中華》這樣分開較爲妥當。

又如：

【庹】徒何切，音佗，歌韻。

姓也。見《萬姓統譜》。

【庹】他各切，音託，藥韻。

兩腕引長謂之～，見《字彙補》。

「庹」在《康熙》中的注釋是：「《海篇》音佗。姓也。《萬姓統譜》萬曆間，有河南之陽衛指揮庹五常，慈州人。又《字彙補》音託。兩腕引長謂之庹。」《廣韻》《集韻》中沒有此字，音義取自後世字書、韻書。由於它們的讀音與意義皆不同，因此《中華》將其分別注釋是沒錯的。《漢大》沒有「他各切」，將其意義放在「徒何切」音下了。雖然在現代漢語普通話中，它們的讀音已經沒有差別，但在中古音系中，這兩個讀音聲韻皆不同，意義也沒有關係，因此，爲了顧及到它們在歷史上的讀音，《漢大》可以遵照自己的體例將它們作爲 tuó 音下的兩個分支音項。

總而言之，每一部辭書，根據其性質及所針對的使用羣體不同，每一個讀音下選取的義項當然可以有所不同，但對於有文獻來源的音義，讀音和意義的搭配要井然有序，不能古今混雜。

## 第二節　《中華》音義相配中的問題

在瞭解《中華》音義相配中的可取之處之前，我們先來看看其中存在的問題。由於從古至今多音義字往往又音繁多，音項的取舍本身已經不易，還要與

義項完美配合，所以往往出現分合不當問題。且古音古義只能通過歷史文獻追尋，而古注又不一定完全正確，轉引時倘若不能認眞分析也容易出錯。雖然可能導致錯誤的原因太多，但只要我們對其有所認識，它們都並非難以避免。現在，我們就來分析《中華》在音義配合中的不足，根據錯誤類型的不同，將其分爲以下五類。

## 一、偶有字形訛誤，須詳加甄別

此處的字形訛誤並不是正文中的單字錯誤，而是字頭上的形誤。出現這種錯誤的原因多是因循舊說，原封不動地收錄了古書中的錯誤注解，給出了錯誤的音義。比如：

【噥】奴冬切，音農，冬韻。

　　㊀多言不中也。見《玉篇》。

　　㊁俗謂小聲交語曰～～。見《正字通》。

【噥】濃江切，音䂁，江韻。

　　㊀語也。見《廣韻》引《字林》。

　　㊁甘食也。《呂覽・本味》：「甘而不～。」〔《玉篇》引作喭。〕

　　㊂語不明也。見《集韻》。

《漢大》中的注釋是：

噥（一）nóng《廣韻》奴冬切，平冬泥。冬部。

②同「濃」。（味道）濃厚。《呂氏春秋・本味》：「故久而不弊，

熟而不爛，甘而不噥，酸而不酷。」

查《廣韻》，「女江切」下「噥」字釋爲「噥，嗔語，出《字林》。」《集韻》「濃江切」下「噥」字釋義是「嗔語，一曰語不明。」《廣韻》與《集韻》「奴冬切」下「噥」都只是釋爲「多言不中」。查《玉篇》，卷五口部有「喭」字，注爲「於縣切，食甘也。」「噥」字釋爲「女冬切，多言不中也。」《玉篇》中沒有證據表明「食甘也」與「噥」有關係，更沒有爲「噥」字的「食甘也」一義注音。

也就是說，中古的韻書中沒有說過「噥」可以表示「食甘也」，是《康熙》

首先在注解「醲」字時說:「又《呂氏春秋》甘而不醲。《玉篇》引作嚘。謂甘食也。」因此,《中華》及《漢大》紛紛依樣收錄,只是它們給出的讀音不同罷了。不管是《康熙》還是《中華》,抑或《漢語大字典》《漢語大詞典》,在解釋「醲」字「味道濃厚」一義時的書證都只有《呂氏春秋‧本味》中的「故久而不弊,熟而不爛,甘而不醲,酸而不酷。」

我們都知道,拿孤例當證據需要格外小心。的確,今天的《呂氏春秋》版本裏這句話寫作「甘而不醲」,但我們同時還要看到,在《呂氏春秋》一書中,沒有其它地方用「醲」字表示「甘香」,但「嚘」字還有一處表示此義:

《呂氏春秋‧審時》:「得時之黍,芒莖而徼下,穗芒以長,摶米而薄糠,舂之易,而食之不嚘而香。如此者不飴。」陳奇猷校釋:「不嚘,已含不厭之義,即不過甘之意。」

在中古字書、韻書中,「嚘」字也一直是表示「過分甘甜」的。比如:《廣韻》:「嚘,甘不厭也。」《集韻》:「嚘嚘,食甘甚也。」《玉篇》:「嚘,食甘也。」亦有書證為例:唐代段成式《酉陽雜俎‧酒食》:「甘而不嚘,酸而不嚛。」

俞樾曾在《諸子平議‧呂氏春秋二》中說:「醲者,味之厚也,言甘而不失之過厚也……衣厚謂之襛,酒厚謂之醲,然則味厚謂醲,正合六書之例。」的確,「襛」是衣厚貌,「醲」是味濃的酒,「膿」是肥貌,「穠」是花木茂盛濃密,「濃」本義是「露多也」。可是,按照這種邏輯推理下去,表示「你、我、他」的「儂」字,表示「心中煩悶」的「憹」字,表示「膿瘡」的「癑」字,表示「不善」的「繷」字,表示「鼻疾」的「齈」字,以及表示「蘆花」的「蕽」字,表示「耳中鳴也」的「聜」字,它們又該作何解釋?因此,這種證據是不可取的。

總而言之,《康熙》《中華》《漢大》等諸辭書中,「醲」字「甘食也」的書證中,「醲」很可能是「嚘」字之訛。所以,可以乾脆去掉這一義項,更不必為其隨意注音和標明通假。

再如:

【仢】弼角切,音雹,覺韻;是若切,音芍,藥韻。

～約,流星也。《爾雅‧釋天》:「奔星為～約」。〔按,《玉篇》引《爾雅》作～,今本作「彴」。段玉裁、畢沅竝云「從彳作彴,誤。」〕

【彴】之若切，音斫，藥韻。

　　橫木渡水也。見《廣韻》。〔按，《說文》作榷。〕

【彴】徒歷切，音狄，錫韻。

　　約也，見《說文》。〔或云，許本作「～約也」，三字爲句。〕

首先，《中華》的注音是不合體例的，「之若切」是《廣韻》中的讀音，「徒歷切」是《說文》中大徐的注音，因此至少應該將「徒歷切」改爲「亭歷切」，將「是若切」改爲「實若切」。

在《集韻》中，「弼角切」下「彴、彴」爲異體字，共同注釋爲「《爾雅》奔星爲彴，或作彴。」「實若切」下作同樣處理，所以，第一個「彴」字的解釋是正確的。

但在表示「流星」一義時「彴、彴」音義相同，並不代表這兩個字就是完全一樣的。在《集韻》「職略切」下有「彴」，注釋爲「橫木渡水曰彴。」與《廣韻》「之若切」下對「彴」的注釋相同。也就是說，表示「橫木渡水」義的其實是「彴」而不是「彴」。第一個讀音下的按語已經引了段、畢的說法「從彳作彴，誤」，此處還將表示「橫木渡水」義的「彴」與表示「奔星」義的「彴」相混，實屬不該。

至於第三個讀音，《集韻》「亭歷切」下也的確有「彴，《說文》約也。」但由於它與第一個讀音下的義項密切相關，因此不妨將其放在第一個讀音下做出說明。

這種錯誤的另一種情況是由於失誤或疏忽看錯了韻書中的字形，因此讓形義相配出現了訛誤，如：

【岨】千余切，音疽，魚韻。

　　㊀石戴土也。《詩》曰：「陟彼～矣」……

　　㊁臚然也，見《釋名・釋山》。

【岨】壯所切，音阻，語韻。

　　～峿，山形，見《五音集韻》。

《集韻》語韻有兩個「岨」，一爲「壯所切，說文險也」，與「阻」是異體字；一爲「狀所切，岨峿，山形。」「壯」與「狀」雖然長得差不多，但前

者是莊母，後者是崇母，讀音並不相同。顯然，《中華》張冠李戴了，應該糾正過來。

## 二、有時囿於古注，未能正確分析

除了韻書、字書之外，古書注解中也往往會標明讀音。這些隨文注釋的音義，對我們認識古音古義有很大幫助，但它也有局限，尤其是當文獻對於作注者來說也是古書時，注音釋義往往會主觀性較強。因此，這些古注及古代字書、韻書我們需要足夠地重視，但奉為圭臬則是不可取的，如若不加分析就收錄就很可能犯錯。如：

【參】疏簪切，音森，侵韻。

　　㈢～撾，擊鼓之法。《後漢·禰衡傳》：「衡方為漁陽～撾，蹀躞而前。」注：「《文士傳》曰：衡擊鼓作《漁陽》～撾，蹋地來前。蹋駮足腳，容態不常，鼓聲甚悲。易衣畢，復擊鼓。～撾而去，至今有《漁陽》～撾，自衡始也。臣賢案：撾及撾，竝擊鼓杖也。～撾是擊鼓之法。而王僧儒詩云：『散度廣陵音，～寫漁陽曲。』而於其詩自音云：『～，音七紺反。』後諸文人，多同用之。據此詩意，則～曲奏之名，則～字入於下句，全不成文。下文復～撾而去，足知～撾當連讀，～字音去聲，不知何所憑也。～，七音反。」

【參】倉含切，音驂，覃韻。

　　㈠三也。《易·說卦傳》：「～天兩地而倚數。」

在《漢大》中該字是這樣注釋的：

　　參（二）sān 蘇甘切，平談心。侵部。

　　同「三」，數詞。後作「叁」。《廣雅·釋言》：「參，三也。」……宋陸游《老學庵筆記》卷七：「壹、貳、參、肆、伍、陸、柒、捌、玖、拾，字書皆有之。參，正是三字，或讀作七南反耳。」

　　（五）càn《廣韻》七紺切，去勘清。

　　鼓曲名。擊鼓三次。也寫作「摻」。亦稱「參撾」。《廣韻·勘韻》：「參，參鼓。」《後漢書·文苑·禰衡傳》：「衡方為《漁陽》

參撾，蹀躞而前。」李賢注：「參撾是擊鼓之法。」清顧炎武《日知錄》卷二十一：「王僧儒詩云：『散度《廣陵》音，參寫漁陽曲。』自注云：『參……，乃曲奏之名』，後人添手作『撾』。」

我們可以看到，《中華》「疏簪切」下的「參撾」一義，《漢大》注爲「《廣韻》七紺切」。而「數詞三」這一義項，《中華》放在「倉含切」下，《漢大》放在「蘇甘切」下。

查《廣韻》「七紺切」，其下「參」注釋爲「參鼓」。《集韻》中也同樣如此：「鼓曲也，後漢禰衡爲《漁陽》參撾。」也就是說，「參撾」一義，根據這兩部韻書，應該讀「七紺切」。《集韻》「疏簪切」下的「參」字注釋爲「《說文》商星也，或省，古作叄。」沒有「參撾」的義項，所以不該放在這一讀音下。《中華》之所以把它放在「疏簪切」下，是因爲李賢的注，李賢認爲「參」字「七紺切」的讀音「不知何所憑也」，應該讀「七音反」。《漢大》在引用這段注釋的時候，把對去聲讀音的質疑省略了，其實照錄無妨。

至於「數詞三」這一義項，《廣韻》「倉含切」下「參」釋義是「參承，參覲也」，沒有涉及數詞。而《集韻》「倉含切」下「參」釋爲「謀度也，間廁也，或作三，古作叄。又姓。」《廣韻》「蘇甘切」下「參」同「三」。《集韻》「蘇甘切」「參」字釋義是「《博雅》：參，三也。」而同一讀音下「三」的注釋是「《說文》天地人之道也，從三數。」

按照《廣韻》的注釋，「參」的「數詞三」這一義項讀音只能是「蘇甘切」。但如果按照《集韻》的注釋，則「倉含切」與「蘇甘切」皆可。所以，《中華》注爲「倉含切」倒也不算錯，但考慮到它在今天的讀音，注爲「蘇甘切」比較合適。

又如：

【儐】必刃切，賓去聲，震韻。

　㊀猶敬也。《禮記·禮運》：「山川所以～鬼神也。」《釋文》引皇注「～，敬也。」

【儐】卑民切，音賓，眞韻。

　㊀報也。……

　㊁同矉，眉蹙也。……

　　《廣韻‧眞韻》「必鄰切」下有「儐」，釋爲「敬也，又音殯。」《集韻‧
眞韻》「卑民切」下「儐」字也說：「敬也，孔穎達曰『賓以禮曰儐』。」無疑，
「敬也」一義，應該是讀平聲眞韻的，《中華》不該將其放在去聲讀音下。它
之所以出現這種錯誤可能是受《康熙》誤導。《康熙》在解說去聲讀音時，用
了「敬也」意義的書證：「《唐韻》《集韻》《韻會》《正韻》竝必刃切，賓去聲。
導也，相也。《禮‧聘義》：『卿爲上儐，大夫爲承儐，士爲紹儐。又接賓以禮
曰儐，接鬼神亦然。』又《禮運》：『山川所以儐鬼神也。』注：『儐禮鬼神，
而祭山川也。』《石經》：『從手作擯，亦省作賓。』」但《康熙》後來也說：「又
《廣韻》必鄰切，《集韻》卑民切，竝音賓。敬也。」所以，《中華》如果認
眞閱讀引文，核對原書，是可以避免此類錯誤的。

　　再如「倪」字，《中華》的注釋如下：

　　【倪】研奚切，音霓，齊韻。

　　　㈥通「睨」。《爾雅‧釋魚》：「龜左～不類，右～不若。」《釋
　　文》：「～，本作睨。」〔按，左～右～，即左顧右顧也。〕

　　【倪】宜加切，音崖，佳韻。

　　　水滸也。《莊子‧大宗師》：「不知端倪」。注：「端，山顚。～，
　　水滸。」

　　【倪】同顪。《易‧困》：「困於顪陒」，古文《易》作～仉。

　　《漢大》是這樣注釋的：

　　倪（一）ní《廣韻》五稽切，平齊疑。支部。

　　　②端，边际。《集韻‧佳韻》：「倪，端際也。」《莊子‧齊物論》：
　　「和之以天倪。」陸德明《釋文》：「崔（譔）云或作霓，音同，際
　　也。」……

　　　（二）nì《集韻》研計切，去霽疑。支部。

　　　②同「睨」。斜，斜視。……

　　　（三）niè《集韻》倪結切，入屑疑。

　　　同「陧」。《集韻‧屑韻》：「陧，《說文》『危也』。或作倪。」

　　查《集韻‧佳韻》「宜佳切」下有「倪」字，釋爲「極際也。《莊子》不知

端倪。或作況。」《集韻·齊韻》研奚切下「倪」字釋爲「《說文》俾也。俾益也。」《集韻·霽韻》研計切下「倪」釋爲「睨，《說文》衺視也。或作倪。」

《廣韻》齊韻「五稽切」下「倪」字釋爲「《莊子》云大倪，自然之分。亦姓。後漢有揚州刺史倪諺。」《玉篇》卷三人部「倪」字釋爲「魚雞、吾禮二切。《莊子》云和之以天倪。倪，自然之分也。」《字彙》人部倪字注釋是：「研奚切，音霓，《說文》俾益也。又端倪也，又弱小之稱。《孟子》反其旄倪。又姓。又牛皆切，音厓。《莊子》和以天倪。又宜制切，音詣，與睨同。又俾倪，不正視也。」

但《正字通》人部倪字注爲：「五黎切……又分也，際也，極際之謂也。《莊子·齊物篇》和之以天倪。傳注引莊改音厓，非。……」

綜合上述韻書字書中的注釋，「端倪」一義，似乎注爲「研奚切」比較合適。音同「厓」的證據不足。而《中華》研奚切下第六個義項「通睨」應該放在《集韻》研計切音下。《中華》「倪，同齯」這一意義應該注爲「《集韻》倪結切」。在屑韻的這個「倪」字，與齯、䶩、掜等六個字都是異體字，釋爲「《說文》危也」。

## 三、某些音義相配與中古韻書不符

在這類錯誤中，往往是多個讀音和義項在中古韻書、字書中都有收錄，但《中華》在按讀音重新排列義項時放錯了位置。如：

【啜】株劣切，音輟，屑韻。

　　○哭貌。慼也。《詩·中谷有蓷》：「～其泣矣。」〔謂泣而縮氣也。〕

　　○言多不止也。見《廣韻》。〔亦作謶〕

【啜】姝悅切，音歠，屑韻；株衞切，音綴。稱芮切，音�。俞芮切，音睿，霽韻。

　　○嘗也。一曰喙也。見《說文》。

《集韻》姝悅切下「啜」字解釋爲「《說文》嘗也。一曰喙也。泣也。」株劣切下「啜」字釋義是「多言不止謂之謶。」所以，應該將「哭貌」一義放在「姝悅切」音下。

又如：「嚓」字在《中華》中的注釋是：

【嚓】才達切，音截。子末切，音捋，曷韻。

　㈠嘈～，聲也。見《集韻》。

　㈡聲多也。見《集韻》。

【嚓】才贊切，音瓚，翰韻。

　吞也。見《集韻》。

【嚓】在坦切，音瓚，旱韻。

　嘲也。見《類篇》。

【嚓】同讃。

《集韻·換韻》「才贊切」下「嚓」字釋義只有「讖也」。寒韻「千安切」下的「嚓」字釋義是「餐，說文吞也，或從水，亦作嚓」，因此，應該把「吞也」一義的讀音改爲「千安切」。

又：

【偈】巨列切，音傑，屑韻。

　㈠武貌，見《集韻》。

　㈣～～，用力貌。《莊子·天道》：「又何～～乎」。

【偈】其例切，音堨，霽韻。

　㈠通憩，息也。《文選·揚雄賦》：「度三巒兮～棠梨。」

　㈡釋家詩詞也。五字七字爲一句，多以四句爲一～。惠忠禪師有安心～，臥輪禪師有臥輪～，見《傳燈錄》。

【偈】奇熱切，音碣，屑韻。

　疾驅也。《詩·匪風》「匪車～兮」，傳：「～～疾驅」。

首先，在《集韻》中，「丘傑切」下有「《博雅》疾也」一義，並沒有「奇熱切」。「奇熱切」是《洪武正韻》中的讀音，應該改爲《集韻》中的「丘傑切」。

《集韻》中的確有「其例切」，但釋義是「武貌」。「《說文》息也」這一義項，在《集韻》中的注音是「去例切」。

「偈子」這一意義，《中華》歸於「其例切」下，《集韻》並沒有明確指出這一含義。但在《廣韻》中，它有注音，是「其憩切，偈句」，祭韻。

由於沒有認眞核對原書，一味照搬《康熙》，因此才會出現這種情況。

## 四、誤將本該合併的音義分開處理

這類錯誤與第三章中對同形詞的區分有些相似，不同之處在於此處的多音義字不同讀音間的意義沒有聯繫，看起來是兩個不同的詞，似乎應該分爲多個音項。但在中古字書、韻書中這些意義可以讀同一個音，因此不必另立音項。如：

　　【骞】紀偃切，音繭，阮韻。

　　　弓強也，見《集韻》。

　　【骞】九件切，音蹇，銑韻。

　　　展也，見《方言》。

《集韻》「紀偃切」下「骞」義爲「弓強也」，「九件切」下是「弓彊」。但都沒有提及「展也」。「骞」在《康熙》中的注釋是：「《集韻》紀偃切，音繭。弓強也。又九件切，音蹇。《揚子·方言》骞，展也。齊晉曰骞，山之東西，凡難貌曰展。荊吳之人，相難謂之展。若齊魯之言相彈矣。注：『骞音蹇。』」查「蹇」字，在《廣韻》中有「九輦切」獮韻見母和「居偃切」阮韻見母兩讀。也就是說，「弓強」和「展也」這兩個義項有共同的兩個讀音。因此，可將它們合併，列出又讀音。如果用目前這種注音方式，會讓人誤解它們在中古的讀音。

此外，當某一讀音來源不可靠時，也不必另設一音。如：

　　【兌】徒外切，燴去聲，泰韻。

　　　㊀說也，見《說文》。段注：「說者今之悅字。」

　　　㊆易直也。《詩·皇矣》：「松柏斯～」。

　　【兌】魚厥切，音月，月韻。

　　　同說。《禮記·學記》：「～命曰」。

《漢大》中沒有「魚厥切」，將其意義歸於「徒外切」下，解釋爲「喜悅」。

《中華》中「魚厥切」一音取自《洪武正韻》，該義本因通假而來，這個讀音也不夠可靠。既然「徒外切」下已有「說也」一義，就不必為這一意義另設「魚厥切」一音。

不過此類現象數量不多，《中華》中出現較多的是下一類錯誤。

## 五、誤將本該分為兩個音項的反切合併

與上一問題相反，在《中華》中，這種誤將本該分為兩個音項的音義合併處理的情形較多。此類錯誤又可以分為兩種情況：

（一）將沒有證據表明可以合併的義項放在不屬於它的讀音下

【哈】色洽切，音喢，洽韻。

　　○以口歃飲。《淮南·氾論》：「嘗一～水而甘苦知矣。」

　　○姓也。楊慎希姓有～永森。今湖北猶有此姓。

【哈】曷閤切，音合。葛合切，音閤。託合切，音榻，合韻。

　　○同齡，食也，見《集韻》。

　　○麻～，州名，明置。清因之，屬貴州都勻府，即今貴州麻～
縣。〔據《歷代地理志韻編今釋》，收入合韻。〕

「色洽切」下的意義之一「姓也」，《漢大》歸於「《篇海類編》呼馬切」音下。查《集韻》，色洽切音下只有歃的意義，沒有姓也。但「歃飲」的意義，集韻還有一個「呼合切」。

同樣，在《集韻》中，「曷閤切、葛合切、託合切」這三個音的注釋都是「食也」。但「麻～，州名」一義，《集韻》中並沒有找到注音。《漢大》注為「託合切」，不知以何為據。因此，將「麻哈州」與「食也」一起用三個反切注釋恐怕不妥，還是將「曷閤切」與「託合切」分成兩個音分別注釋較為妥當。

【嗑】谷盍切，音閤。轄臘切，音盍，合韻。

　　○多言也，見《說文》。

　　○合也。《易·序卦傳》：「～者合也」。

　　○噬～，卦名，震下離上。《易·象》：「頤中有物曰噬～」。

「谷盍切」是見母盍韻，「轄臘切」是匣母盍韻。在《集韻》中，「轄臘切」的「嗑」字意義是「多言也」，「谷盍切」的「嗑」字解釋為「嗑嗑，語也」。也就是說，「多言也」這一意義的確適用於這兩個讀音。但「噬嗑」這一卦名，以及《易・序卦傳》中的「嗑者合也」這兩個意義，根據《玉篇》的注音，並不適用於「谷盍切」，只有「轄臘切」一讀，所以也不應當合二為一。

【冂】户茗切，音迥。欽熒切，音褧，迥韻。

㊀空也，見《集韻》。

㊁遠也，見《集韻》。

在《集韻》迥韻「戶茗切」下有「冂」字，「空也」；青韻「欽熒切」下的「冂」字注釋為「遠也」。兩者音義皆不同，恐怕分開更為妥當。

【嗺】祖猥切，音椎，賄韻。

㊀口丑也。見《集韻》。

㊁嗟也。見《集韻》。

㊂～頽，口動貌。見《集韻》。

《集韻》「祖猥切」下「嗺」字的注釋只有「口丑也」。「祖回切」下才有「嗟也。一曰嗺頽，口動貌。」《廣韻》中也有「臧回切」，釋為「字書云口嗺頽」。所以，「祖猥切」下第二、第三個義項「嗟也」和「口動貌」應該放在「祖回切」音下。《中華》為「嗺」字注釋時沒有提及「祖回切」，應該增設這一讀音。

【偈】巨列切，音傑，屑韻。

㊀武貌。見《集韻》。

㊃～～，用力貌。《莊子・天道》:「又何～～乎？」

《集韻・薛韻》中「巨列切」的注解是「武貌」，但《集韻・月韻》有「其謁切」，釋義為「偈偈，用力貌」，它才是該義項的讀音。「謁」為月韻，「列」為薛韻，兩者並不同音，沒有理由證明可以將這兩個音義合併，所以不妨把這一義項拿出來單獨注釋。

【去】口舉切，音紶，語韻。

㊅藏也。《左・昭公十九年》傳:「紡焉以度而～之」。《釋文》:

「裴松之注《魏志》云古人謂藏爲～，按今關中猶有此音。」疏：

「字書～作弆，羌呂反，謂掌物也。今關西仍呼爲弆，東人輕言爲

～，音呂。」

在《集韻》中，「苟許切」下有一個「弆」字，意義爲「藏也」。由於這一義項與「口舉切」音下的其他義項「除也、徹也、釋也、棄也、滅也」等意義沒有較大聯繫，且其另有讀音來源，所以分開爲宜。

【嘽】黨旱切，音亶，旱韻。

㈠慄也，見《集韻》。

㈡～咺，聲舒緩貌。《文選·王襃賦》「～咺逸豫戒其失」。注：

「～咺逸豫，舒緩自放縱之貌。」

《集韻》中，「慄也」是黨旱切；但另一個意義「嘽咺」，讀儻旱切。前者爲端母，後者爲透母，意義相差甚遠，恐不可混爲一談。

【咻】火羽切，音詡，麌韻；虛尤切，音休，尤韻。

㈠口病聲也，見《廣韻》。

㈡嘔也。《孟子·滕文公》：「一齊人傳之，眾楚人～之。」

㈢噢～，痛念之聲。見《玉篇》。

㈣～～，讙言也。高適詩：「旅雁悲～～。」

查《集韻》，「火羽切」與「虛尤切」下均有「噢咻痛聲」義沒錯，但並無提及其它意義。《康熙》中的注音是這樣的：「《廣韻》況羽切，《集韻》、《韻會》火羽切，並音詡。《玉篇》噢咻，痛念之聲。《廣韻》噢咻，病聲。《集韻》或省作休。又《正韻》讙也。又《廣韻》、《集韻》、《韻會》、《正韻》並虛尤切，音休。《廣韻》口病聲也。《集韻》或作煦。又《孟子》眾楚人咻之。注：咻之者，嘔也。」也就是說，應該將「火羽切「與」虛尤切「分爲兩個音義，「噢咻」是火羽切，其他三個義項是「虛尤切」。

【嚆】黑各切，音臛，藥韻；呼酷切，音熇，沃韻。

㈠～～，嚴酷貌。見《說文新附》。〔按，《易·家人》「家人～

～，悔厲吉」，疏云：「～～～，嚴酷之意也。」〕

㈡聲也。見《集韻》。〔按，《玉篇》云：「～～，嚴大之聲。」〕

㈢悅樂也。見《集韻》。

《集韻》中「黑各切」下「嗃」的注釋是:「《說文》「嗃嗃,嚴酷貌。」一曰聲也,一曰悅樂。」「呼酷切下」下「嗃」的注釋是「聲也」。

所以,「聲也」這一義項,確實是有兩個讀音的,「黑各切」與「呼酷切」皆可。但「嚴酷貌」和「悅樂」也讀作「黑各切」是不妥當的。將「呼酷切」分出去單獨注釋比較合適。

【告】居號切,音誥,號韻。

　　⊕㈢休假曰~。《史記‧汲黯傳》:「黯多病,病且滿三月,上常賜~者數。」

【告】姑沃切,音梏,沃韻。

　　㈠謁請也。《禮記‧曲禮》:「爲人子者,出必~,反必面。」

　　㈡陳也。《後漢‧陳忠傳》:「光武絕~寧之典。」〔孟康讀〕

　　㈢同鞠。《禮記‧文王世子》:「其刑罪,則纖剸亦~於甸人。」

　注:「~讀爲鞠。」

「居號切」下第十三個義項「休假」,應該是「枯沃切」。《集韻》「枯沃切」下「告」的釋義是「吏休假也。《漢書》告歸之田。孟康讀。」此類義項都應該從不屬於它們的讀音下分出,免得音義不相配。

【募】亡遇切,音務,遇韻。

　　㈤水名。《呂覽‧離俗》「務光負石而沉於~水」,注:「~,水名也。音千伯之伯。」〔今地闕。〕

已經放在「亡遇切」音下了,卻又注出「音千伯之伯」。既然如此,應該把這一讀音單獨分出,且《字彙補》中確實有「邦客切,水名」,指的就是這一讀音。

(二)將本來另有讀音的「通」「同」等義項放在其它讀音下

【宿】息六切,音夙,屋韻。

　　廿九通蹜,《禮記‧玉藻》:「宿宿如也」。《釋文》:「~本或作蹜」。

《集韻》中「所六切」音下有「宿」字,其意義是「通蹜,《禮記‧玉藻》

宿宿如也」。《中華》將其放在「息六切」讀音中作爲最後一個義項了。既然音義都不同，按其體例，就應該遵照其原來的注音，不可輕易合併。因此，《中華》中這一義項應該注爲「所六切」。

　　【儗】魚紀切，疑上聲，紙韻。

　　　㖊通「疑」。《荀子・儒效》「無所～惢」，注：「～讀爲疑」。

　　「儗」在《廣韻》中是魚紀切，在《集韻・止韻》中只有一個「偶起切」，意義與《中華》對「魚紀切」的解釋相符。在《集韻》「魚其切」下還有「儗」字，同「疑」。該義項《中華》歸於「魚紀切」下，但或許應該分開。

　　【啍】他昆切，音噋。徒渾切，音屯，元韻；朱倫切，音肫，眞韻。

　　　㊀口氣也。《詩》曰「大車～～」，見《說文》。……

　　　㖊通諄。口～誕也。《荀子・哀公》「無取口～」，注：「～，與諄同。」

　　在《集韻》中，「口氣」一義是他昆切，「同諄」一義是朱倫切。音義皆不同，恐不該合。

　　【休】盧尤切，朽平聲，尤韻。

　　【休】吁句切，音煦，遇韻。

　　　㊁同咻。燠～，痛念聲。《魏志・蔣濟傳》：「先料其民力而燠～之」。

　　《集韻》「火羽切」下有「休」字，意義爲「燠休，痛聲」，同咻。《中華》將這一意義放入了「吁句切」音下是不妥當的。

## 第三節　　《中華》與《漢大》得失之比較

　　由於中古韻書、字書中收錄的音義來源複雜，當同一義項在韻書中有多個注音時，可能會選擇反切不當；有時候又可能因爲厚古薄今而捨棄了近代韻書中的正確反切，將義項歸入不妥當的中古反切下；又有時候會自相矛盾，反切注音與釋義抵牾……這些錯誤都是難免的，在《漢大》中也時常可以看到。但與《漢大》相比，《中華》中的此類失誤明顯要少得多。現在，我們通

過對比兩部字典對同一字頭音義注釋的矛盾來分析《中華》之得，這可能正
是《漢大》尙待完善之處。

## 一、對古注取捨得當，不隨意分合

雖然《中華》和《康熙》一樣以中古韻書、字書作爲注音材料的主要來源，
但它最大的改進之一就是不再堆砌材料，而是將各義項按照讀音的不同分門別
類，使得讀音與義項的配合井然有序。而這一工作是需要對音義仔細斟酌、詳
加取舍的，在這方面《中華》做得相當不錯，甚至有時候比後來的《漢大》做
得還好。如：

【寋】巨偃切，音鍵，阮韻。

　㊀女字。見《集韻》。

　㊁姓也。今蜀人有之。見《廣韻》。

【寋】九件切，音寋，銑韻。

　徒鼓磬謂之～，見《爾雅・釋樂》。

「寋」在《康熙》字典中的注釋是：「《集韻》《韻會》九件切，《正韻》九
輦切，竝音寋。《爾雅・釋樂》徒鼓磬謂之寋。又《廣韻》《集韻》《韻會》竝紀
偃切，音湕。義同。一曰女字。又《集韻》巨偃切，《韻會》其偃切，竝音鍵。
義同。又姓。《正字通》晉李特將寋碩，宋寋周輔。」

《中華》並沒有盲從《康熙》，在音義配合時做了一番思量。《集韻》中
「九件切」與「巨偃切」音下的「寋」字都注釋爲「徒鼓磬謂之寋」。但阮韻
還有「紀偃切」，釋義是「《爾雅》『徒鼓磬謂之寋』，一曰女字。」《廣韻》「其
偃切」下有「寋」，「女字，亦姓，今蜀人有之。」「紀」是見母，「巨」是羣
母，「其」也是羣母，所以這可能是《中華》舍「紀偃切」取「巨偃切」的原
因。由於《廣韻》中沒有「徒鼓磬」一義，所以將其放在「九件切」音下，
然後將其它義項放在與《廣韻》中音韻地位相同的「巨偃切」下。這種處理
方式可謂煞費苦心。

《漢大》的處理方式是不收「九件切」，將其意義放在「《廣韻》巨偃切」
下了，但事實上《廣韻》中的「巨偃切」沒有涉及「徒鼓磬」的義項。

再如：

【譺】呼外切，音齛，泰韻。

　　㊀鳥鳴也。見《玉篇》。

　　㊁～～，徐行有節也……

　　㊂聲濁惡也……

【譺】許穢切，音喙，隊韻。

　　同𩑺。頤下毛。一曰煩也。見《集韻》。

　　《漢大》沒有「許穢切」，將其意義放在「《廣韻》呼會切」（《集韻》對應的是「呼外切」）音下。但《廣韻》「呼會切」下「譺」字的解釋是「鳥聲」，並無它義。

　　《集韻·廢韻》「許濊切」（原文誤作「訐濊切」）下有「譺」，義爲「頤下毛。一曰煩。」所以《中華》中的音義相配較爲可取。

　　又如：

【崔】倉回切，音催，灰韻。

　　㊀大高也。見《說文》。

　　㊁～嵬，土山之戴石者。

　　㊂～巍，高貌……

　　㊃～隤，猶蹉跎也。

　　……

【崔】取猥切，音漼，賄韻。

　　㊀動貌。《莊子·大宗師》：「～乎不得已乎。」《釋文》：「向云『動貌』，簡文云『速貌』。」

　　㊁～錯交雜也。《文選·司馬相如賦》：「～錯癹骫。」

　　《漢大》中「崔」字只有「cuī《廣韻》倉回切，平灰清。又昨回切。微部」一個讀音，其下第二個義項是「②動貌。《集韻·灰韻》：『崔，動貌。』《莊子·大宗師》：『崔乎不得已乎。』成玄英疏：『崔，動也。』王先謙集解：『向云：崔，動貌。』」不知《漢大》依據的是何版本，筆者手中的《集韻》版本，灰韻有兩個「崔」字，一爲「倉回切，齊邑名，因封爲姓。」另一個是「昨回切，《說文》大高也。」並沒有關於「動貌」的釋義。只有賄韻「取

猥切」下「崔」字的注釋才是「動貌，一曰速貌。」

「崔」在《康熙字典》中的注釋是：「《廣韻》昨回切，《集韻》《韻會》徂回切，《正韻》遵綏切，竝音摧。《說文》高大也。《廣韻》崔嵬也。《詩・齊風》南山崔崔。注：『高大貌。』何晏《景福殿賦》高甍崔嵬。又《廣韻》《集韻》《韻會》《正韻》竝倉回切，音催。齊邑名。濟南東朝陽縣有崔城。又姓。《廣韻》齊丁公之子，食采於崔，因以爲氏。《集韻》或作靠確崒隥佳。」《康熙》疏漏了「取猥切」的音義，《中華》將其補上。但《漢大》又將其舍去，或許還是保留比較恰當。

## 二、充分利用古注，使音義相配更爲準確

與《漢大》相比，由於《中華》更側重於收錄古音古義，所以它對古注利用得更爲充分，使得一些音義組合得更爲妥當。如：

在《中華》中，「傒」字這樣注釋：

【傒】弦雞切，音奚，齊韻。

○人名。齊卿高～，見《左傳》。

○東北夷名。見《廣韻》。

○同繫。《淮南・本經》：「～人之子女。」注：「～，繫囚之繫，讀若雞。」

【傒】戶禮切，音謑，薺韻。

待也。本作傒。見《玉篇》。

《漢大》的注釋是：

傒（一）xī《廣韻》胡雞切，平齊匣。支部。

同「徯」。等待。《玉篇・人部》：「傒，待也，本作徯。」……

（二）xì《集韻》戶禮切，上薺匣。

通「繫」。拘禁。《淮南子・本經》：「驅人之牛馬，傒人之子女。」高誘注：「傒，繫囚之繫。」

《中華》「戶禮切」下的意義「待也」，《漢大》歸於「胡雞切」下；《中華》中「同繫」的意義是「弦雞切」，《漢大》歸於「戶禮切」下，注爲「通繫」。到

底這兩個音義是如何相配的呢？

查《廣韻》齊韻，「胡雞切」下「徯、徯」皆有，「徯」為「東北夷名」，「徯」為「有所望也。又胡禮切。」查「胡禮切」，其下「徯」為「待也」。

《集韻》「弦雞切」下也有「徯、徯」，「徯」是「闋，人名。春秋傳齊有高徯。」「徯」是「待也」，兩者沒有作為異體字處理。但在「戶禮切」下，《集韻》把「徯、徯」放在一起共同注釋了：「《說文》待也，或作徯、蹊、蹊、徯。」

按照《集韻》的注釋，平聲與上聲的「徯」都是「待也」，但「徯」只有在讀上聲時才與「徯」同，也表示「待」。這與《廣韻》的注釋也是相符的。因此，既然要注釋為「同徯」，就該放在上聲的讀音下。《中華》的處理是比較妥當的，《漢大》中的注解值得斟酌。

再來看「繫」一義。我們並沒有在《集韻》中找到證據說「繫」通或者同「徯」，需以《淮南·本經》中的注釋為憑據。高誘的注釋已說「繫囚之繫，讀若雞」，但《漢大》在引用時略去了高注的讀音，可能是由於釋義是「通繫」，所以《漢大》就把這一義項放在上聲讀音下，因為「繫」在《廣韻》中有「胡計、古詣」二切，都是霽韻字。但《集韻·齊韻》「牽奚切」下有「繫」字，釋為「《說文》：『繫，緩也。』一曰惡絮。」也就是說，「繫」可以有平聲的讀音，那麼《中華》的處理就是沒錯的，也即《漢大》的處理方式是值得商榷的。

再如：

【廑】渠斤切，音勤，文韻；奇靳切，勤去聲，問韻。

　㊄通勤。《漢書·揚雄傳》：「其～至矣。」注：「～，古勤字。」

《漢大》給「通勤」一義的注音是：「《篇海類編》巨斤切」。其實不必從《篇海類編》中找讀音，《集韻》中已有。《集韻·欣韻》「渠巾切」（《中華》作「渠斤切」，誤同《康熙字典》）下「廑」字釋義為：「《說文》少劣之名。」雖然此處沒有提及「勤」，但同一小韻中「勤」字釋義是「說文勞也，通作廑、瘽。」所以，《中華》這一注釋是正確的。

有時候，由於忽略古書注解中的內容，《漢大》也使得自己的注音不確，如，「咽」字在《中華》中的注釋為：

【咽】於巾切，音駰，真韻。

〜〜，鼓節也。《詩·有駜》：「鼓〜〜。」《釋文》：「〜，本又作鼝，同烏玄反。又於巾切，鼓節也。」〔按，《集韻》十八諄：「〜，或作鼝鼘鼝，亦書作鼝。《六書故》云：「〜〜、淵淵，其聲不同。淵淵狀鼓聲之多而遠，〜〜聲近而疊。味其聲，可以知其義。讀之當各如字。」〕

《漢大》中，為這一義項所注的讀音是「yuān《集韵》縈玄切」。查《集韻》，「於巾切」與「縈玄切」下都有「咽」字，釋義相同。但根據《中華》釋義中的注解，「咽咽」與「淵淵」是不同的鼓聲，並且根據這兩個詞語的讀音就能體會到，那麼說明它們讀音不同。「淵」只有一個讀音，是「烏玄切」，先韻影母，則「咽」不該作如是讀，像《中華》一樣注為「於巾切」比較合適。

還有一種情況是《漢大》舍棄了古注中的注音，使得這些義項的讀音沒有文獻依據，如：在《中華》中，「唉」注為：

【唉】於郎切，音鴦。於良切，音央，陽韻。

　　㊀應聲。見《廣韻》。

　　㊁〜咽，流不通也。《文選·左思賦》：「泉流逬集而〜咽。」

【唉】倚朗切，音块，養韻。

　　〜〜，咽悲也。

《漢大》的注釋是：

唉（二）yǎng《廣韻》烏朗切，上蕩影。

　　〔唉咽〕1. 悲伤。《集韻·蕩韻》：「唉，唉咽，悲也。」2. 水流阻滯貌。《文選·左思〈魏都賦〉》：「山阜猥積而踦嶇，泉流逬集而唉咽。」李善注：「《字書》曰：『唉咽，』流不通也。」

「唉咽，流不通也」一義，《中華》放在於郎切下，《漢大》放在烏朗切下。但不管是《廣韻》還是《集韻》中，平聲讀音下的注釋都只有「應聲」，上聲讀音下，《廣韻》注釋的是「唉唉咽悲也」，《集韻》是「唉咽悲也」。由於韻書中沒有提及這一義項，所以《中華》和《漢大》在給它注音時出現了分歧。

既然韻書沒有給這一義項注音，我們可以找到書證的原文求證。《中華》

因過於追求行文簡潔，沒有收錄李善的注解。《漢大》則有意無意省略了與其注音不合的古注。其實，李善注釋的原文還有一句「咉音央」，然後才是「咉咽，流不通也。」由於「央」是平聲字，所以《中華》將這一義項放在平聲讀音下。當然，李善的注解未必就對，可在有證據證明他是錯誤的之前，我們不妨認爲他是正確的。而《漢大》將其放在上聲音下，不知有何依據。

同時，由於充分利用古注，《中華》較多地收錄了中古之後字書、韻書中新出現的音義。《漢大》這時候則失收古音，使得音義相配不符。如：

> 【嵌】丘銜切，音嶔，咸韻；在敢切，音槧，感韻。

> 【嵌】口陷切，音歉，陷韻。

> 　　陷入中也。見《字彙》。

《集韻》口陷切下沒有「嵌」字，這一讀音來自《字彙》。在中古韻書、字書中，如《廣韻》《集韻》《類篇》等，對「嵌」字的解釋都與「山」有關，大都是「山深貌」、「嵌巖深谷」、「山險」、「岸敧峻也」等，沒有涉及到「鑲嵌、嵌入」義。對於這一義項，《康熙》中的注釋是：「又《集韻》苦濫切，音闞。岸敧峻也。《字彙》陷入中也。」這種敘述方式很容易讓人誤認爲《字彙》中的「陷入中也」一義讀「苦濫切」。查《字彙》，山部「嵌」字注釋爲「丘銜切，掐平聲，嵌巖，山險貌。又去聲，口陷切，陷入中也。」

《漢大》中沒有「口陷切」一音，將其意義放在「（一）qiàn《廣韻》口銜切，平銜溪。又才敢切。談部」讀音下，注釋爲「③下陷，陷入。《字彙·山部》：『嵌，陷入中也。』」然而，不管是《廣韻》的「口銜切」還是《集韻》的「丘銜切」，再或者是「在敢切」的「嵌」字，在字書、韻書中都沒有「下陷」的含義。即便「口陷切」是一個後起音，但它是有文獻來源的，而且被那些韻書收錄也能說明了其產生時代的早晚。因此，《中華》這樣的注釋方式還是比較妥當的。

## 三、詳加審音考證，義項歸屬恰當

當一些義項的讀音沒有在字書、韻書中明確給出時，確定其讀音需要結合各種材料推論得出。《中華》對音義的考證頗見功力，所以義項的讀音歸屬較爲恰當，值得我們借鑒。如：

【北】必墨切，綳入聲，職韻。

　　㊀乖也，從二人相背。見《說文》。……

【北】補妹切，音背，隊韻。

　　分異也。《書·舜典》：「分～三苗」。

　　《中華》必墨切下「乖也」，《漢大》歸入補妹切。查《廣韻》，「補妹切」下沒有「北」字，只有「背」，解釋爲「脊背」。「博墨切」下有「北」，釋義是「南北，亦奔也，又高麗姓……」釋義很長，但沒有涉及到任何跟「違背」相關的內容。

　　《集韻》「補妹切」下有「北」字，釋義是「違也」。「必墨切」下的「北」解釋爲：「《說文》乖也，從二人相背。」徐鉉爲《說文》中「北」字注的音也是「博墨切」。所以，《中華》中的注音是比較恰當的。

　　再如：《中華》中「傝」的注音是：

【傝】吾含切，音玵，覃韻。

　　㊀不慧也。見《集韻》。

　　㊁謔言也。見《集韻》。

【傝】五紺切，堪去聲，勘韻。

　　不自安也。見《集韻》。

　　《漢大》中的注釋是：

　　傝　（一）án《集韻》吾含切，平覃疑。盍部。

　　不慧。《玉篇·人部》：「傝，不慧也。」……

　　（二）àn《廣韻》五紺切，去勘疑。又五盍切，五合切。

　　①〔傝儑〕1. 不自安。……

　　②開玩笑的話。《字彙·人部》：「傝，謔言。」

　　《中華》「吾含切」下的「謔言」，《漢大》歸於「五紺切」下。查《廣韻·勘韻》，「五紺切」下只有「傝」一個字，釋義是「傝儑」。《集韻·勘韻》五紺切下「傝」也只注釋爲「傝儑，不自安也。」

　　在《集韻·覃韻》吾含切下，「傝」是與另一個字「誻」放在一起注釋的：「誻、傝，不慧也，或作傝。」《廣韻·覃韻》「五含切」音下有「誻」字，

釋義是「不惠也，又譅弄言。」也就是說，平聲讀音的「譅、偧」是可以相通的，表示「不慧」和「譅言」的意義。因此，《中華》的注釋更為妥當。

又如：《中華》中「侻」的注釋是：

【侻】他括切，音脫，曷韻。

㊀可也。《法言・君子》：「荀卿非數家之書，～也。」注：「可也。」

㊂輕也。《魏志・王粲傳》：「劉表以粲體弱通侻，不甚重也。」〔～與脫，通。〕

【侻】吐外切，音兌，泰韻。

㊁輕率也。見《集韻》。

《漢大》中的注釋是：

侻（一）tuō《廣韻》他括切，入末透。月部。

③輕率，洒脫不羈。《廣韻・末韻》：「侻，輕。」《三國志・魏志・王粲傳》：「表以粲貌寢而體弱通侻，不甚重也。」《新唐書・李百藥傳》：「性疏侻，好劇飲。」《資治通鑒・唐德宗貞元三年》：「上好文雅醞藉，而渾質輕侻，無威儀。」

⑤通「脫」，脫离，除去。《正字通・人部》：「侻，與脫通。」《老子》第三十六章：「魚不可侻於淵。」馬敘倫校詁：「各本及《淮南・道應訓》引作脫。」《三國志・蜀志・彭羕傳》：「頗以被酒，侻失『老』語。此僕以下愚薄慮所致，主公實未老也。」清毛奇齡《徐公墓表》：「操舟者窺客裝有無以卜生殺，公故侻衣臥，得渡。」

（二）tuì《集韻》吐外切，去泰透。

①恰好；相宜。《廣雅・釋詁三》：「侻，可也。」《法言・君子》：「孫卿非數家之書，侻也。」李軌注：「彈駁數家，侻合於教。」《文選・宋玉〈神女賦〉》：「嫷被服，侻薄裝。」李善注：「侻，可也。言薄裝正相堪可。」

「可也」一義，《中華》為「他括切」，《漢大》為「吐外切」；「輕率也」一義，《中華》為「吐外切」，《漢大》為「他括切」，何以取舍如此不同？

　　《集韻・末韻》「他括切」下「僞」注釋爲:「《博雅》可也,一曰狡也,
一曰輕也。」《廣韻・末韻》「他括切」下「僞」的釋義是:「僞,可也,一曰
輕。」兩者是一致的。但《廣韻》並無「吐外切」,《集韻・泰韻》「吐外切」
下「僞」字注釋爲:「舒緩貌,一曰輕率。」

　　既然不管是《廣韻》還是《集韻》,「可也」一義的讀音都是「他括切」,爲
何《漢大》要將它放在「吐外切」音下呢?這樣做恐怕不夠妥當。

　　《廣韻》與《集韻》「他括切」下的另一義項「輕」,由於解釋過於簡潔,
我們不知道它的確切含義。《中華》嚴格按照《集韻》中的注釋來注音,所以
它將「輕也」與「輕率」分爲兩個義項,並分別給出讀音。對「輕也」一義,
《中華》的書證是「表以粲貌寢而體弱通僞,不甚重也。」這句話中的「通
僞」也寫作「通脫」,裴松之注解爲「通僞者,簡易也」,也就是簡慢、曠達。
《世說新語・傷逝》中說王粲「好驢鳴」,這個喜歡學驢叫的人,自然是放蕩
不羈的。所以,「輕也」與「輕率」表達的應該是同一含義。《中華》不必在
「吐外切」下另列出「輕率也」的義項。

　　總而言之,《中華》在區分同形詞和多音多義字的時候做得不夠好,因爲
區分過細。但也正因爲這種細致,使得它在取音配義方面做得比較好,尊重
了中古的語音事實,又對同一義項繁多的讀音做出了正確取捨。

## 第四節　大型語文辭書音義相配原則

　　各大型語文辭書之間,由於體例不同,音義的配合沒有唯一正確的標準。
比如,使用《廣韻》中的「力主切」和《集韻》中的「力宇切」,表明的讀音是
一樣的,因爲這兩個反切音韻地位一致。而且,雖然有時候《漢大》與《中華》
兩者的音義相配不一致,但就各自的體例而言都沒錯。如:

　　【喋】達協切,音牒,葉韻。

　　　　㊀多言也。《史記・匈奴傳》:「～～而佔佔。」

　　　　㊁～血,血流貌。《史記・魏豹彭越傳》:「～血乘勝。」如淳

　　　曰:「殺人流血滂沱爲～血。」

　　《漢大》將《中華》中的「達協切」分爲「《廣韻》徒協切」和「《廣韻》
丁愜切」,作爲 dié 音下的兩個分支音,意義也隨之分開:「多言也」是徒協切,

「喋血」是丁愜切。查《廣韻》，的確是分爲「徒協」與「丁愜」二切。但在《集韻》中，「達協切」下「喋」字注釋爲「血流貌，一曰多言」，兩音已經混同了。

《中華》的注音原則是以《集韻》中的讀音爲準，《漢大》在選取中古讀音時優先考慮《廣韻》。因此，當《廣韻》與《集韻》中的注音釋義不一致時，它們就出現了分歧。

但是，雖然在反切注音時，各辭書可以根據自身體例對中古字書、韻書進行取捨，不一定要完全相同。但它們都要遵循的原則是一致的，即讓每一個義項都擁有正確的反切注音。這裏的「正確」，是指與文獻資料相吻合。

現在，我們通過以上對《中華》、《漢大》中音義相配時出現的問題進行梳理，來總結今天大型語文辭書在使用反切注音時應該注意的問題。

## 一、嚴格遵循體例，不得隨意合併讀音

對於那些在中古讀音不同，但在今天讀音已經相同的音義，我們不能簡單地將其合併爲一個字頭，應該作爲同一漢語拼音下的兩個音項列出。其實這正是《漢大》注音時的體例，只是有時候《漢大》做出了與其體例不符的取捨，隨意合併了讀音。如：

> 【弧】洪孤切，音狐，虞韻。
>
> ㊀木弓也。一曰往體寡來體多曰～，見《說文》。
>
> ㊁張旗弓也。……
>
> ㊂星名。……
>
> 【弧】汪胡切，音汙，虞韻。
>
> 曲也。《考工記》：「凡揉輈，欲其遜而無～深。」

《集韻》「模」韻中有兩個「弧」，一爲「洪孤切。《說文》木弓也；一曰往體寡來體多曰弧。」另一個是「汪胡切。曲也。《周禮》『無弧深』，杜子春讀。」如果這兩個音完全相同，《集韻》就不必將其分爲兩個小韻了。《漢大》中只有「《廣韻》戶吳切」，將這兩個音的意義合併了。其實可以按照慣用的處理方式，將它們作爲 hú 音下的兩個音項。

再如：在《中華》中，「函」有三個音項：

　　胡男切，音含，覃韻。該讀音下義項包括「本作圅、容也、包也、鎧也、甲也、入也、函宏，寬大也、函鐘，林鐘也、函數、同『含』」等十個義項。

　　戶感切，音頷，感韻。義項有：口下肉也、通「械」。

　　胡讒切，音咸，咸韻。該讀音下義項有「匱也、杯也、書函也、函谷，關名、通『椷』、通『咸』、姓也」等七個義項。

　　《漢大》將所有的義項都歸於「胡男切」下。

　　查《廣韻》，覃韻「胡南切」下，「函」解釋爲「容也。《禮》曰『席間函丈』。」咸韻「胡讒切」下「函」字解釋爲「函谷，關名；又函書；亦姓。漢有豫章太守函熙；又漢複姓，漢末有黃門侍郎函治子覺。」《集韻》「戶感切」下「函」解釋爲「口上曰臄，口下曰函，或從肉。」「臄」的意義跟「函」析言有別，渾言則同。《詩・大雅・行葦》：「嘉殽脾臄，或歌或咢。」毛傳：「臄，函也。」陸德明釋文：「《說文》云：『函，舌也。』又云：『口次肉也。』《通俗文》云：『口上曰臄，口下曰函。』」不管「口下肉」是不是「舌頭」，讀「戶感切」的「函」與「胡南切」的「函」都有莫大的關係，但「胡讒切」則不然。

　　總起來說，讀「胡男切」的「函」本義是「舌」，常用義是「包容」，而讀「胡讒切」的「函」常用義是「信函」。一爲覃韻，一爲咸韻，在中古應該是音義皆不同的。雖然在今天所有這些義項的讀音都已經是 hán 了，但對於想要體現出字音歷時演變的大型語文辭書來說，將三個讀音的意義都歸於「胡南切」下並不妥當。所以，《漢大》中對此類情形的注音釋義也值得商榷。

## 二、力求簡潔，分合皆可者應盡量合

　　這一原則與第一條並不矛盾，當某個義項在中古只有唯一的讀音，不能與其他音項合併時，我們應不吝篇幅將其收錄。但如果兩個音項之間可分可合，這時候應該遵循簡潔原則合併處理。如：

　　【吰】呼公切，音玒，東韻。

　　　　大聲也。《呂覽・樂成》：「功之難立也，其必由～～耶？」

　　【吰】許用切，宋韻。

　　　　喧聲也。《荀子・解蔽》：「掩耳而聽者，聽漠漠而以爲～～。」

注：「呴呴，喧聲也。～，許用切。」按：《集韻》無「許用切」之字，惟腫韻「翊拱切」有「詾」字，訓「眾言」。據《韻會小補》：「呴，翊拱切，本作詾，眾言也。」《正字通》《廣雅疏證》《說文通訓定聲》皆云「～、詾、訩、洶、匈並通」。蓋～字異文同義者，平、上、去多可通讀。《集韻》搜羅亦有未遍也。

《漢大》中「呴」字是這樣注釋的：

（一）xiōng《古今韻會舉要》虛容切。東部。

同「詾」。《古今韻會舉要·冬韻》：「詾，亦作呴。」《荀子·解蔽》：「掩耳而聽者，聽漠漠而以為～～。」楊倞注：「呴呴，喧聲也。」《呂氏春秋·樂成》：「功之難立也，其必由呴呴邪？」

（二）hōng《集韻》呼公切，平東曉。

同「訇」，大聲。《集韻·東韻》：「訇，大聲，或作呴。」

我們可以看到，《漢大》沒有「許用切」，取代它的是「虛容切」，「呼公切」的讀音倒是一致，但《中華》「呼公切」下的書證，《漢大》放在了「虛容切」讀音下。到底這個字兩個音義之間關係如何？

《集韻》東韻「呼公切」下「訇、呴」是作為異體字放在一起，注釋為「大聲，或作呴。」腫韻「翊拱切」有「詾」字，訓「眾言」。《中華》在《集韻》中找不到表示「喧聲」的「呴」，於是找到了表「眾聲」的「詾」，且認為「詾、呴」相通，進而判斷「呴、詾、訩、洶、匈」這幾個字「異文同義，平、上、去多可通讀」。或許這幾個字在某個義項上是相通的，但這種注音方式不可取，當然也只能作為按語給出。

《荀子·解蔽篇》中楊倞對「掩耳而聽者，聽漠漠而以為呴呴，執亂其官也。」一句的注釋原文是：「漠漠，無聲也；呴呴，喧聲也；官司主也，言主守。呴，許用反。」〔註4〕所以《中華》的「許用切」來自楊倞。

《漢大》引用楊倞注釋的時候忽略了其最後的注音，它給出的讀音來自《古今韻會舉要》。若論時代先後，當然是楊倞的讀音更能代表中古音系，所以，倘若一定要將「喧聲」另立音項，恐怕「許用切」更為妥當。

---

〔註4〕《荀子》，〔清〕黎庶昌輯刻《古逸叢書》第十一冊，清道光十年刊於日本。據宋台州本影刻，第三冊，189頁。

但是，「許用切」是曉母宋韻，「虛容切」是曉母鍾韻，「呼公切」是曉母東韻，讀音相近。而且它們的意義分別是「喧聲」和「大聲」，這兩個意義本來就關係密切，《玉篇》對「嗊」字的解釋是「大語也」。在「鑼鼓喧天」中，「喧」還保留「大聲」的意義。所以，與其為它們分立音項並且難以給出書證，不如像《康熙》那樣干脆只給出一個讀音即可：「《類篇》呼公切，音烘。與讻同，大聲。《荀子‧解蔽篇》：『以為哅哅』。《呂氏春秋》：『功之難立也，其必由哅哅耶。故哅哅之中，不可不味也。中主以之哅哅也止善，賢主以之哅哅也立功。』《集韻》或作呁。」

## 三、仔細核對古注原書，避免誤收叶音

除非是已經佚失的古書，否則辭書在轉引材料時都要去核對原書並進行分析，避免誤收讀音，尤其要注意辨別古書注解中的「叶音」，如：

在《中華》中，「化」是這樣注釋的：

【化】火跨切，花去聲，禡韻。

　　四變也。《呂覽‧順民》：「則湯達乎鬼神之～。」

【化】吾禾切，音吪，歌韻。

　　差錯也，謬言也。《史記‧天官書》：「其人逢俉～言。」

【化】呼瓜切，音花，麻韻。

　　變～也。《後漢‧馮衍傳》：「與時變～。」注：「音花。」

《漢大》中的注釋是：

（一）huà《廣韻》呼霸切，去禡曉。歌部。

　　①變化，改變。……

（二）huā《洪武正韻》呼瓜切。

　　同「花」。耗費，用掉。魯迅《準風月談‧禁用和自造》：「一個人的生養教育，父母化去的是多少物力和氣力呢？」……

（三）huò

　　同「貨」。《字彙補‧七部》：「化，與貨同」……

《康熙》中的注釋是：「又《正韻》呼瓜切，音花。《後漢‧馮衍傳》與

時變化。章懷太子注音花。……又《總要》化音吡，差錯也，謬言也。从人七會意。小篆與七混，故加言作訛。《史記‧天官書》其人逢吡化言。」

《字彙》七部「化」字釋爲：「又叶吾禾切，音訛。《莊子》：『其生也天行，其死也物化。靜而與陰同德，動而與陽同波。』宋玉《九辯》：『專思君兮不可化，君不知兮可奈何。』嵇康《思親詩》：『愁奈何兮悲思多，情鬱結兮不可化。』」很明顯，讀「吾禾切」的其實是錯誤的叶音，爲了讓「化」與「波」、「何」押韻，將其叶爲「吾禾切」。「化」字上古音的確屬於歌部，但在給中古已有讀音的「變化」一義注音時，沒有必要再專門立一個字頭注明上古的反切。

《中華》的體例是不收叶音的，由於此音在《康熙》的注音中沒有出現「叶」字，所以《中華》就收錄了。其實它本來是不該出現的。

接下來，《漢大》中 huā 的反切來源，音義是否相配呢？《洪武正韻》麻韻呼瓜切音下的確有「化」字，但注釋是：「《後漢‧馮衍傳》：『與時變化』。章懷太子注：『音花』。」《集韻》呼瓜切有「七」字，注釋爲「變也」。表示變化義的「化」可能可以讀平聲。但《洪武正韻》中的平聲讀音不是「耗費、用掉」的意義。所以《漢大》可以跟 huò 的讀音一樣標上漢語拼音就可以了。

現在我們來看《漢大》中第三個讀音 huò，《正字通》是這樣注釋的：「呼霸切……又箇韻。音貨。《晉‧樂章》：『皇之佐，贊清化；百事理，萬邦賀。』」查《樂府詩集》卷十九《金靈運》篇：「……皇之輔，若闞武。爪牙奮，莫之御。皇之佐，贊清化。百事理，万邦賀。神祇應，嘉瑞章。恭享禮，荐先皇……」根據韻例，「化」與「賀」應該押韻。所以，「音貨」其實應該也是叶音。《漢大》不收「吾禾切」的叶音，卻收了這一個同樣不應該收的叶音。

## 四、對音義詳加審核，避免自相矛盾

不管是《中華》還是《漢大》，在注音時都出現了反切注音與義項中的語音信息相矛盾的錯誤，如果能夠更仔細地審核，或者加上按語，就可以避免此類情況發生。如：

【無】微夫切，音巫，虞韻。

南無，梵語。讀若那謨，或讀若南摩。

注音是 wú，釋義中卻注爲 mó，究竟該讀哪個音呢？

該字在《康熙》中的注釋是：「《唐韻》武扶切，《廣韻》武夫切，《集韻》《韻會》《正韻》微夫切，竝音巫……又梵言，南無呼那謨。那如拏之上聲，謨音如摩，猶云歸依也。」看起來似乎「南無」這一詞中的「無」讀「微夫切」，但在釋義時對音讀的解釋卻不是這樣。

查玄應《一切經音義》卷六《妙法蓮華經》第一卷最後一個注釋的詞語正是「南無」，其注釋如下：「或作南謨，或言那模，皆爲歸命禮譯之。言和南者訛也。正言煩淡或言槃淡，此云禮也。或言歸命譯人義安命字。炘曰：南那聲相轉，無即橅字。《說文》或曰模字是本讀如謨也。」玄應這段話正是在辨正「南無」的讀音。如果結合這段古注分析之後再注音，也許就可以避免這種前後矛盾的錯誤了。

至於《漢大》，在釋義中引用古注時，往往省略掉與己注不符的讀音，當無可回避時，就會出現此類錯誤。如果編者認爲這些古注的讀音是錯誤的，那麼不妨將其照錄，略加按語說明，以方便使用者。目前這種反切與釋義中的讀音相抵牾的處理方式，恐怕不夠妥當。如：

【佗】徒可切，音沱，哿韻。

被髮也。《史記·龜筴傳》：「醮酒～髮。」

在《漢大》中，這一義項是這樣注釋的：

佗（二）tuō《廣韻》託何切，平歌透。歌部。

①通「他（tā）」。代詞。

②通「拕（拖）」。《集韻·哿韻》：「拕，引也。或作拖、佗。」

《史記·龜筴列傳》：「因以醮酒佗髮。」司馬貞索隱：「佗音徒我反，按：謂被髮也。」

《廣韻》「託何切」下既有「佗」也有「拕」，但這是兩個分別注釋的字，「佗」義爲「非我也，亦虜三字姓」，「拕」義爲「曳也，俗作拖。」《廣韻》沒有說它們之間有意義上的聯繫。《漢大》明明在注釋中已經說了，《集韻》上聲哿韻中「徒可切」音下的「拕」字才表示「引也」並能寫作「佗」，爲何又給它注上一個平聲的讀音呢？

## 五、沒有文獻讀音的義項，應綜合分析確定古讀

為了追求義項的完備，辭書編纂者往往會盡可能地收錄字詞在歷史上存在過的用法。但這些義項，古代字書、韻書不一定全都收錄了，當某一字形有多個讀音時，如何給這些沒有明確文獻讀音的義項標注正確的反切讀音就成了一個問題。比如：

在《中華》中，「屈」是這樣注釋的：

【屈】曲勿切，音詘，物韻。

⑧竭也。《荀子·王制》：「使國家足用而財物不～。」

㉓狂屈俳張，似人而非也。見《類篇》。

㉔～彊，不柔服也。《漢書·陸賈傳》：「～強於此。」

【屈】丘月切，音闕，月韻。

屈狄，子男夫人之命服也。……

《漢大》多了「居月」、「其述」二切。在《漢大》中，「居月切」下的義項包括：枯竭窮盡、頑固、高起突起、同崛等；「其述切」下的義項是「狂屈」與「倔強」。這兩個讀音的注釋，《中華》都放在了「曲勿切」下面。

查《集韻》，「居月切」音下「屈」字的注釋是「屈貉，地名，通作厥。」「丘月切」下的注釋是「屈狄，后夫人之服」。《集韻》質韻「其述切」下的注釋是「狂屈俳張，似人而非也。李頤說。或作傛。」《集韻》迄韻「曲勿切」下的注釋是「曲也，請也。亦姓。」「九勿切」下的注釋是「《說文》無尾也。隸省。又地名。亦姓。」「渠勿切」下的注釋是「《博雅》短也。一曰無尾。或省。」

查《廣韻》，「九勿切」下的注釋是「屈產，地名，出良馬。亦姓。楚有屈平。又音詘。」「區勿切」下的注釋是「拗曲，亦姓。又虜複姓屈突氏，又羌複姓有屈男氏。」《廣韻》居月切、其月切下都沒有「屈」字。

《正字通》《字彙》《康熙》中都沒有「其述切」的音義，《中華》收錄了「狂屈俳張」這一義項，但沒能從《集韻》中找出其讀音，而它本來應該把該義項單獨列出的。

問題在於，《漢大》為什麼把「枯竭窮盡、頑固」等意義放在「居月切」音下？《集韻》「居月切」下並沒有這些義項。而《正字通》把所有這些義項

都放在「渠勿切」音下處理了：「又竭也、盡也……與詘、絀通。又與倔通，倔彊，梗戾貌……師古曰『不柔服也』。」

但是，在中古韻書中，表示「窮盡」義的「詘、絀」，都不讀「居月切」。「詘」表示「窮盡」時在《廣韻》中讀「區勿切」；「絀」表示「窮盡」時在《廣韻》中讀「竹律切」。而表示「倔強」的「倔」，也不是「居月切」。在《廣韻》中，該義項的「倔」為「衢物切」，在《集韻》中，表示「倔強，梗戾也」的「倔」讀「渠勿切」，兩者是一致的。也就是說，《正字通》中的注釋也不足為訓。

那麼，對於這些古書中沒有明確給出讀音的義項，應該怎樣注音呢？這時候不一定會有明確的標準，需要我們綜合考慮看到的各種材料來分析確定反切讀音。

以上例來說，「窮盡、倔強」的義項，《中華》都放在「曲勿切」音下，《漢大》將「窮盡」義放在「居月切」下，「倔強」義放在「其述切」下。

《廣韻》和《集韻》對「屈」字的注釋多有不同，但共同的兩點是：其一，表示「曲也」時都讀「曲勿切」（《廣韻》為區勿切，音韻地位同）；其二，讀其它音時多為地名、人名等，沒有給出確切含義。而且，在現代漢語普通話中，「窮盡、倔強」等義項的讀音為 qū，與「曲勿切」也更吻合。綜合上述因素考慮，將它們放在「曲勿切」下比較合適。

## 六、處理好古今關係，避免以今律古

我們先來看一個例子：

【廁】初吏切，音菑，寘韻。

　　㈡圊溷也。《史記・項羽紀》：「沛公起如～。」

　　㈦養豕圈也。《漢書・燕刺王旦傳》：「～中豕羣出。」

【廁】察色切，音測，職韻。

　　側也。《莊子・外物》：「～足而墊之。」

《中華》「初吏切」下第二、第七個義項，《漢大》都放在「察色切」讀音下。

查《集韻》，「察色切」下「廁」解釋為：「側也。《莊子》『廁足而墊之』。」

「初吏切」下「廁」解釋爲「《說文》清也。一曰間也。」而《廣韻》「初吏切」下「廁」的解釋是:「《說文》圖也,《釋名》曰廁雜也,言人雜廁其上也,又間也,次也。」顯然,《中華》中這樣處理是有依據的。

「察色切」一音《廣韻》中沒有,它可能由《集韻》根據時音新製,所以與今天的讀音更接近。但正由於它與今天漢語普通話中的讀音更吻合,所以《漢大》不顧它們在中古的讀音,選擇了將「廁所、豬圈」等義項放在這一反切下。

但是,假如《漢大》把「廁所」這一義項像《中華》一樣放在「初吏切」下,又無法標注拼音。因爲「初吏切」折合爲漢語拼音,讀 zì,與該義項的實際讀音 cè 不合。因此,又該如何處理這一矛盾呢?其實這時候《漢大》可以像《漢語大詞典》那樣,依照自身體例將這兩個反切作爲同一個讀音 cè 下的兩個音項。

再如,在《中華》中「免」字注爲:

【免】美辨切,音勉,銑韻。

【免】文運切,音問,問韻。

　㊀喪服。《禮記・大傳》:「五世袒～,殺同姓也。」

　㊂通「娩」。生子也。《國語・越語》:「將～者以告。」

《中華》「文運切」下的義項「通娩」,《漢大》歸於「亡辨切」,究竟該如何處理?

查《集韻》「文運切」,「免」釋義是「喪冠也」,沒有其它義項。「娩」字表示「生子」一義時,在《廣韻》中是「亡運切」。《廣韻》中「娩」字也有「亡辨切」的讀音,但該讀音下的「娩」釋義是「婉娩,媚也。」《集韻》中的注音釋義與《廣韻》一致。也就是說,盡管表示分娩義的「娩」字在今天讀 miǎn,似乎與「美辨切」更吻合,但在中古韻書中,這一意義的「娩」字讀「亡運切」,《中華》的處理是對的,我們不能因爲現代漢語普通話中的讀音而違背中古的語音事實。下面,我們將詳細論述這一問題。

## 第五節　處理好古音古義與今音今義的關係

隨著語音的演變,某些字的中古音可能與當世的讀音迥然有別,如何處理

好古音與今音的關係，是辭書編纂中的一大難題。

　　雖然《中華》用古代韻書、字書中的反切注音，但並不代表它就忽略時音。在眾多文獻讀音中，它注意選取了與時音最為接近的反切。當古音與今音有沖突時，它採用了添加又音、增加按語以及在義項中加注等方法進行說明。不過，由於體例所限，《中華》很難做到完美地顯示古今音關係。而《漢大》的體例本身是可以做到這一點的，只可惜它做得也不夠完美。

　　在此，我們通過《漢大》與《中華》的對比，舉例說明在大型語文辭書中應該怎樣處理古音古義與今音今義的關係。

　　一般來說，對於那些在現代漢語中已經不太使用的生僻字，注音時較為容易。但是在歷史上一直表現活躍的常用字，在很多古今皆用的義項上讀音不同，這時候的注音就容易出問題，我們以「看」字為例來分析：

　　《中華》中「看」字只有一個字頭，注音為「看，丘寒切，音勘，寒韻；墟旰切，音衎，翰韻。」其下的義項包括：晞也；視也；就見也；待遇也；市樓名；徵驗之辭；判事之謂；監守之意；醫院謂侍病之婦人曰看護婦；姓也。按照《中華》的注釋，「看」字有平去兩讀，並且平聲的讀音更為常見。

　　但在《漢大》中，「看」有兩個音項：（一）kàn《廣韻》苦旰切，去翰溪。元部。其下義項有 14 個：以手加額遮目而望；使視線接觸人或物；視，視察；觀賞；估量；訪問，探望；看待，對待；照料，料理；診治；聽，聞；決定於；注意、小心；助詞；姓。（二）kān《廣韻》苦寒切，平寒溪。只有一個義項：守护，看守。

　　誠然，在今天的普通話讀音中，看字讀平聲的情形不多，但《漢大》不是《現代漢語詞典》，既然源流並重，就不該抹殺平聲讀音在中古的地位。《中華》的注釋與中古的語言事實才是相吻合的。

　　《廣韻》寒韻下有「看，視也，苦寒切」，「翰」韻侃小韻下有「看」，注釋是「又苦干切」，沒有釋義，只有又音。從《廣韻》的注釋來看，對平聲的讀音更為重視。考查中古時期的詩文用韻也同樣如此。

　　比如，李商隱有一首著名的《無題》詩：「相見時難別亦難，東風無力百花殘。春蠶到死絲方盡，蠟炬成灰淚始幹。曉鏡但愁雲鬢改，夜吟應覺月光寒。蓬山此去無多路，青鳥殷勤為探看。」不管是從押韻還是平仄來看，最后一個字「看」都要讀平聲。再如，杜甫《月夜》：「今夜鄜州月，閨中只獨看。遙憐

小儿女，未解憶長安。」

即便不是作爲韻腳字，「看」字讀平聲也很常見。比如《漢大》在解釋 kàn 讀音下「听，聞」這一義項時，使用了杜甫《西閣口號呈元二十一》中的「看君話王室，感動幾銷憂」一句作爲書證。該詩是五律，此句格律是「平平仄平仄，仄仄仄平平」，如果前半句第一個字「看」讀去聲，那就「失對」了，杜甫的律詩向以工整聞名，想必不會犯此等錯誤。《漢大》舉此例作爲去聲讀音的書證恐怕不妥，這種音義相配是不恰當的，容易誤導讀者。

但《漢大》也有做得很好的時候，比如，在《中華》中「丱」的注釋是：

> 【丱】胡猛切，音澋，梗韻。
>
> ㊀古文礦。……
>
> ㊁金玉未成器也。……

《集韻》中既有「胡猛切」，也有「古猛切」。「胡猛切」的意義是「金玉未成器也」。「古猛切」的意義是「《説文》銅鐵樸石也，同礦。」從義項上來看，《中華》看到了這兩個讀音，並將它們的意義合併了，注爲「胡猛切」。這兩個讀音的釋義的確是可以合併的，問題是選擇哪個讀音。

在《廣韻·梗韻》中，「丱」只有「乎瑩切」，這可能也正是《中華》選擇「胡猛切」一音的原因。但事實上後世的讀音是「古猛切」，《集韻》中新出現的這個讀音更接近時音。一個是有歷史傳承的中古「正音」，一個是時音，取捨起來比較困難，干脆兩者都收錄好了。《中華》可以注釋爲「古猛切，又胡猛切」。但《漢大》可以有不同的處理方式，由於它已經爲每個字標注了漢語拼音，所以只需把《廣韻》中的讀音收錄即可，它也正是這麼做的。

只是，在難以取捨時添加又音的做法也並不是萬能的，比如，在《中華》中有這樣的注釋：

> 【咥】許既切，音欷，未韻；馨夷切，音咦。虛其切，音僖，支韻；虛器切，音齂。丑二切，音屎。許四切，音呬，寘韻；欶栗切，音扶。闃吉切，音欯，質韻；徒結切，音姪，屑韻。
>
> ㊀大笑也。詩曰「～其笑矣」，見《説文》。
>
> ㊁笑貌，見《集韻》。

　　凡事不可過分，收錄一個又音是爲了求全，收錄多個又音就是失誤了。像「咥」字這樣，收錄了 9 個音是不可取的，字典畢竟不是資料匯編，編纂者要有所取捨。這時候，我們必須從眾多又音中挑選出合適的反切，既讓注音簡潔，又讓音義相配妥當。

　　對於那些在中古與今天有不同讀音的同義又讀音的字，我們可以像《中華》一樣，將該字在今天更爲常用的讀音放在前面，將其在中古的常用音列出作爲又音。比如，看（一）可以注釋爲「kàn《廣韻》苦旰切，去翰溪。又苦寒切，平寒溪。元部。」看（二）則可以照原樣注釋。無論如何，一個字在歷史上的常用讀音都不該避而不談。

　　但在收錄這些讀音時，如果有又音，排列的先後順序也要考慮到。由於《中華》不能像《漢大》一樣可以用漢語拼音標明今音，因此更要注意把更接近時音的反切讀音作爲首音，把與今音相差較遠的又音放在後面。比如，《中華》中「蜓」字是這樣注釋的：

　　　　【蜓】徒典切，音殄，銑韻；待鼎切，音挺，迥韻。

　　　　　～蚞，蟲名。《爾雅·釋蟲》：「～蚞，螇蠍。」注：「即蜓蝪也，
　　　　一名蟪蛄。齊人呼螇蠍。」

　　《漢大》的注釋是：

　　　　（二）tíng《廣韻》特丁切，平青定。又徒鼎切。耕部。

　　　　〔蜓蚞〕又名「螇蠍」。蟬名。《爾雅·釋蟲》：「蜓蚞螇蠍」，
　　　　郭璞注：「即蜓蝪也。一名蟪蛄。齊人呼螇蠍。」《方言》卷十一：
　　　　「蛉蛷，齊謂之螇蠍，楚謂之蟪蛄，自關而東謂之蚗蟪，或謂之蜓
　　　　蟧，或謂之蜓蚞。」

　　對於「蜓蚞」一詞的讀音，讀「待鼎切」是共識，那麼「徒典切」與「特丁切」呢？查《集韻》，「唐丁切」下的「蜓」注爲「蜓蚞，蟲名，蟪蛄也。」「徒典切」下「蜓」注爲「蟲名，《說文》蝘蜓也，一曰蜓蚞，蟬類。」也就是說這兩個讀音都是可以的，只是《漢大》與《中華》的取捨不同。問題在於，「蜓」在今天的讀音與「徒典切」相差較遠，既然它在中古還有另外兩個與今音更接近的讀音，《中華》可以考慮用「待鼎切」或「特丁切」做首音，將「徒典切」作爲又音。

　　總之，面對中古及其後眾多字書、韻書中的讀音，想要既反映出某字形音義的現狀，也要反映出它的歷史和變化並不容易。嚴學宭曾經說過：「字書中音義配合最佳者莫過於大徐本《說文解字》。徐鉉能從錯綜複雜的東漢以來所傳的音韻音和訓詁音中擇其與許氏解義切合的反切，一般不加又切。訓詁音與音韻音的又切既繁，必然增加古籍中音義取舍配合的困難。我們可以歷史發展規律爲標準，由簡到繁，按義變音衍的規則，順道『摸瓜』。凡遇一字有數音數義者，先據大徐本《說文》及其說解定其基調，然後據《類篇》的義項及其音讀，參照《廣韻》、《集韻》的讀音和訓詁，依照詞義定其音讀。」〔註5〕徐鉉的注音未必眞的最佳，不過這段話可以給我們若干啓示。

　　對《中華》而言，即便「宋去今未遠」，語音也已經發生了很大變化，可以從《集韻》中選取更接近時音的反切作爲首音，其它有必要提及的讀音作爲又音。而《漢大》則可以先給出漢語拼音，它代表現代漢語中的規範讀音，隨後注明其在《廣韻》中的讀音，作爲中古語音的代表。然後，如果《集韻》中該義項有與《廣韻》音韻地位不同、更接近今天普通話中讀音的反切，也可以作爲又音收錄。

　　雖然沒有完美的辭書，但完全可以有不同程度的趨進。隨著語言學本體研究的發展，辭書編纂者也應該能夠撥雲見霧，理清音義間的糾葛，處理好中古及其後眾多字書、韻書中的讀音與現代漢語普通話讀音之間的矛盾，讓大型語文辭書更爲清晰準確地反映出語音發展的歷史脈絡。

---

〔註5〕見嚴學宭《廣韻導讀》171 頁，巴蜀書社 1990 年版。

# 第六章 《中華大字典》對特殊讀音的注音研究

所謂的特殊讀音，歷史上或許都是符合語言發展事實和規律的，但它們都是在一定語言條件下產生的語言現象，來源複雜，成因眾多。這些在漢語史中積淀下來的古老讀音，我們今天該怎麼處理？與之相對應的是，不斷有新鮮的詞語與借詞涌現出來，它們也可能與原有的語音系統不相符合。在辭書編纂中，這兩個問題都同樣棘手。因此，本章我們擬通過分析《中華》對這些問題的處理方式，爲今天的辭書編纂提供建議。

## 第一節 專有名詞的特殊讀音

此處我們所說的「專有名詞的特殊讀音」，主要包括古書中的人名、姓氏，以及地名、國名、官職名号、少數民族、國外譯音、古書中特殊的讀音、連綿詞中單字的讀音等。由於專有名詞不像普通名詞一樣具有內涵意義，它們只有指稱意義，所以往往口耳相傳，讀音不容易發生變化，一方面可以保存古音，另一方面則與語音史的演變脫節，成爲「特殊讀音」。本節我們對《中華》中專有名詞的注音進行考察，並探討在大型語文辭書中該怎樣處理這些讀音。

### 一、《中華》對專有名詞特殊讀音的處理

現在我們所能看到的最早的韻書《廣韻》及資料匯編性質的詞典《經典釋

文》中都收錄了大量專有名詞及特殊讀音，爲之後的字書、韻書收錄特殊讀音開了先河，比如《集韻》就將這一傳統得以發揚，廣泛搜羅經籍音義，異讀音及特殊讀音占據了很大篇幅。至《康熙字典》，爲了讓「無一義之不詳，一音之不備」，全面收錄《廣韻》之後的韻書、字書中的材料，爲我們較爲集中地呈現了每一字形在歷史上的音義概貌，這其中當然少不了專有名詞的特殊讀音。

由此可見，《中華》收錄的大量專有名詞的讀音有悠久的歷史淵源，並且也在後代辭書中得以繼承。比如：

作爲姓氏的，如：万（密北 mò〔註1〕）俟（渠之 qí）、但（伊甸 yàn）、叚（何加 xiá）、佴（乃代 nài）、傉（奴沃 nò）、員（王問 yùn）、己（口己 qǐ）、赧（那含 nán）；

人名如：酈食（羊吏 yì）其（居之 jī）、咎（居勞 gāo）繇、冒頓（當沒 dú）、虺（五賄 huǐ）、夔（渠龜 kuí）；

地名如：橐皋（攻乎 gū）、允（余專 yuán）吾、剡（時染 shàn）、包（房尤 fú）來、陽夏（舉雅 jiǎ）、朱（慵朱 shū）提（市之 shí）、阿房（蒲光 páng）、佷（胡登 héng）山、徐（商居 shū）州、偪（方六 fù）陽、傶（作木 zú）、噲（古外 guài）、都龐（盧東 lóng）、祝其（居之 jī）、不其（居之 jī）；

國名如：身（居緣 juān）毒、龜（袪尤 qiū）茲、嚈噠（黨割 dā）；

山名：圖（是爲 chuí）、巇嵮（亡遇 wù）、九嶷（語其 yí）、邪（余遮 yé）；

官職名稱、少數民族譯音如：僕射（贏謝 yè）、吽（讀若轟 hōng）、可（苦格 kè）汗；

古書中的特殊讀音如：伐木丁丁（中莖 zhēng）、欸乃（依亥 ǎi）、俏（思邀 xiāo）然；

連綿詞中單字的讀音如：佔侸（當侯 dōu）、屯亶（張連 zhān）、亶（時連 chán）爰、僬（弭沼 miǎo）佻、伶（其淹 qián）俜、俍（盧黨 lǎng）倀、儱倲（都籠 dōng）、腫噲（古活 kuò）、們（莫困 mèn）渾、倥傯（祖動 zǒng）、伕僑（舉夭 jiǎo）；

其它專有名詞的讀音如：丙（日名，陂病切 bìng）、亥（居諧 jiē）市、亮

---

〔註1〕 《中華》原來的注音爲「密北切，音墨，職韻。」折合爲漢語拼音讀 mò。此處爲求簡明，只給出反切與漢語拼音，下同。

（呂張 liáng）陰、屈（丘月 què）狄。

這些專有名詞的讀音，《中華》與《康熙》《漢大》都是一致的，體現了語音傳承的一面。但還有一些專有名詞，這些辭書給出了不同的注音，這固然與各自的體例有關，但某一個字或詞讀什麼音並不是隨意的，有分歧的地方往往表示某一方處理得不夠妥當。

總的來說，《中華》是嚴格按照《切韻》系韻書的注解來注音釋義的。除非是因為疏漏失收，否則經典文獻中出現的讀音它一般都會收錄。比如：

《中華》對「倗」字的注釋是：

【倗】蒲登切，音朋，蒸韻。

　　㊀猶曹也。《管子・幼官》：「練之以散羣～署。」〔～即朋字。〕

　　㊁姓也。〔詳倗字。〕

【倗】逋鄧切，崩去聲，徑韻。

　　人名，《漢書・王子侯表》：「成煬侯倗」。

《漢大》的注釋是：

　　倗（一）bēng《集韻》悲朋切，平登幫。蒸部。

　　①朋黨，輩。《集韻・登韻》：「倗，阿黨也。」

　　②通「崩」。倒塌……

　　③用同「繃」。板著……

　　（二）péng《集韻》蒲登切，平登並。

　　姓。《集韻・登韻》：「倗，姓也。前漢有南山盜倗宗。」……

《康熙》的注釋是：「《集韻》蒲登切。同朋。《管子・幼官篇》練之以散羣倗署。注：倗猶曹也。劉績注：即朋字。　又姓。《漢書》南山羣盜倗宗等數百人。　又《集韻》逋鄧切，崩去聲。人名。《前漢・王子侯表》成煬侯倗。」

由於《廣韻》中沒有「倗」字。所以查《集韻・登韻》，「悲朋切」下「倗」釋為：「倗，阿黨也。」《集韻・登韻》「蒲登切」下「倗」注釋是「姓也。前漢有南山盜倗宗。」《集韻・嶝韻》「逋鄧切」下「倗」的注釋也是「阿黨也」，沒有關於人名的釋義。也即《中華》「蒲登切」下的第一個義項注音應該是「悲朋切」或者「逋鄧切」，唯獨不該是「蒲登切」。由於因循《康熙》，未對原文

認眞考核，所以出現此類錯誤。

至於「姓氏」的義項，《玉篇》「倗」字注釋爲：「音朋，音倍，姓也。亦作佣。」《字彙》釋爲「蒲弘切，音朋。姓也。《漢書》南山羣盜倗宗等數百人。又蒲枚切，音倍，義同。」《正字通》同「佣」。認爲「倗與《說文》佣通。舊注音朋，不知倗即朋也。」只有《康熙》中有人名的意義且注釋爲去聲，《中華》與其保持一致，依樣收錄了，即便《集韻》此音下沒有該義項。

再如「倍」字，《中華》的注釋是：

【倍】薄亥切，音培。部浼切，音蓓，賄韻。

【倍】蒲枚切，音裴，灰韻。

　　㊀河神名，見《集韻》。

　　㊁倍尾，山名，見《集韻》。

【倍】蒲來切，音暗，灰韻。

　　倍阿，神名。《莊子‧達生》：「東北方之下者，～阿、鮭蠪躍之。」《釋文》：「～音裴，徐扶來反。司馬云：『～阿，神名也。』」〔按《正字通》引林巘齋注云「屋中東方鬼也。」〕

【倍】補妹切，音背，隊韻。

　　加也。

《漢大》「倍」字只有薄亥、蒲枚二音，沒有後面兩音，也沒有「倍尾」和「倍阿」。但《漢語大詞典》中「倍」字下有：〔倍阿〕神鬼名。《庄子‧达生》：「東北方之下者，倍阿、鮭蠪躍之。」陸德明《釋文》引司馬彪曰：「倍阿，神名也。」成玄英疏：「人宅中東北牆下有鬼，名倍阿、鮭蠪。」音 bèi。

《康熙》：「又《集韻》《韻會》《正韻》竝蒲枚切，音裴。《賈子‧容經篇》諺曰：君子重襲，小人無由入。正人十倍，邪僻無由來。　又倍尾，山名，通作陪。　又倍阿，鬼名。《莊子‧達生篇》東北方之下者，倍阿鮭蠪躍之。林巘齋注：屋中東方之鬼也。」

按《康熙》的注釋，似乎「倍阿」讀「蒲枚切」。但《廣韻》灰、咍韻中並無「倍」字。查《集韻‧灰韻》「蒲枚切」下「倍」注釋爲「河神名，一曰倍尾，山名。或作貟。」《集韻‧咍韻》「蒲來切」下有「倍阿，神名。」《玉

篇·人部》「倍」釋爲「步乃切，易近市利。三倍謂一而兩之也。」《字彙·
人部》「倍」字釋作：「步眛切，音佩。《孟子》師死而遂倍之。又鄙倍惡戾之
言。又蒲枚切，音裴，倍阿，鬼名。《莊子》『倍阿、鮭蠪』，林巘齋注『屋中
東北方之鬼也』。又部美切，裴上聲，物相二曰倍。」《正字通》中「倍」有
二音：「邦眛切，音背……又平聲灰韻音裴……倍阿，鬼名。」

綜上所述，除了《集韻》，別的韻書中「倍阿」一詞中的「倍」都音「裴」，
讀「蒲枚切」。《中華》嚴格按照《集韻》中的讀音注釋，即便《集韻》中的讀
音不知所據爲何。

又如「屯」字在《中華》中的注解爲：

【屯】株倫切，音肫，眞韻。

【屯】殊倫切，音純，眞韻。

　屯留，縣名，在上黨，見《集韻》，〔即今山西屯留縣。〕

【屯】徒渾切，音豚，元韻。

《廣韻》《字彙》《正字通》中都沒有「殊倫切」這一音義。《康熙》中是
這樣注釋的：「……又《廣韻》《集韻》徒渾切，《正韻》徒孫切，竝音豚。聚
也，勒兵而守曰屯。《前漢·趙充國傳》分屯要害。又兵耕曰屯田。《周禮·
多官》有屯部，今曰屯田司。又姓，三國蜀漢法部尙書屯度。又屯留，縣名，
在上黨。　又《集韻》徒困切，音頓。亦姓。……」《康熙》的注音會讓人以
爲這一意義讀「徒渾切」。查《集韻·諄韻》「殊倫切」下「屯」字有：「屯留，
縣名，在上黨。」殊爲禪母，株爲知母，讀音不同，既然《集韻》中有此讀
音，那麼不管《康熙》和其他辭書怎樣處理，《中華》都收錄了這一讀音。

這種嚴格遵照古書注解的做法，使得《中華》對專有名詞的讀音收錄得較
爲齊全，但它偶爾也有疏漏。當常見的韻書和字書中沒有對某一專有名詞給出
特殊注音時，《中華》就可能難以給出更準確的注音。如：

【南】那含切，音男，覃韻。

　⊕五南無，梵語。歸依信仰之意。

【無】微夫切，音巫，虞韻。

　南無，梵語。讀若那謨，或讀若南摩。

《康熙》字典中對這兩個字的注釋分別是：「南，《唐韻》《集韻》《韻會》

《正韻》立那含切，音男……又《翻譯名義》合掌作禮曰和南。」「無，《唐韻》武扶切，《廣韻》武夫切，《集韻》《韻會》《正韻》微夫切，立音巫……又梵言，南無呼那謨。那如拏之上聲，謨音如摩，猶云歸依也。」《廣韻》《集韻》《字彙》《正字通》中都沒有涉及這一義項，因此《中華》就遵照《康熙》進行了注釋。

事實上，玄應《一切經音義》卷六《妙法蓮華經》第一卷中，對最後一個注釋的詞語正是「南無」，其注釋如下：「或作南謨，或言那模，皆爲歸命禮譯之。言和南者訛也。正言煩淡或言槃淡，此云禮也。或言歸命譯人義安命字。炘曰：南那聲相轉，無即糢字。《說文》或曰模字是本讀如謨也。」玄應這段話正是在辨正「南無」的讀音。拿「無」字來說，唐代的時候，輕重唇音應該已分，「無」與其反切上字「微」都是微母，輕唇音。但在這一譯音出現之初，它應該是讀重唇音的，因此玄應才要辨正解釋。

在「無」字的釋義中，《中華》其實已經給出了「南無」本來的正確讀音，但這一讀音與字頭給出的反切注音有沖突，所以應該加上按語或直音做出說明。

如果說上例屬於疏漏，算不上錯誤的話，下面這一例子就是典型的錯誤了。由於未能對古書中的材料進行全面分析，使得注音不夠準確。如：

《中華》對「傿」字的注釋如下：

【傿】於建切，音堰，願韻；隱憶切，音偃，阮韻。

㈠引爲貫也，見《說文》。

㈡同「鄢」。縣名。《漢書・地理志》：「～屬陳留郡。」注：「～，同鄢。」〔在今河南柘城縣。〕

【傿】於虔切，音焉，先韻。

姓也，見《集韻》。

在《廣韻・願韻》中，「於建切」下有「鄢」字，注爲「地名，在楚。」「傿」字義爲「引與爲價」。《廣韻・僊韻》「於乾切」音下有「鄢」字，注爲：「人姓。又鄢陵，縣名。又於晚切，亦作傿。」《廣韻・阮韻》沒有「傿」只有「鄢」，注爲「鄭楚地名。《左傳》曰晉侯鄭伯戰於鄢陵。」

《集韻・僊韻》「於虔切」音下「鄢傿」作爲異體字排在一起，「鄢陵，縣

名。在潁川。亦姓。或從人。」《集韻・阮韻》「隱巘切」音下「鄢傿」仍是作爲異體字排在一起，「地名，在鄭州，或作傿。」《集韻・願韻》下「鄢」注釋爲「地名，在楚，在鄭，在南郡。」「傿」字注釋爲：「《說文》引爲賈也。」

《康熙》中的注解是：「《唐韻》《集韻》竝於建切，音匽。《玉篇》引爲價也。又《集韻》隱巘切。與鄢同。縣名。《前漢・地理志》傿屬陳留郡。注：同鄢。又《國名記》傿，邧姓。今襄之宜城，楚之鄢都。一曰郢。又《集韻》於虔切，音焉。神仙名。揚子《太玄賦》納傿祿於江淮兮。注：二神仙名。」

《玉篇》中「傿」字注爲：「於建切，引爲價也。」《字彙》中只有一個音「於建切，音晏，引爲賈也。」《正字通》也只有「伊甸切，音匽。縣名。與鄢同。」

根據上述材料，我們可以知道：作爲古地名的「傿」與「鄢」關係很複雜，「鄢」在古書中至少表示三個地名，即《集韻・願韻》中所說的「在楚，在鄭，在南郡」。《集韻・僊韻》「於虔切」音下的「鄢」注爲：「鄢陵，縣名。在潁川。」潁川是郡名，位於河南中部，鄢陵在其境內，可能正是願韻中所說的「南郡」。即便是「鄢陵」也有兩個，一個是位於今河南省鄢陵縣西北，後來被鄭武公所滅的古國，後改稱鄢陵；另一個是在今山東省沂水縣境的莒邑，又名鄢陵。《左傳・文公七年》：「及鄢陵，登城見之。」杜預注：「鄢陵，莒邑。」宋羅泌《路史・國名紀丙》：「楚之鄢都，一曰郢，與莒鄢、鄭鄢異。」羅苹注：「穆叔如莒及鄢陵，登鄢陵城。今沂之安陵也。」不管這兩個表示地名的字音義如何糾纏，我們可以看到，《廣韻》與《集韻》一致的一點是：「傿」讀去聲的時候不表示地名。讀平聲的時候才表示地名。

因此，《中華》的注意是不夠恰當的，應當把「於建切」音下的第二個義項「同鄢」放在「於虔切」下。

又如《中華》對「佉」字的注釋爲：

【佉】丘於切，音區，虞韻。

　　㈠薄～羅，國名，即月支也，見《內典》。〔在今土魯番地。〕

　　㈡～盧，人名。

【佉】去伽切，恰平聲，歌韻。

　　㈠～沙，國名。即疏勒也。《唐書・西域傳》：「疏勒，一曰～

沙，環五千里，距京師九千里而贏。多沙磧，少壤土。」〔在今喀
什噶爾。〕

㈡神名。轉輪聖王曰傕～，文殊眷屬曰～～，普賢眷屬曰～
四，並見《釋書》。

㈢姓也，見《集韻》。

《中華》的注釋與《康熙》是一致的。但《漢大》則不同：

佉（一）qiā《廣韻》丘伽切，平戈溪。

①神名。《玉篇·人部》：「佉，神名也。」

②姓。《集韻·戈韻》：「佉，人姓。」

（二）qū《洪武正韻》丘於切。

①同「祛」。除去，驅逐。《篇海類編·人物類·人部》：「佉，
去也。《荀子》注：『佉，與祛同。』」

②梵書音譯字。如佉卢（古印度的一种文字，橫書左行）；佉沙
（古西域國名，即疏勒，在今新疆喀什喀爾地區）。

《漢大》把「佉盧」「佉沙」都歸爲 qū 音下，解釋爲「梵書音譯字」。爭議
在於，「佉沙」到底讀什麼。

查《集韻·戈韻》「去伽切」音下「佉」字注爲：「人姓，一曰神名。」《廣
韻》《集韻》中都只有「去伽切」（《廣韻》丘伽切，無釋義）一音，「丘於切」
是《洪武正韻》中後出的音。可能該字本來就是一個譯音字，本身沒意義。讀
qiā。不管是表示人名地名還是神名，都是譯音，在中古只讀 qiā。qū 一音是後
來晚出的，它的釋義爲「同祛」比較合適。所以，《中華》與《漢大》處理得可
能都不夠妥當。

不過這種錯誤並不多見，我們對 208 個特殊讀音進行的考察中，只有這兩
例。大部分時候，《中華》對專有名詞的讀音取捨都比較得當，爲後代辭書，如
《漢語大字典》的編纂，提供了可資參考的經驗。

## 二、怎樣爲專有名詞的特殊讀音注音

首先，我們必須明確，有很多我們所認爲的「特殊讀音」，曾經只是「普通

讀音」，它們也並不僅僅存留於人名地名之中。在閱讀古書時，這一讀音其實並不罕見，如《中華》中對「射」的注釋爲：

【射】夷益切，音睪，陌韻。

　　㊀厭也。《詩・清廟》：「無～於人斯。」

　　㊁無～，十二律之一。

　　㊂～獲，矢中人也。

　　㊃通「繹」。

「無射」屬於我們通常所說的專有名詞，其中「射」讀 yè，是特殊讀音。但我們可以看到，該音並非只有這一個義項。很多特殊讀音都是這樣，它們未能跟隨語音變遷的步伐，保留在專有名詞中了。

無疑，這些存留下來的古音是研究語音史的寶貴材料，但對於當今人們的語言生活來說卻是個麻煩。可是，語音與文字不同的地方在於，它可以與字形無涉，口耳相傳，歷經千年而不變。某地的地名，在當地人口中一代一代流傳下來的讀音是不容置疑的，姓氏也同樣如此。所以對特殊讀音的注音不能與文字形體的規範相提並論，它有自身的特殊性。

所謂文化和教養，本身就算需要學習從而去掌握的。不知道「身毒」中的「身」讀 juān 並不妨礙人們日常生活的交流，但倘若將其讀音注爲 shēn 我們就人爲割裂了自己的文化。在大型語文辭書，尤其是歷史性較強的語文辭典中，古書中的讀音應該有它們的一席之地。我們因爲無知而犯錯實屬無奈，但倘若僅僅是爲了識讀方便而丟棄好不容易才保存下來的古音材料，是過於浮躁的做法。

只是，我們雖然要肯定這些特殊讀音的價值，但不必囿於其說，過分追求古音。我們今天從文獻中看到的專有名詞的注音，都是採用直音或反切注音，而這兩種注音方式都只能說明某一時代、某一地域中的語音關係，不能告訴我們具體音值。比如，《釋名・釋車》：「車，古者曰車，聲如居。言行所以居人也。今曰車，聲近舍。車，舍也，行者所處若居舍也。」我們暫且不論聲訓是否可取，此書劉熙爲「車」進行了注音，但不管是「音居」還是「音舌」，都只能說明在某個特定時代它們是同音字，並不表示它們在今天依然同音，所以也不能說明它在當時就讀 jū 或者 shé。

反切注音也同樣。《經典釋文》卷六《毛詩音義・中》有注曰：「殺，色界反。」在陸德明所處的時代，「殺」與「色」都是審母，「殺」與「界」都可以是怪韻，所以可以這樣注音。但隨著語音變遷，「殺」既不與「色」同聲，也不與「界」同韻了。因此，面對古書中的注音，弄清楚其來龍去脈很重要，但是否要依照古注去讀則要具體情況具體分析。

比如，《左傳・莊公三十二年》：「公筑臺臨黨氏。」陸德明的注音是「黨音掌」。《中華》專門為其另立音項：「黨，止兩切，音掌，養韻。姓也……。」《漢大》dǎng 音下第十二個義項是「姓。《集韻・養韻》：『黨，姓也』。……按，古代姓『黨（党）』，有讀 zhǎng 者。」《漢語大詞典》和《中華》一樣為其單設音項：「黨³ zhǎng《集韻》止兩切，上養，章。姓。《左傳・定公七年》：『王入於王城，舘於公族黨氏。』杜預注：『黨氏，周大夫。』陸德明釋文：『黨，音掌。』明有黨還醇。見《明史》本傳。」根據這些辭書的注釋，作為姓氏的黨似乎讀 zhǎng 才符合傳統，然而筆者有女同學姓「党」，自述讀 dǎng。或許在某些地區這一姓氏的確讀 zhǎng，但對於這種情況我們應該「名從主人」，在辭書注釋中列出古注是必要的，但卻不必強行規範到底讀哪個音。

再者，從中古到現在，隨著 206 韻的合併、入聲韻尾的消失、濁音清化的完成，語音系統和每個音位的音值等都發生了很大變化，我們已經不太可能按照古人的音值去讀古音了，比如《中華》中，「呢」字分為兩個字頭：呢，年題切，音泥，齊韻；呢，女夷切，音尼，支韻。「伋」字也分為兩個字頭：伋，訖力切，音急，緝韻；伋，極入切，音及，緝韻。在現代漢語普通話中，它們的讀音已經毫無差別了，不必強為之別。況且，要北方方言區的人讀入聲也是不太現實的，所以，我們今天所謂的按古音來讀其實是一種相對的說法。

然而另一方面，雖然我們不能確定古讀的具體音值，但可以肯定的是每一歷史時期，在共時層面上語音系統是井然有序的。面對這些讀音，我們不能以今天的同異而確定其分合。

那麼，辭書注音時應怎樣處理這些所謂的特殊讀音呢？

在 1985 年 12 月修訂的《普通話異讀詞審音表說明》第十條中，是這樣回答的：「人名地名的異讀審訂，除原表已涉及的少量詞條外，留待以後再審。」這種審慎的態度無疑很好，作為專有名詞，它們與普通的異讀詞不同。在漫長歷史中因各種不同原因而形成的這些讀音，很難用整齊劃一的標準進行規範，

可能需要在廣泛調查的基礎上逐一分析。

總的來說，如果某些專有名詞，我們在日常生活中已經不再使用，可以嚴格按照古注來讀。但如果在現實生活中還在使用，則要尊重今天的語言事實。拿《漢大》來說，漢語拼音代表的就是今天的讀音，反切代表中古讀音，讓它們各自與所代表的時代相對應即可。

比如，「葷」字在《中華》中的注音爲：

【葷】許云切，音熏，文韻。

　　㊀臭菜也。見《説文》。……

　　㊁薑及辛菜也……

　　㊂俗謂腥膻滋味曰～，讀若昏。

　　㊃同熏。《史記・五帝紀》：「北逐～粥。」《索引》：「匈奴別名也。唐虞巳上曰山戎，亦曰熏粥。」

在《漢大》中它是這樣注釋的：

葷（一）hūn《廣韻》許云切，平文曉。諄部。

①葱蒜等有特殊氣味的菜。……

②肉食。……

（二）xūn《集韻》許云切，平文曉。

〔葷粥〕同「獯鬻」。古代北方部族名。……

《康熙》中並沒有涉及到「讀若昏」的讀音，《中華》添加了這一俗讀音是爲了顧及到時人讀音。只是它並沒有爲這一讀音專設音項。此處《漢大》的處理方式是比較好的，既保留了歷史名詞的讀音，又符合今音。

再如，「優」字在《中華》中的注釋爲：

【優】於求切，音憂，尤韻。

【優】烏侯切，音謳，尤韻。

　　伊～亞，未定之辭。

在《漢大》中「優」字的注釋是：

yōu

　　㊀《廣韻》於求切，平尤影。幽部。

（二）《集韻》烏侯切，平侯影。

象聲詞。也作「嚘」。……朔曰：「……伊優亞者，辭未定也。」

顏師古注：「優，音一侯反。」

又如，「噠」字在《中華》中注為：

【噠】當割切，音妲，曷韻。

【噠】宅軋切，黠韻。

呾～，語不正，見《集韻》。

「噠」字在《漢大》中注為：

dā

（一）《集韻》當割切，入曷端。

（二）《集韻》宅軋切，入黠澄。

〔呾噠〕語不正。《集韻·黠韻》：「噠，呾噠，語不正。」

以上例子中《漢大》的處理方式都是比較妥當的。當古今讀音不同時，注明今音，同時也標注中古讀音。雖然有些中古反切折合出的漢語拼音與今音並不吻合，但它們分別代表不同的歷史時期，如實記錄是必要的。

只是，由於除了人名、地名之外，這些特殊名詞大都是雙音節詞，所以作為字典，《漢大》沒有收錄，而《中華》所處的時代辭書沒有明確分科，所以《中華》兼有字典、詞典及百科辭書的功效，將這些多音節詞都盡量收錄了。雖然今天的字典已經不必擔負詞典的責任，但當某一個詞的讀音只在某個雙音節詞中存在時，字典也可以酌情收錄，用以存音。

比如：《中華》中「俳」字的注音為：

【俳】蒲皆切，音牌，佳韻。

【俳】蒲枚切，音裴，灰韻。

～佪，偏旋也，見《廣雅·釋訓》。

《漢大》注為：

pái

（一）《廣韻》步皆切，平皆並。微部。

　　㈡《集韻》蒲枚切，平灰並。

　　〔俳佪〕同「徘徊」。

　此類連綿詞，《漢大》大都收錄了，但一些專有名詞的讀音它沒有收錄。比如，「屠」在《中華》中的注音為：

　　【屠】同都切，音徒，虞韻。

　　【屠】陳如切，音除，魚韻。

　　　休～，匈奴王號。《史記·匈奴傳》:「渾邪王殺休～王，並將其

　眾降漢。」

　《漢大》中「屠」字沒有 chú 的音義，但《漢語大詞典》中有「屠² chú《廣韻》直魚切，平魚，澄。休屠，地名。西漢置，治所在今甘肅武威縣北。西晉廢。北魏復置。隋又廢。《漢書·地理志下》:「武威郡……張掖，武威，休屠。」顏師古注:『屠音直閭反。』」

　再如「宛」，在《中華》中它有「於袁切，音鴛，元韻」的讀音，注釋是「大宛，漢西域國名。」《漢大》則只收錄了此音，沒有收錄該義項。

　又如「串」，在《中華》中的注釋是：

　　【串】古患切，音丱，諫韻。

　　　～夷，國名。《詩·皇矣》:「串夷載路。」箋:「串夷，卽混夷，

　西戎國名。」

　　【串】樞絹切，音釧，諫韻。

　《漢大》則有此音無此義。

　字典中收錄複音詞是為了存音、存字或存源。對今天的大型語文字典來說，如果不收錄某詞就無法解釋某音某義，就可以收錄。假如某音可以作為單字注釋，則不妨把解釋複音詞的任務交給詞典。

　不過，由於《漢語大詞典》是根據首字收錄多音節詞的，所以當該詞語中首字之外的其他字為特殊讀音時，注音就可能難以全面。比如「哶」，《中華》中有音「哶，彌嗟切，乜平聲，麻韻」，釋義為「苴哶，城名。在雲南，見《集韻》。」《漢大》沒有收錄該詞，《漢語大詞典》「苴」字下有該義項，但只為苴注音 xié，沒有注明「哶」字該讀何音。所以，在分工方面，字典與

詞典既要盡量避免重複，也不要有遺漏，尤其是這些讀音比較特殊的專有名詞。

## 第二節　破讀字音的處理

明代呂維祺曾經歸納出三種變音構詞的形式：變調構詞、變聲構詞、變韻構詞。其《音韻日月燈・同文鐸》卷首三則「音辨三」中載：

「靜平動去：中、重、空、風、施、遺、妻、衣……

靜上動去：動、重、枕、種、始、比、喜、弟、雨……

靜入動去：輻、復、足、告、失、作、惡、畫、借、伏……

靜去動平：縫、攻、思、治、供、知、分、吹、便……

靜去動上：奉、使、統、去、吐、掃、上、放、守、采……

靜去動入：宿、讀、乞、切、結、約、樂、率、師、著……

靜平動上：天、強、屏、指……

靜上動平：反、編……

靜匣母動見母：降、解、壞、會、系、合……

靜見母動匣母：見（去：上臨下從見母，下朝上從匣母）……

靜清音動濁音：扶、朝、焉、背、蟄、定……

靜濁音動清音：條、比、盡、柱、在、折、別、脫、撮……

這種詞匯現象和語音現象，同時也是一種語法現象，就是我們今日所說的「破讀」，或叫「音隨義轉」、「字音異讀」、「別義異讀」等。隨著語言的發展變化，很多用以「別義」的讀音已經不存在了，比如「靜清音動濁音」、「靜濁音動清音」在普通話中已經沒有痕跡了。而另外一小部分具有較強生命力，還在語言中繼續使用，比如「好」、「惡」、「中」、「空」等。

## 一、古人對破讀現象的看法

對於破讀音的性質，古人已經論述、爭執了一千五百年。在歷史文獻中，最早提出這一問題的，可能是顏之推。他在《顏氏家訓・音辭》中說：「江南學士讀《左傳》，口相傳述，自爲凡例，軍自敗曰敗，打破人軍曰敗（補敗反），諸記傳未見補敗反。徐仙民讀《左傳》，唯一處有此音，又不言自敗、敗人之別，此爲穿鑿耳。」很明顯顏之推持反對態度，認爲這種現象乃是文人穿鑿，

並無現實基礎。

　　但陸德明顯然有不同看法，他在《經典釋文・序》中說：「夫質有精粗，謂之好、惡（並如字），心有愛憎，稱爲好、惡（上呼報反，下烏路反）。當體即云名譽（音預），論情則曰毀譽（音餘）；及夫自敗（蒲邁反）、敗他（蒲敗反）之殊，自壞（呼怪反）、壞撤（音怪）之異，此等或近代始分，或古已爲別，相仍積習，有自來矣。」

　　不過，陸德明雖然認爲破讀這一現象有現實的語言基礎，但他自身對此也感到很矛盾，因爲在說完上面一段話後，他隨即又指出：「如、而靡異，邪（不定之詞）、也（助句之詞）弗殊，莫辯復（扶又反，重也）、復（音服，反也），寧論過（古禾反，經過）、過（古臥反，超過）。又以登、升共爲一韻，攻、公分作兩音，如此之儔，恐非爲得。」由此可見，他對這一現象本身持肯定態度，但又認爲其中個別字例不妥。

　　在他們之後，宋明學者和清儒爲此展開了持久討論，可分爲贊同與否定兩派：

　　贊同派主要以宋明學者爲代表，還有部分清儒也持肯定態度。如：

　　宋賈昌朝《羣經音辨・序》：「夫經典音深作深（式禁切），音廣作廣（古曠切）。世或誚其儒者迂疏，強爲差別。臣今所論，則固不然。夫輕清爲陽，陽主生物，形用未著，字音常輕；重濁爲陰，陰主成物，形用既著，字音乃重，信秉自然，非所強別。」他所謂的「陰陽」觀念我們可以不去理會，重點在於他認爲「形用既著，字音乃重，信秉自然，非所強別」，這是一種現實存在的現象，並非人爲強制的。

　　宋戴侗則《六書故》卷首《六書通釋》中說：「凡方言往往以聲相禪，雖轉爲數音，實一字也，不當爲之別立名。」

　　明朝袁子讓《五先堂字學元元》卷一「一字轉音異義之辨」中載：「字義從音轉。此一字也，變一聲即易一義。如王，平聲：君人曰王；去聲：興起而王謂之王。相，去聲：輔佐曰相；平聲：同起而佐之之謂相……如是之類，未可更僕，總之，聲變則義與俱變，未可以一義律也。」

　　清朝袁牧《隨園隨筆》卷二十四「詩文著述類（上）」中「音義繁重」篇寫道：「古無平上去入之分，可以通讀，自齊梁間《四聲譜》出，而後之編韻書者以一字分數音，而訓詁亦異，所謂動靜音是也。今按《康熙字典》上字

注如上聲，是掌切，爲升上之上，屬動；去聲，時亮切，爲本在物上之上，屬靜。有兩音兩義者，如食讀飼，中讀仲，王讀旺之類，如毀敗之毀讀上聲，《莊子》『其成也？毀也？』是也；非自毀而人毀之之毀讀去聲，《孟子》『毀其宗廟』是也。已成之譽讀去聲，《孟子》『不虞之譽』是也；媚人而譽之之譽讀平聲，《論語》『誰毀誰譽』是也。風雨之雨上聲，《易經》『雲行雨施』是也；自下而上之雨去聲，《詩經》『雨我公田』是也。衣裳之衣平聲，《系辭》『垂衣裳而治天下』是也；衣被人之衣去聲，《東方朔傳》『身衣弋綈』是也。玉音獄，入聲，《乾》『爲金爲玉』是也；琢玉工之玉，音遇，去聲，《易林》『鉛刀攻玉』是也。出，入聲音黜，凡物之自出也；出，去聲音吹，推而出之也。《詩經》『君子如怒』，怒讀上聲；『逢彼之怒』，怒讀去聲。諸如此類，今行文者雖不能記清，然不可不知也。」袁枚的態度也是矛盾的，一方面他認爲這種現象源自沈約等所製韻書，是人爲的分別；但另一方面他又認爲對這些讀音「不可不知也」，與其它清儒明確的反對態度並不相同。

清王筠《說文釋例》卷十一「讀若本義」中說：「字音隨義而分，故有一字而數音數義者。第言讀若某，尚未定爲何義之音，故本其義異別之。」

持否定態度的多爲清儒，認爲破讀現象是後人強分之，違反古音，不該存在。

顧炎武在《音學五書・音論》下卷篇二《先儒兩聲各義之說不盡然》中寫道：「凡上去入之字，各有二聲，或三聲、四聲，可遞轉而上同以至於平，古人謂之轉注。其臨文之用，或浮或切，在所不拘，而先儒謂一字兩聲各有意義，如惡字爲愛惡之惡，則去聲，爲美惡之惡，則入聲，《顏氏家訓》言此音始於葛洪、徐邈，乃自晉宋以下同然一辭，莫有非之者。余考惡字，如《楚辭・離騷》有：『理弱而媒拙兮，恐導言之不固，時溷濁而嫉賢兮，好蔽美而稱惡』，此美惡之惡，而讀去聲；漢朝劉歆《遂初賦》：「何叔子之好直兮，爲羣邪之所惡，賴祁子之一言兮，幾不免乎徂落」，此愛惡之惡而讀入聲，乃知去入之別，不過發音輕重之間，而非有此疆爾界之分也。凡書中兩聲之字，此類實多，難以枚舉。自訓詁出而經學廢，韻書出而古詩廢，小辯愈滋，大道日隱。噫，先聖之微言，汩於蒙師之口耳者多矣。」他認爲破讀是一種源於訓詁之師的做法，不足爲取。

王夫之在《說文廣義・發例》中說：「一字而發爲數音，其原起於訓詁之

師，欲學者辨同字異指、爲體爲用之別，而恐其遺忘，乃以筆圈破，令作別音而紀其義之殊。若古人用字，義自博通，初無差異，今爲發明本義應爾，曉者自可曲喻以省支離，若經師必欲易喻，一任其仍習舊讀，至於俗書《篇海》之類，將上聲濁音概讀爲去聲，如『道』字無『徒皓切』，『善』字無『裳衍切』，正音之類，則陋謬甚矣。」「凡一字之體用、能所，義相通而音不必異。」王夫之和顧炎武觀念一致，也認爲「音不必異」。

盧文弨在《鍾山札記》「字義不隨音區別」中稱「古人之於字訓，竝不因音讀之異而截然區別也。」

錢大昕在《十駕齋養新錄》卷一「觀」篇中說：「古人訓詁，寓於聲音，字各有義，初無虛實動靜之分。好惡異義，起於葛洪《字苑》，漢以前無此分別也。『觀』有平去兩音，亦是後人強分。《易・觀》卦之『觀』，相傳讀去聲，《彖傳》『大觀在上，中正以觀天下』，《象傳》『風行地上觀』，並同此音，其餘皆如字，其說本於陸氏《釋文》。然陸於『觀國之光』，兼收平去兩音，於『中正以觀天下』云『徐唯此一字作官音』。是『童觀、闚觀、觀我生、觀其生、觀國之光』，徐仙民並讀去聲矣。六爻皆以卦名取義，平則皆平，去則皆去，豈有兩讀之理？而學者因循不悟，所謂是末師而非往古者也。」

卷四「長深高廣」篇中說：「長、深、高、廣俱有去音。陸德明云：『凡度長短曰長，直亮反；度深淺曰深，尸鴆反；度廣狹曰廣，光曠反；度高下曰高，古到反。』相承用此音，或皆依字讀。……又《周禮》『前期』之『前』，徐音『昨見反』，是『前』亦有去聲也。此類皆出於六朝經師強生分別，不合於古音。」態度很明確，表示反對。

段玉裁和錢大昕一樣持反對態度，比如，在注解《說文》時，「騎，騎馬也」，段注爲：「今分平去二音，非古也。」對於「惡，過也」，段注是：「本無去入之別，後人強分之。」

王引之《經義述聞》卷二十六「林烝天帝皇王后辟公侯，君也」條說：「古之字義，不隨字音而分。一義兼數音，一音亦兼數義。」

馬建忠在《馬氏文通》「實字卷之二」「名字辨音」中說：「同一字而或爲名字，或爲別類之字，惟以四聲爲區別者。」卷五「動字辨音五之二」中說：「以音異而區爲靜字與動字者，或區爲內外動字者，或區爲受動與外動者，且有區爲其他字類者。」他雖承認動靜之別可以用來區別語法意義，但同時

也認爲這是「後人強爲之耳」。

諸家討論略舉如上，茲不贅述。總其觀點，持贊同態度的多爲元明學者，或認爲「字變音而別義」，或認爲破讀有其現實依據；持反對態度的多爲清儒，他們對程朱理學極力反對，提倡漢學，注重樸學，以古音爲正，認爲與周秦時代語音事實不合的破讀現象是六朝經師的強行區別，沒有現實的語言基礎。

清儒的反對，與其音韻學觀點有關。不管是「古人四聲一貫」，還是「古無去聲」，破讀現象都與其不符，所以清儒多認爲破讀在上古是不存在的。但語言是一直發展變化的，上古沒有去聲，並不妨礙它在後世出現。也有可能破讀與去聲的出現年代相當，所以在「讀破」現象中去聲顯得格外活躍。

我們的觀點是，破讀這種語音現象是有其現實基礎的，並非訓詁之師生造。以武則天一代女皇之尊所強改新製的漢字尚且不能得到推行，幾乎不爲後人所知。那麼幾個儒生又豈能「強製出」數量如此眾多的破讀現象，並且影響如此深遠，至今仍在使用？語言是一種社會現象，我們頂多只能引導規範，很難創造。

## 二、《中華》對破讀現象的處理

由於破讀現象早已引起古代學者的關注，因此他們不僅列舉字例進行分析，也做了不少總結工作。宋代賈昌朝在《羣經音辨》中收錄破讀字 210 個、元人劉鑒《經史正音切韻指南‧經史動靜字音》中收破讀字 207 個、《馬氏文通》在「名字辨音」下收錄破讀字 57 個，「動字辨音」下收錄破讀字 106 個，唐作藩先生從這三本書中選取了 260 個破讀字進行分析，著有《破讀音的處理問題》一文。我們在唐先生 260 個破讀字的基礎上，又從明人呂維祺的《音韻日月燈》等書中收集散見的破讀字，共得到 280 個。查找其在《中華》中注音釋義的情況，並與《漢語大字典》等辭書進行對比分析，所得結果如下：

### （一）《中華》沒有區分破讀音的

《中華》只有一個字頭，沒有區分破讀音的有 50 個字：敗、借、攻、迭、塵、爨、弟、妨、污、忘、天、師、生、染、乳、巧、怒、始、入、蟄、統、料、粉、左、指、炙、在、玉、享、出、斂、重、壞、輻、慮、涕、枕、毀、論、總、親、爭、散、掃、扇、教、供、右、熏、風

其中，《漢大》與《中華》一樣沒有區分破讀音的有 37 個。在這些字當中，只有一個反切讀音的有 12 個：塵、污、師只有平聲一音；乳、指、享只有上聲一音；敗只有去聲一音；入、蟄、玉、迭、輻只有入聲一音。這些字在今天的漢語普通話中也只有一個讀音，但歷史上它們曾經有過破讀音，只是《中華》和《漢大》都沒有收錄。比如：在《中華》和《漢大》中，「污」都只有平聲一個音，但當它表示「洗去污垢」義時，《辭海》讀 wù，去聲。

以下 25 個字，《中華》將其破讀的反切都列出了，只是作為又音，沒有分為兩個字頭：借、攻、爨、妨、忘、弟、天、生、染、巧、怒、始、統、料、粉、左、炙、在、出、斂、重、壞、慮、涕、枕。

比如：「始」在《中華》中只有一個字頭：首止切，紙韻；式吏切，寘韻。但同時也加有按語：〔案毛晃曰：「本始之始上聲，《易》『資始大始』之類是也。方始為之始去聲。《禮》『桃始華，蜩始鳴』之類是也。」〕它列出了古書注解中有關破讀音的信息，只是沒有將其作為兩個字頭處理。

再如：

【重】儲用切，音緟，宋韻；柱勇切，腫韻。〔按《韻會》引毛氏云：「凡物不輕而重，則上聲；因其可重而重之，則去聲。」然據《說文》《集韻》，無此分別。〕正是因為覺得「無此分別」，所以《中華》的編者們沒有將其分為兩個字頭。

「壞」字也一樣。《中華》中「壞」字的注釋為：

【壞】胡怪切，古壞切，音怪，卦韻。

　　㊀敗也，見《說文》。段注：「敗者，毀也。」

　　㊁自頹也。《史記・秦始皇紀》：「墮～城郭。」注：「～，音怪。坏也。自頹曰～。」

雖然《字彙・土部》說：「壞，凡物不自敗而毀之則音怪……」但《中華》的編者們依然將見母讀音作為匣母讀音的又音處理了。

以下 13 個字，《漢大》區分了破讀音，但《中華》沒有區分：毀、論、總、親、爭、散、掃、扇、教、供、右、熏、風。現在我們分別來看：

### 1. 毀

「毀」在《中華》只有一個字頭，注音是：「虎委切，音煬，紙韻；況偽

切，音虺，寘韻〔毛氏曰：『凡成敗之～上聲；非自壞而隳敗之則去聲。』〕」
第八個義項爲：「～齒。小兒齒落更生也。《白虎通・嫁娶》：『男八歲～齒，
女七歲～齒。』」

《漢大》將這一義項注爲「huì《廣韻》況僞切，去寘曉」，其它義項都讀
huǐ。依據是《集韻・寘韻》中有「毀，亂也」這一音義。

## 2. 論

「論」在《中華》中只有一個字頭：「盧昆切，音崙，元韻；龍春切，音
倫，眞韻；盧困切，願韻。〔按，《集韻・眞韻》訓「言有理也」。元、願二韻，
訓同《說文》。考《說文》二徐本，俱惟載「盧昆切」。段玉裁云：「皇侃依俗
分去聲、平聲，異其解。不知古無異義，亦無平去之別。」今錯觀諸注家，
雖或異讀，義究無殊。是段說誠通，故併列《集韻》各音於此。〕《漢大》則
分平去兩讀，平聲的義項有：論語的簡稱、通「倫」、通「掄」等。

## 3. 總

「總」在《中華》中只有一個音，祖動切，董韻。《漢大》有平上兩讀，
平聲讀音的義項爲「絲數名，古代絲八十根爲一總。」查《集韻・東韻》，「祖
叢切」下的確有「總」字，釋爲「絲數，《詩》『素絲五總』。」

## 4. 親

「親」在《中華》中只有一個音：

【親】雌人切，音儭，眞韻。

㕘四～家。婚姻相互謂之稱。《唐書・蕭嵩傳》：「嵩子尚新昌公
主，嵩妻入謁，帝呼爲～家。」

這一義項，《漢大》的注音是 qìng，《廣韻》七遴切，去震清。

查《廣韻・震韻》，「七遴切」音下「親」字釋爲「親家，七遴切，又七
鄰切。」《集韻・稕韻》「七刃切」下有「親」字，釋爲「婚姻相謂爲親，或
作儭。」且《集韻・眞韻》「雌人切」音下的「親」字並無此義，所以應該將
這一讀音標爲去聲。

## 5. 爭

「爭」在《中華》中只有一個字頭：

【爭】甾耕切，庚韻；側迸切，敬韻。

　　㈦同諍，諫也。《孝經・諍諫》：「天子有～臣七人。」

這一義項《漢大》的注音是去聲，爲「zhèng《集韻》側迸切，去諍莊。耕部。」

### 6. 散

《中華》中「散」分爲兩個字頭：

【散】相干切，音跚，寒韻。

　　同「跚」。《史記・平原君傳》：「槃～行汲。」

除了這一音義，其它義項都歸於「散，顙旱切，音傘，旱韻；先旰切，翰韻」這一讀音下。

《漢大》分上、去爲兩個讀音：「雜肉、分立、拉開、散發、散落、喪失」等義讀 sàn，「不自檢束、松散、零碎的、錯雜、粗疏、閑散的」等義讀 sǎn。

### 7. 掃

「掃」在《中華》中只有一個字頭：

【掃】蘇老切，音嫂，皓韻；先到切，音譟，號韻。

　　㈦～帚星，時俗以稱彗星。

《漢大》有上去兩讀，去聲只有一個義項：sào〔掃帚〕除去塵土、垃圾等的用具。

查《集韻・皓韻》「蘇老切」下「掃」釋義爲「《說文》棄也，或從手」，號韻「先到切」下釋義爲「抍除也，或作掃、騷」。由此看來，《中華》的處理方式並無不妥。但在現代漢語普通話中，表示名詞「掃帚」的「掃」字的確讀去聲，因此《漢大》這樣處理也是得當的。

### 8. 扇

「扇」在《中華》中只有一個音「式戰切，音煽，霰韻」，沒有平聲的讀音。《漢大》有平、去兩讀，平聲義項爲「搖動扇子使空氣流動生風、（風）起，吹、煽動、宣揚、熾盛、遮蔽、用手掌打人」等。查《廣韻》，「式連切」下釋義爲「扇涼，又式戰切」。《集韻》「尸連切」下「扇」字釋義爲「搖翣也」，「式戰切」下釋爲「《說文》扉也，一曰竹曰扇，木曰闔。一曰動也，助也。」

根據《集韻》去聲讀音的解釋，似乎名詞動詞都可以讀去聲，但平聲的義項「搖翪也」則專為動詞，所以《中華》避平聲而不談是不妥的。

### 9. 教

「教」在《中華》中也只有一個字頭：「居效切，效韻。居肴切，音交，肴韻。〔作名詞者讀去聲，作動詞者多讀平聲。〕」雖然在按語中指出了該字不同詞性在讀音上的差別，但《中華》沒有將其分別解釋，《漢大》則將平、去分為兩個讀音了。

### 10. 供

「供」在《中華》中只有一個字頭：居容切，音恭，冬韻；居用切，音貢，宋韻。《漢大》分為平、去兩個讀音，平聲讀音下的義項為「供給，奉養、提供某種條件（給對方利用）」等，其它義項讀去聲。查《集韻》鍾韻「居容切」下「供」字釋義為「《說文》設也，一曰供給」，用韻「居用切」下釋義為「設也」。因此《中華》的釋義方式是有文獻依據的，但在現代漢語普通話中，依據實際讀音的確應該分為平、去兩讀。

### 11. 右

「右」在《中華》中只有一個字頭：尤救切，音宥，宥韻；云久切，音有，有韻。

《漢大》也只有 yòu 一個讀音，但將上去兩讀作為兩個分支音項了：

㊀《廣韻》于救切，去宥云。之部。

義項包括「幫助、保佑、親近、勸酒」等。

㊁《廣韻》云久切，上有云。

義項包括「右手、與左相對、西邊、往右、車右、上、崇尚、強、迂曲」等。

### 12. 熏

「熏」在《中華》中只有平聲一個音，許云切，音薰，文韻。《漢大》多出了 xùn 音，「方言，（煤氣）使人窒息中毒。如：被煤氣熏着了。」查《集韻·問韻》「吁運切」下有「熏」字，釋為「灼也」。《中華》應該收錄這一又音，它是破讀音的體現，且在方言中依然使用。

13. 風

　　【風】方馮切，音楓，東韻。

　　　　㈢吹也。見《廣雅‧釋言》。

　　【風】方鳳切，音諷，送韻。

　　　　㈠告也。見《廣雅‧釋詁》。

　　　　㈡諫也。見《廣雅‧釋詁》。

　　　　㈢背文曰～。見《周禮‧瞽曚疏》。

　　　　㈣同諷。《漢書‧田蚡傳》：「蚡乃微言太后～上」。〔注〕：「～讀曰諷」。

　　雖然《中華》有去聲的讀音，不過「風」字沒有同「雨」一樣動詞義讀去聲，而是也放在平聲讀音下。但《漢大》卻標爲去聲：

　　　　（二）fèng《廣韻》方鳳切，去送非。又方戎切。侵部。

　　　　①（风）吹。《廣雅‧釋言》：「風，吹也。」……

或許這種處理方式才是比較妥當的。

## （二）《中華》區分了破讀音的

《中華》區分了破讀的有230個字：

間、釘、去、妻、衣、語、飲、采、藏、除、處、讀、調、當、擔、瘥、稱、朝、乘、傳、撮、彈、倒、度、惡、帆、放、冠、棺、含、好、和、將、磨、女、號、少、守、爲、畜、咽、張、中、種、縫、膏、見、量、遣、鹽、雨、遠、高、廣、王、選、行、遲、聞、陳、便、伏、更、合、會、煎、徼、空、樂、名、漂、平、屏、牽、強、慶、塞、喪、燒、宿、條、相、栽、知、祝、輸、繫、監、結、經、覺、累、臨、難、輕、蹄、興、足、衷、轉、養、遺、迎、緣、與、障、光、兩、創、吹、吐、傍、冰、觀、編、卑、呼、幾、卷、濫、攘、數、屬、漸、還、降、解、齊、播、乞、切、冥、分、長、盡、禁、應、折、柱、食、識、鋪、要、陰、縱、從、反、賓、告、奔、被、封、假、巾、令、任、善、治、準、子、靡、上、沈、奉、三、裁、貸、防、深、下、譽、後、畫、操、別、悔、積、烝、怨、引、焉、仰、樹、帥、使、如、凝、恐、披、收、載、走、聽、評、貫、作、背、思、過、離、刺、取、射、

汙、延、率、復、覆、扶、比、文、定、動、斷、援、勞、施、喜、夏、先、
易、緘、造、首、籠、騎、庭、疏、勝、著。

在上述 230 個字中，從「間」至「陰」的 144 個字，《中華》和《漢大》對
破讀的區分是一致的。

有些字，《漢大》沒有區分破讀，將《中華》中兩個不同聲調的讀音合併
了，其中一個作爲又音，這樣的字有 48 個：沈、奉、三、裁、貸、防、深、
下、譽、後、畫、操、別、悔、積、烝、怨、引、焉、仰、樹、帥、使、如、
凝、恐、披、收、載、走、聽、評、貫、作、背、思、過、離、刺、取、射、
汙、延、率、復、覆、扶、比。

雖然這些字的讀音在《漢大》中已經不再區分破讀音了，但在其它辭書中
仍然存在與《中華》一致的破讀注音，比如：

「三」，當它表示「再三也」時，雖然《漢大》讀音爲平聲，但《辭源》注
音爲「又音 sàn」。

當「思」表示「心情、思緒」時，《漢大》讀平聲，《辭源》《辭海》都讀
去聲。

當「過」表示「經過、訪」義時，《辭海》讀guō。

當「離」表示「去掉、喪失」義時，《辭源》和《漢語大詞典》都讀去聲。

有些破讀音，《漢大》用漢語拼音標注時處理爲同一讀音，但將破讀音作爲
同一拼音下的兩個音項了，這樣的有 20 個：文、定、動、斷、援、勞、施、喜、
夏、先、易、緘、造、首、籠、騎、庭、疏、勝、著。

與上一組一樣，這些字的讀音在其它辭書中仍然存在與《中華》一致的破
讀注音，比如：

當「文」表示「掩飾」義時，《辭源》讀 wèn。

當「枕」表示「以頭枕物」義時，《辭源》《辭海》都讀去聲。

當「騎」表示「騎馬的人」時，《漢大》已經讀 qí 了。不僅如此，《辭海》
《漢語大詞典》《新華字典》《現代漢語詞典》都已經讀 qí 了，但《辭源》仍讀
jì。而且在現行的中學教材和郭錫良版《古代漢語》中，它仍讀 jì。

當「庭」表示「廳堂臺階前的院子」時，《辭源》和《辭海》都讀去聲。

當「疏」表示「分條陳述、注釋」義時，《漢大》讀平聲，《辭海》讀去聲
shù。

當「勝」表示「能承擔」義時，《辭源》《辭海》讀 shēng。

以下 18 個字，《漢大》與《中華》處理得頗為不同，情形各異。它們是：縱、從、反、賓、告、奔、被、封、假、巾、令、任、善、治、準、子、麾、上。下面我們分別來看：

### 1. 縱

當「縱」表示「豎、直、經也」時，《中華》注音為「將容切」，zōng，《漢大》讀 cóng。而現在的規範讀音為 zòng。

### 2. 從

當「從」表示「跟隨的人、使跟從」義時，雖然《辭源》與《中華》一致，仍然讀 zòng，但顯然《漢大》已經不再遵從這一讀法了。「從」字《漢大》有平去兩讀，但去聲讀音下的義項只有「通『縱』」，將其它義項都歸在平聲下面了。

### 3. 反

【反】甫遠切，音返，阮韻。

　　㊀覆也。从又厂～形，見《說文》。注：「又～手也，厂像物之反覆，此指事。」〔桂注云：「『从又厂～形』者，～當作仄。仄，則易反。」〕

【反】孚萬切，音娩，願韻。

　　覆也，見《集韻》。

在呂維祺的《音韻日月燈》中，「反」是「靜上動平」條目的例字。《中華》上、去兩個讀音都有「覆也」的義項，只是詞性不同。但《漢大》已經沒有區分這一破讀音了。《漢大》雖然也有上、去兩個音。但去聲讀音的意義只有：〔反反〕慎重貌、通「販」。

### 4. 賓

【賓】卑民切，音濱，真韻。

　　㊇擯也。《書·舜典》：「～於四門。」

【賓】必刃切，音殯，震韻。

㈠卻也。《書・多士》:「予惟四方罔攸～。」

㈡棄也。《莊子・徐无鬼》:「以～寡人久矣。」《音義》:「～，或作擯。」

《中華》讀去聲的「賓」字，其意義今天已經用「擯」表示了，所以《漢大》只有平聲一個音也是沒錯的。

### 5. 告

【告】居號切，音誥，號韻。

　㈢白也。《呂覽・贊能》:「敢以～之先君。」

【告】居勞切，音高，豪韻。

　白也，見《集韻》。

【告】姑沃切，音梏，沃韻。

該讀音下義項包括「謁請也、陳也、同『鞠』」等。

「告」字《漢大》有三個音:古到切，居六切(通「鞠」)、gù(〔告朔〕，周制)，沒有區分破讀音。但王力先生《古代漢語》〔註2〕在「告」字的「規勸」義下讀注明「舊讀入聲，讀如梏gù」。

### 6. 奔

【奔】逋昆切，本平聲，元韻。

【奔】補悶切，本去聲，願韻。

　㈠急赴也。見《集韻》。

　㈡走也，集湊也。見《增韻》。

《漢大》有平去兩讀，但「走也、急赴也」的意義讀平聲，去聲的意義為:竭盡全力(從事某項活動)、走向，投靠、將近、接近。所以雖有去聲，但沒有區分破讀。

### 7. 被

「被」在《中華》中，「覆也、加也、服也、首飾也、負也、披也」等義

---

〔註2〕《古代漢語》第一冊第 45 頁「常用字部分」:8.【告】(二)規勸，舊讀入聲，讀如梏 gù。此義一般只用於「忠告」。《論語・顏淵》:「忠～而善道之。」

項都讀去聲「平義切」，而「衾也、憾也」則讀上聲「部靡切」。《漢大》雖然也有去聲讀音 bì，但釋義爲「假髮」和「通『彼』」，除此之外的其它義項都讀 bèi。所以也沒有區分破讀。

8. 封

在《中華》中，「封」字表示「給諸侯分封土地」時讀上聲，表示「所封的土地」時讀去聲。《漢大》將平、去合爲一個音了。

9. 巾

巾，除了平聲「佩巾也」之外，《中華》還有「飾也」一義，讀上聲或去聲。《漢大》沒有這一音義。

10. 令

《中華》中讀去聲「力正切」的「令」義項有「發號也、法律也、命也、告也、善也、使也、教也」等。同時它還有平聲讀音：

　　【令】離身切，音伶，庚韻；郎丁切，音零，青韻。

　　　　㊀使～也。《詩·車鄰》：「未見君子，寺人之～。」

《漢大》雖有平聲讀音，但這一義項放在去聲下了。

11. 任

《中華》中「任」字平聲「如林切」讀音下的義項有「保也、使也、當也、堪也」等；去聲「如鴆切」讀音下的義項有「職也、事也、委也、勝也、保也、載也、負也、當也、授也」等。《漢大》雖有平、去兩讀，但把《中華》中平聲讀音下的義項放在去聲下了。《漢大》平聲讀音的義項包括：奸佞、漢王莽時女子爵位名、古代我國南方少數民族的一種樂曲、古國名、姓。

12. 善

　　【善】上演切，音壇，銑韻。

　　【善】時戰切，音繕，霰韻。〔毛氏曰：「凡～惡之～，上聲；彼
　　　　　～而～之，去聲。」〕

包括「美也、福也、好也、良也」等在內的三十個義項都在上聲讀音下，讀去聲的義項只有「是之也、好尙也、愛惜也、修治也、通『膳』」等五個。

《漢大》則只有去聲讀音，沒有區分上去聲的破讀。

13. 治

《中華》中讀去聲「直利切」的「治」字，義項有「理也、整也、飭也、故也、主也、化也」等，平聲讀音則爲：

【治】澄之切，音持，支韻。

㊀水名。

㊁理也。《孟子·離婁》：「～人不治。」〔《韻會》云：「孟子～人不治，上音持，下音值。」〕

《漢大》有平、去兩讀，但平聲讀音下沒有「理也」的意義，也即沒有區分破讀音。

14. 準

《中華》中讀「主尹切」的「準」字義項包括「平也、擬也、中也、等也、同也」等，此外還有「紙韻」的讀音：

【準】數軌切，音水，紙韻。

㊀平也，見《集韻》……

㊁車轅脊不停水。見《集韻》……

《漢大》沒有涉及「數軌切」的音義。

15. 子

《中華》中讀「祖似切」的「子」義項包括「人之貴稱也、嗣也、女也、男女之通稱也、爵也」等，同時它也有平聲讀音：

【子】疾之切，音慈，支韻。

通「慈」。《禮記·樂記》：「易直～諒之心，油然生矣。」《韓詩外傳》：「～諒作慈良。」

《漢大》沒有「疾之切」的音義。

16. 麾

【麾】吁爲切，音撝，支韻。

㊀舉手曰～。

㊁～之言快也。

（三）通「撝」。

【麾】呼恚切，音嫿，寘韻。

　　以旌旗示之曰～。見《集韻》。

【麾】吁爲切，音撝，支韻；況僞切，音毀，寘韻。

　　招也。《左・隱十一年》傳：「瑕叔盈又以蝥弧登周～而呼曰：『君登矣。』」

《漢大》只有一個音「huī《廣韻》許爲切，平支曉。歌部」，將上述義項合併。

### 17. 上

《中華》中的「上」字有去聲「時亮切」與上聲「是掌切」兩讀。其中，義項與「地位、輩分、位置」有關的讀去聲，與「升、仰」有關的讀上聲。《漢大》雖然也有上、去兩讀，但上聲讀音只有一個義項「漢語聲調之一」。

### 18. 假

【假】舉下切，音賈，馬韻。

　　（三）借也。《禮記・王制》：「大夫祭器不～。」

【假】居迓切，音價，禡韻。

　　（一）以物貸人也，亦作叚。見《集韻》。

《漢大》雖然也有上、去兩讀，但將「以物貸人也」的意義放在上聲讀音下，與「借也」一義合併。但根據書證，《中華》上聲讀音下的「借也」是指「向別人借」，而不是「借給別人」。查《禮記・曲礼下》篇中，有「无田祿者不設祭器，有田祿者先爲祭服。」具有一定經濟基礎的人才能擁有祭器，因此社會地位較高的大夫，是不能向別人借祭器的，「問大夫之富，曰有宰、食力、祭器不假。」但他們可以把自己的祭器借給別人使用。倘若將這兩個義項混爲一談，閱讀古文就會遇到困難。因此，《中華》區分這一破讀的做法是較爲妥當的。

總之，雖然也有個別疏漏，但有文獻來源的破讀音，《中華》大都收錄並將其單獨列出。盡管有些破讀音在今天的口語中已經不再使用，但《中華》爲我們提供了瞭解詞源和詞義孳乳變遷的寶貴資料，有助於我們閱讀分析古

書。比如，根據《中華》對「下」字的注釋，我們可以得出結論：凡是和「降」有關的都讀去聲，動詞；和「地位、位置」有關的讀上聲，形容詞。因此，「下女」一開始是讀上聲的。雖然我們今天已經不再這麼讀了，但這種細致的分析能夠幫我們更清晰地認識自己的語言。它對破讀音的處理方式，對後世辭書的影響也頗為深遠。

## 三、辭書中破讀音應該怎樣注釋

為了考察破讀字在現行辭書中的注音問題，我們選取了 20 個常見破讀字，查詢它們在《中華》《漢大》《辭源》《辭海》《古漢語常用字字典》《現代漢語詞典》《新華字典》中的注音製成表格，結果如下：

| 破讀字 | 意　義 | 中華大字典 | 辭源〔註3〕 | 辭海〔註4〕 | 漢語大字典 | 古漢語常用字字典〔註5〕 | 現代漢語詞典〔註6〕 | 新華字典〔註7〕 |
|---|---|---|---|---|---|---|---|---|
| 勞 | 慰勞 | 郎到切 | lào | láo，舊讀 lào | lào | láo | láo | láo |
| 妻 | 以女嫁人 | 七計切 | qì | qì | qì | qì | qì（書） | qì（古） |
| 勝 | 能夠承受 | 書蒸切 | shēng | shēng | shèng | shēng | Shèng（舊讀shēng） | Shèng（舊讀shēng） |
| 王 | 統治 | 于放切 | wàng | wàng | wàng | wàng | Wàng（書） | wàng |
| 文 | 掩飾 | 文運切 | wèn | wén，舊讀 wèn | wén | wén | wén（舊讀 wèn） | wén（舊讀 wèn） |
| 聞 | 名聲 | 文運切 | wèn | wén，舊讀 wèn | wèn | wèn | wén | wén（舊讀 wèn） |
| 衣 | 穿衣 | 於既切 | yì | yì | yì | yī | yì（書） | yì |
| 語 | 告訴 | 牛據切 | yù | yù | yù | yǔ | yù（書） | yù |

〔註3〕 商務印書館，1983 年修訂版。

〔註4〕 辭海編輯委員會，上海辭書出版社出版，1999 年縮印本。

〔註5〕 《古漢語常用字字典》編寫組，商務印書館，1998 年版。

〔註6〕 商務印書館，2005 年版。

〔註7〕 商務印書館，2004 年版。

| 枕 | 以頭枕物 | 章荏切，又職任切 | zhèn | zhèn | zhěn | zhèn | zhěn | zhěn |
|---|---|---|---|---|---|---|---|---|
| 吹 | 樂器吹奏 | 尺僞切 | chuì | chuī，舊讀 chuì | chuì | chuī | chuī | 無此義 |
| 含 | 同「琀」 | 胡紺切 | hàn | hàn | hàn | hán | 無此義 | 無此義 |
| 離 | 去掉，失去 | 力智切 | lì | lí | lí | lí | lí | 無此義 |
| 騎 | 騎馬的人 | 奇寄切 | jì | qí | qí | jì | qí | qí（舊讀 jì） |
| 思 | 思緒 | 相吏切 | sì | sì | sī | sì | sī | sī |
| 疏 | 古書注釋 | 所據切 | shū | shù | shū | shù | shū | shū |
| 燒 | 野火 | 失照切 | shào | shào | shào | 無 | 無此義 | 無此義 |
| 過 | 經過 | 古禾切 | guò | guō | guò | guò | guò | guò |
| 三 | 再三 | 蘇暫切 | 又音 sàn | sān | sān | sān | sān | sān |
| 伏 | 鳥孵卵 | 扶富切 | fù | fú | fù | 無 | 無此義 | 無此義 |
| 庭 | 階前院子 | 他定切 | tìng | tìng | tíng | tíng | tíng | tíng |

從上表我們可以看出，除了「妻、王」兩字之外，在現行辭書中，其它 18 個破讀字的讀音都存在較大分歧：

「衣」當動詞講時，連《現代漢語詞典》都標注在書面語中讀去聲，講解古漢語用字的《古漢語常用字字典》反而注爲平聲；

「文」與「聞」的破讀音都是去聲，但《漢大》和《古漢語常用字字典》卻都將其一個注爲平聲，一個注爲去聲；

《辭源》保留了絕大多數破讀音，但在古漢語中常用的「注疏」的「疏」字，它卻注爲平聲；

《現代漢語詞典》與《新華字典》的注音是一致的，但哪些字標注破讀音，哪些字不標注卻似乎沒有明顯的標準，比如：「妻、王、衣、語」四字標出了破讀音，但同樣性質且也很常用的「勞、勝」卻沒有同樣處理。

到底哪些字需要標注破讀音，應該有一個恰當的標準。以上種種關於破讀音的混亂現象，亟待得到整頓。

另外，破讀字單字的讀音與成詞時的讀音之間的矛盾也需要注意。比如，雖然各辭書都把「衣」的動詞義注爲平聲，包括《現代漢語詞典》，但在爲成語「衣錦還鄉、衣錦榮歸」標音時，《現漢》的讀音依然是平聲 yī。而四川辭書

出版社 1987 版的《漢語成語詞典》中標注爲去聲 yì。讀者該如何取捨？

再如，雖然在很多方言中，「枕」字「以頭枕物」的意義讀作去聲 zhèn，但由於口語與書面語的差異，成語「枕戈待旦」恐怕還是讀上聲的人比較多。再如，根據破讀音，「西學東漸」的「漸」應該讀平聲「jiān」，但實際語言生活中這樣讀的人很少。還有「知」，按照破讀音，當它表示名詞「聰明、智力」時應該讀去聲，但在「知識」一詞中它已經讀平聲了。

還有一些破讀音，雖然辭書區分了，但很難在今天的實際運用中得以推廣。比如：「吐」破讀爲上去兩讀，根據《現代漢語詞典》的說法，上聲是指「（消化道或呼吸道裏的東西）不自主地從嘴裏涌出」，去聲是「使東西從嘴裏出來」。也即「被動」的動作爲上聲，「主動」的動作爲去聲。這類破讀現象在古書中並不鮮見，比如，「動」字，《韻會》中說：「凡物自動，則上聲。彼不動而我動之，則去聲。」還有「轉、見、迎、去」等字都是如此。這些字的破讀音雖然有明確的文獻記載，但恐怕我們今天在使用時很難嚴格依照這些標準。

以上種種，都顯示出我們的辭書在爲破讀音注音時的無奈和爲難。其實，關於破讀音問題在現代漢語普通話中該怎樣處理，前賢早有論述。唐作藩先生早在 1979 年就提出過對破讀音的處理意見：

「第一，像《現代漢語詞典》《四角號碼新詞典》《新華字典》以及各類通俗的字書辭書，都不必辨析它的本讀和破讀，只注出現行的讀音就夠了。中、小學語文課本（包括它所選的文言文）以及各種普及的古詩文選本也宜採取同樣的辦法。……第二，大學的《古代漢語》教材以及中、小型《古漢語字典》可根據需要有選擇地注出一些字詞的已經消失了的破讀音或本音。……第三，像正在編纂的《漢語大字典》《漢語大詞典》以及正在修訂的大型古漢語辭典《辭源》，就應當全面地考察每個漢字在各個歷史時期的讀音。」〔註8〕唐先生的意見是非常中肯的，只可惜三十多年過去了，這些處理意見仍未得到全面落實，在大中小學教材和各種辭書中，破讀字的注音依然混亂。

對於這種現象，李宇明認爲：「從理論上說，應當根據學理來製訂規範和標準，但是，一旦某些現象具有廣泛的羣眾基礎而又有悖學理時，就已經『習

---

〔註 8〕唐作藩《破讀音的處理問題》，《辭書研究》1979 年第 2 期，157～158 頁。

非成是』，應當『從俗從眾』。這就是說，尊重學理而不拘泥於學理。」〔註9〕
這一標準全面辯證，學者的整理是非常必要的，但語言實際也必須尊重。

　　徐世榮則認為，對於普通話異讀詞審音工作，一不能「定則定矣」，二不
能「久訛而不敢改」。〔註10〕第二條有待商榷，也許不是「久訛而不敢改」，而
是「久訛則不必改」。比如，根據《康熙字典》中的注解，「戊」原本讀 mào，
後來，五代梁開平元年，朱溫為了避諱，改「戊」字為「武」，音隨字變，後
人讀戊音為武音，就這樣一直沿用到了現在。倘若不懂得這一緣故，我們就
沒法解釋為什麼「茂」mào 的聲符讀 wù。古書中此類情形，我們一定要清楚
其來龍去脈，但沒有必要重新改回原來的讀法。說到底，語言是為人們的交
流而服務的。對於那些已經在當今人們語言生活中不太使用的詞彙（比如去
聲的雨，我們今天通過語法手段，改用「下雨」等形式表示），可以按古音來
讀。即便是在中學課本中，「雨」讀去聲也無可厚非，這一讀音本身代表的就
是文化和歷史。

　　很多破讀字音都溝通起了方言、古今音的關係，它們在古代辭書與古書注
解中代代流傳，有著久遠的歷史淵源和現實基礎。因此，在大型語文辭書，尤
其是歷史性較強的語文辭典中，古書中的破讀字音應該得以體現。有鑒於此，
我們對辭書中的破讀字音標注提出以下四點意見：

　　1. 已被現代漢語吸收的破讀字音和雖未被現代漢語吸收，但在文言文閱讀
中已經深入人心的字音，比如衣、妻、王、語、騎等，在各種性質的辭書中都
應該保留傳統讀法。

　　2. 如果某破讀字的讀音因為語音演變（比如濁音清化、入聲消失）而發生
變化，或者人們已經習慣採用新的讀法的，在現代漢語性質的辭書中，可以不
保留傳統讀法。但針對古漢語的辭書，依然有必要指出其原本的樣子。

　　3. 各辭書可以根據自己的性質選擇是否注明那些在現代漢語口語中不再
使用的破讀字音，重要的是收不收破讀音，或者按照怎樣的標注收錄，在「凡
例」中要有明確說明。而且確立標準後，就要貫徹始終，在同一本辭書內要體
例一致，不可有些標注，有些不標。比如，如果在一本辭書中，表示「測量深
度」的「深」讀去聲，那麼「長、高、廣」也應該以同樣的標準處理。像《新

〔註 9〕 李宇明《通用語言文字規範和標準的建設》，《語言文字應用》2001 年第 2 期。
〔註10〕 《四十年來的普通話語音規範》，出自《語文建設》1995 年第 6 期。

華字典》和《現代漢語詞典》，它可以選擇不收錄古漢語中的某些義項，但如果
收錄了，就應該正確標注，且嚴格遵循體例。《現代漢語詞典》為表示「下雨」
的「雨」字標注了破讀音 yù，卻沒有為表示「刮風」的「風」標注 fēng，這樣
做是不妥當的。

4. 詞典的注音更應細心斟酌。除了注意破讀字字頭的注音之外，還應分析
它在詞語中的用法和讀音。正如上文所說，成語「衣錦還鄉」中的「衣」可以
注為平聲，但倘若這是一本面向廣大古漢語學習者的大型詞典，則還應標明該
字古讀或者舊讀去聲。

上世紀六十年代呂叔湘曾經說過：「現代的異讀是活在人們口頭的，尚且
有一部分已經在逐漸被淘汰，古代的異讀只存在於古書的注釋中，自然更不
容易維持。還有一說，文言裏的字已經全用現代音來讀，很多古代不同音的
字都已經讀成同音，惟獨有些造成異讀的破讀不予通融，是不是也有點儿過
於拘泥呢？」〔註 11〕

過於拘泥當然是不妥當的，但是，雖然破讀字音的存在會給人們閱讀古
文及識讀某些字音帶來某種程度的不便，可過分追求單音化的結果是使得每
個字音所承載的義項更為複雜，且在口語中容易引起誤解。好（hǎo）吃與好
（hào）吃，顯然是兩個不同的語法結構，而用聲調的變化來區別詞性詞義，
王力與周祖謨先生都認為這是一種類似印歐語言構詞上的形體變化。〔註 12〕
某個字怎麼讀，實際上應該是這個字所代表的詞在語言中對應的讀音是什
麼。語言是因聲別義的，即便形體相同，只要讀音與意義不同，就算是兩個
詞。我們不能因為形體相同，就將兩個詞混為一談。語音、語法、詞匯之間
的關係是密不可分的，我們需要將其結合起來進行研究。當某個字依靠破讀
來表示語法意義時，我們也應該讓音義統一。

# 第三節　日源漢字及外來詞的注音

## 一、《中華》中收錄的外來新詞新語

在介紹度量衡單位、礦物元素、金屬等外來事物時，《中華》引入了不少

〔註11〕呂叔湘《語文常談》，生活・讀書・新知三聯書店，2006 年版，第 33～38 頁。
〔註12〕王力《漢語史稿》，中冊，212 頁；周祖謨《問學集》，上冊，113 頁。

新詞語。有些在今天已經另造新詞代替了，比如，輕（氫）〔註13〕、養（氧）、炭（碳）、弗（氟）、綠（氯）、靑（衰）等。但在《中華》那個時代，它們借用了漢字中已有的形體來表示，注音時也就採用了原有的讀音：

【養】以兩切，音痒，養韻。〔段玉裁云，今人分別上、去，古無是也。〕

　　⑪九～氣，化學原質之一……日本名酸素，英文 oxygen。

【輕】牽盈切，音卿，庚韻。

　　⑪二化學原質之一，無色味臭，最～氣體。遇火易燃，與養化合即成水，故日本名之日水素，英名 hyborogen。

【綠】龍玉切，音綠，沃韻

　　⑥化學原質之一。非金類……英文 chlorin。

【衰】倉回切，音崔，灰韻。

　　⑬化學炭、淡二氣所合成者，無色，臭味如桃仁，含劇毒，遇火則然燒，放青焰，故日本謂之青素，英文 cyanogen。

該義項今天已經用「靑」字代替。

但也有一些新詞語在現代漢語中保留了下來，比如：

【圓】于權切，音員，先韻。

　　⑪二錢貨名也。美銀貨。當百仙。其文曰 Dollar。金貨亦當百仙，文曰 one－dollar－piece。按美國、日本、坎拿大銀貨本位均名圓。美一圓，約當我銀一兩五錢。日本、坎拿大一圓約當我銀七錢強。

【打】都挺切，音頂，梗韻。〔案，～字始見於《易林》。諸家論～，音切不一。今韻從《唐韻》德冷切，歸入梗韻。然今世實皆讀德馬切，答上聲。〕

　　⑥數名也。英語謂十二曰～臣。簡稱之曰～，英文 dozen。

【啤】讀若皮。

---

西洋酒名。一曰麥酒。德國產最多，日本亦能釀造，英文 beer。

【米】母禮切，薺韻。

㊉法國度名。具言～突。法以通過巴黎子午周四千萬分一，爲～突度之本位，各國多從之，當我營造尺三尺二寸四分，字亦作咪，或作密達，或作邁當，西文 metre。

【碼】母下切，音馬，馬韻。

㊀英度名，三呎爲一碼。具言亞特。當我部尺二尺八寸五分七釐強。關尺二尺五寸五分三釐強。英文 yard。

和這些度量衡、貨幣單位相比，化學元素的新字在現代漢語中保留得更多。它們在現代漢語中依然使用，且音義都一致。比如：

【釔】讀若乙。

化學原質之一。英文 ytterbium。

【釕】讀若了。

化學原質之一。金屬，與鉑同見，或譯銠。……英文 rulhenium。

【釩】讀若凡。

化學原質之一。金屬，或譯鐇。英文 vanadium。

屬於此類的還有銤、錮、銠、鉸、釹、鉚、鐯、鐿、鉽、鋰、鈾、鉬、鋯、鋅、錳、鎘、鎵、鎂、鍶、鎳、氦、氖、氬、碘、硒、砷、碲、鉝、鈣等字，它們全都採用「讀若」法注音。

上述作爲新事物出現的化學元素，在《中華》中或新造字或新擬音，而下列這些元素使用了本已存在的漢字及讀音，只是爲其增添了一些義項。如：

【鋇】博蓋切，音貝，泰韻。

㊁化學原質之一。……英文 bargum。

【鈉】諾答切，音訥，合韻。

㊁化學原質之一。金屬，或譯鏀。英文 natrium。

屬於此類的還有鉻、銀、銅、鐵、銻、錫、鏑、鎢、硫、鈷、鉀、鉍、鉑、鉛等字。

　　但還有很多當時新造的字或者選用的譯名今天已經不再使用了，在現行辭書中只是作爲「舊譯」留存，如：

　　【鉬】讀若日。

　　　化學原質之一。或譯鉳。英文 germanium。

該字今天還讀 rì，但只是作爲化學元素「鍺」與「鐳」的舊譯。

　　【鈳】於河切，音阿，歌韻。

　　　㊀化學原質之一。

是化學元素「鈮」的舊譯。

　　【鉝】讀若台。

　　　化學原質之一。或譯鎉。英文 thallium。

是化學元素「鉈」的舊譯。

　　【鈡】讀若申。

　　　化學原質之一。金屬，亦作砷。

是化學元素「砷」的舊譯。

　　【鉻】讀若谷。

　　　化學原質之一，金屬，色白……glucinum。

glucinum 這一化學元素，今天已經譯爲「鈹」。

屬於此類的還有：

銧，讀若光，是化學元素「鐳」的舊譯。

錏，讀若安，是化學元素「銻」的舊譯。

鉢，薄沒切，是化學元素「鈹」的舊譯。

鏰，讀若祿，是化學元素「銠」的舊譯。

錗，讀若妥，是化學元素「釹」的舊譯。

鋃，盧當切，是化學元素「鑭」的舊譯。

錯，讀若昔，是化學元素「鈰」的舊譯。

鎴，讀若息，化學元素「鍶」的舊譯。

鑸，讀若悉，化學元素「鉋」的舊譯。

鐢，讀若薩，化學元素「釤」的舊譯。

錯，讀若替，化學元素「鈦」的舊譯。

鍋，讀若果，化學元素「鎵」的舊譯。

氜，讀若日。是「氦」的舊稱。

氝，讀若內，是「氖」的舊稱。

氥，讀若西。是「氙」的舊稱。

浬，讀如里。是「海里」的舊稱。

矽，讀若夕，是「硅」的舊稱。

鈦，大計切，音第，霽韻。是化學元素「釔」的舊譯。

釸，讀若夕。也是化學元素「硅」的舊譯。

吋，讀若寸。是「英寸」的舊稱。

呎，讀若尺。是「英尺」的舊稱。

竔，讀若升。是加侖的舊譯名。

啢，讀若兩。是英文 ounce 的舊譯。

喱，讀若釐，是英語 grain（格令）的舊譯。

有些詞雖然在今天依然使用，但讀音已經變得不同。比如，作爲化學元素的「鋁」，在《中華》中讀良據切，音慮，御韻。今天已經讀作 lǚ。類似的還有：

【磅】讀若榜。

英衡名。常衡十六啢爲一～，合我庫稱十二兩一錢六分強。金藥衡十二兩爲一～，合我庫稱十兩，英文 pound。

作爲重量單位，英語 pound 的音譯字「磅」今天已經讀作 bàng 了。

【噸】讀若頓，英文 ton。

㊀以重量計之～……

㊁以體積計之～……

這一意義的「噸」字今天讀作 dūn，平聲。

【鎊】鋪郎切，音滂，陽韻。

㊀削也。

㊁英金貨名。一～等於十二溫司，通稱二十先令爲一～，合中

國銀十兩。英文 pound。

表示貨幣單位的「鎊」字，今天也已經讀 bàng 了。

【汞】虎孔切，音嗊，董韻。

同澒，丹砂所化爲水銀也。……英文 hydrargyrum。

今天已經讀gǒng了。

【燐】良刃切，音吝，震韻。

㊀鬼火也。……

㊁化學原質之一。……英文 phosphorus。

這一義項今天多用「磷」表示，讀平聲 lín。

【硅】虎伯切，音謋，陌韻。

㊁日本謂矽爲～素，詳矽字。

「虎伯切」折合漢語拼音爲 hè。但作爲非金屬元素，「硅」今天讀guī。

【哩】力忌切，音吏，寘韻。

㊀語餘聲。

㊁英度名，五千二百八十呎爲一～，約當我三厘弱，即五百二十一丈四尺一寸六分。彼言 Mile。

今天讀上聲 lǐ，是「英里」的舊稱。

【鈀】邦加切，音巴，麻韻。

㊂化學原質之一。英文 palladium。

該字在現代漢語中依然使用，但讀音不同。《漢大》中注音爲 bǎ。

【鈮】乃禮切，薺韻。

㊁化學原質之一。或譯鑥、鈳。金屬。英文 niobium。

在現代漢語中「鈮」表示化學元素時讀 ní。

【鉭】讀若旦。

化學原質之一。英文 tantalum。

今天讀作「tǎn」。

【鉺】而至切，音二，寘韻。

　　㊁化學原質之一。英文 erbium。

今天讀作「ěr」。

【銍】辰之切，是平聲，支韻。

　　㊁化學原質之一。金屬，罕見，原子量考得期未詳。英文 thulium。

今天已經讀 shì，是化學元素「銩」的舊譯。

還有些翻譯方式，雖然在今天已經不再使用，但《中華》中的材料記錄了那個時代的語言狀況，對於閱讀該段歷史時期的文獻也有幫助，如：

【辨】皮莧切，音辯，諫韻。

　　㉝㊀～學，一譯名學，或譯論理學，英文 logic。

【鷲】疾僦切，音就，宥韻

　　㊂美金貨名，當十圓，以文爲～鳥得名。英文 eagle。

eagle 是美國 1933 年前通行的、背面有鷹的、价值 10 美元的鷹徽金币，現在已經不再通行，這一義項在《漢語大字典》中也就沒有收錄。

【吩】讀若分。

　　㊀俗言～咐，猶囑咐也。

　　㊁英度名，吋十二分一，具言賴痕。當我六釐八毫五絲強。彼
言 Line。

作爲長度單位的 line，表示十二分之一英寸，今天用「英分」表示。

【籵】

　　籵，法國度名。米之十倍。具言迭加米突，當我三丈二尺四寸，
迭加或作迭克，或作特卡，西文 decametre。

這一義項今天用「十米」表示。

【粍】

　　粍，法國度名。米千分之一，具言密里米突，當我營造尺三釐
二毫四絲。西文 millimetre。

這一義項今天用「毫米」表示。

【粉】

粉，府吻切，吻韻；方問切，音糞，問韻。

㈩法國度名。米十分之一，具言得夕米突，當我營造尺三寸二分四釐。得夕，或作底西，或作特西，西文 decimetre。

該義項今天用「分米」這一詞語來表示。

【釤】思林切，音心，侵韻。

㈡化學原質之一。金屬。英文 cadolinium。

英文 cadolinium 應該是 gadolinium 之誤，今天它已經被譯為「釓」（元素符号 Gd）。

【托】闥各切，音拓，藥韻。

㈣英度名。二碼為一～，具言花當。當我五尺九寸二分強。英文 Fathcin。

原文中的英文「Fathcin」應為「fathom」之誤，它今天讀作「拓、英尋」，是英制水深單位，合 6 英尺或 1.6288 米，主要用作航行或採礦的度量單位，略作 fath。

根據體例，《中華》還收錄了不少雙音節或多音節新詞，如：

【圖】同都切，音徒，虞韻。

㈩㈦錢貨名。往時歐洲諸國所行金銀貨幣，皆言圖克。……英文 ducat。

ducat 一詞今天音譯為「达克特」，是一種舊時在歐洲各國發行的金幣，尤指 1284 年最先在威尼斯發行的金幣。

【克】乞得切，音刻，職韻。

㈩㈠～琅，英國錢貨名……英文 crown。

㈩㈡～蘭姆，法國衡名。……英文 gramme。

【盎】鳴浪切，鴦去聲，漾韻。

㈦～斯。英國衡名。常衡，十六～斯為一磅；藥衡、金衡十二～斯為一磅，亦作溫斯。英文 ounce。

【格】各頟切，音隔，陌韻。

卅四英國古幣名。具言～洛稊。當今四辨士。英文 groat。

卅五～蘭姆，法國衡名。亦作克蘭姆。詳克字。

【品】丕錦切，匹上聲，寢韻。

十四英美量名。具言～脱，當我六合一勺強。英文 pint。

【夸】枯瓜切，音誇，麻韻。

十六英美量名。具言～稊。二品脱爲一～，當我一升二合二勺強。英文 quart。

gramme 今天已經不再用「克蘭姆」或「格蘭姆」表示，而是直接使用「克」了。groat（今天音譯爲「格羅特」）作爲英國已廢棄的四便士銀幣，在現代漢語普通話中也很鮮見了。「盎斯」也已經寫作「盎司」，但與「品脱」、「夸脱」一樣，都依然在使用。

另外，還有一些字比較特殊，這些當時的新造漢字，《中華》在字頭後沒有給出注音，而是在正文釋義時給出「具言」的讀法，其實也就是音譯。在今天，它們作爲舊的度量衡單位，《漢語大字典》並沒有收錄，反倒是《漢語大詞典》收錄了，並且爲其標注現代漢語拼音。如：

1. 【甅】

法國衡名。克百分一。具言生的克蘭姆。當我二毫六絲八忽。日本字亦作甅。英文 Centigramme。

《漢語大詞典》的注釋是：

甅 gōnglǐ

1. 標準制公厘的簡寫，爲公分的十分之一，即法國衡制的特西克蘭姆。2. 法國衡制的生的克蘭姆，舊時簡寫爲甅。克蘭姆的百分之一。

2. 【兙】

法國衡名，克十倍。具言迭加克蘭姆，當我國二錢六分八釐，日本字亦作瓩，英文 Decagramme。

《漢語大詞典》注爲：

　　尅 shíkě

　　法國衡制的特卡克兰姆，舊時簡寫爲尅，即克兰姆的十倍。

## 3. 【喱】

　　法量名。奸百分一。具言生的立脱爾，當我一勺七撮六圭二粟弱。英文 Centilitre。

《漢語大詞典》注爲：

　　喱 lí

　　舊時法國容量單位生的立脱爾（法語 Centilitre），略記爲「喱」。爲一公升的百分之一。

## 4. 【粨】

　　粨，法國度名。米之百倍，具言海佗米突，當我營造尺三引二丈四尺。海佗，或作海克脱，或作愛克他，原名 hectometre。

《漢語大詞典》注爲：

　　粨 bǎi

　　度量單位一百米的舊時省略寫法。

與此同樣情形的還有殼、尫、氁、氊、尵、糎、粁、籿、等。

此外還有一些同屬此類的字《漢語大字典》也收錄了，只是同《中華》一樣沒有標注漢語拼音，《漢語大詞典》則爲其注音。如：

## 1. 【𠦫】

　　法量名。奸十倍。具言迭加立脱爾，當我一斗七合六勺三抄四撮。字亦作竍。英文 Decalitre。

《漢語大字典》注爲：

　　𠦫，舊指法國容量單位特卡立脱爾，（法 decalitre），略記爲「𠦫」，爲一公升的十倍。

《漢語大詞典》注爲：

　　卅 shí

　　舊時法國容量單位特卡立脫爾（法語 Decalitre），略記爲「卅」。
爲一公升的十倍。

## 2.【竏】

　　法量名。竔千倍。具言啓羅立脫爾，當我十斛七斗六升三合四
勺。英文 Kilolitre。（原文誤作 klolitre）

《漢語大字典》注爲：

　　竏，舊指法國容量單位啓羅立脫爾，（法 kilolitre），略記爲「竏」，
爲一公升的千倍。

《漢語大詞典》：

　　竏 qiān

　　舊時法國容量單位啓羅立脫爾（法語 Kilolitre），略記爲「竏」。
爲一公升的千倍。

　　與此類似的還有粉、籵、陌、粍等同一系列的字。

　　從上述種種情形中我們可以看到，當時對於新詞新語的使用還處於比較混
亂的階段，譯音詞沒有統一的讀法、寫法，比如英文 cent，譯音就有仙稊、生
忒，生的等多種表達方法。gramme 音譯爲克蘭姆，也叫格蘭姆。有些新詞語
直接借用已有的漢字形體與讀音；有些雖然借用了已有漢字的形體，但重新爲
其擬音；有些新造漢字卻沒有相應的漢語讀音……但不管怎樣，作爲先行者，
它都爲我們今天處理新詞新語提供了經驗或教訓。對於從國外傳入的新詞語，
我們該音譯還是義譯，書寫形體是新造字還是借用已有的漢字抑或直接使用外
語，讀音與漢語拼音發生衝突時該怎麼處理。相信在一百年後的今天，通過分
析《中華》中所記錄的當時的處理方式，我們會對今天的新詞新語整理工作有
更全面的考慮。

## 二、《中華》中收錄的日源漢字

　　民國時期，我們不僅受到歐風美雨的浸潤，更從近鄰日本那裏引進了不少
新詞新語和新字。尤其是甲午戰爭之後，游學日本幾乎成爲風潮，各種資料中
涉及日本詞語者爲數不少，對當時的社會生活產生了較大影響。許多政治、法

律名詞，比如「社會、革命、共產、干部」等，時至今日我們仍在使用。當然也有一些義項我們今天已經不用了，比如：

　　【掟】張梗切，音盯，梗韻。

　　㈢日本義。規定法律之意。

　　除了收錄一些漢字在日語中新產生的義項之外，作爲一本漢語字典，《中華》中也收錄了一些「日本字」。它們是日本人自己創造的，我們今天稱爲「和字」、「和製漢字」或「日製漢字」。

　　值得一提的是，在民國學者的筆記等著述中，不乏對「日本字」的記錄，然而其中很多都已經在中國古籍中出現，可能並非眞正的日製漢字。比如，傅雲龍在其《遊歷日本圖經》中列舉了 41 個「日本異字」〔註14〕，但其中大部分都不是由日人所創。如：「誂」見於《戰國策》；「忰」見於《字彙》，是俗「悴」字；「挵」見於《龍龕手鑒》，是俗「弄」字；「抔」與「抙」見於《廣韻》；「梶」見於《集韻》；「掟」見於《玉篇》；「呒」見於《漢書》，「宆」見於《干祿字書》；「閅」見於《字彙補》等。《中華》的編者們並沒有盲目根據這些材料確定「日本字」，而是經過了認眞考察才下斷語。因此，它收錄的日本字並不多，主要有以下這些：

## 1.【辻】

　　日本字。讀若此歧，十字路也。

《漢語大字典》沒有收錄此字。《漢語大詞典》收錄了，注爲：「辻 shí 日本和字。」《現代漢語詞典》也收錄了，注爲：「shí，日本漢字，十字路口。多用於日本姓名。」

## 2.【込】

　　日本字。讀若可米。如股東以股本繳入公司曰拂～，又甲乙立
　　約，甲以其意示乙曰申～，猶言申述其意也。

《漢語大字典》和《現代漢語詞典》沒有收錄。《漢語大詞典》注爲：「込 rù 日本和字。」

---

〔註14〕參見王寶平《晚清東遊日記彙編‧遊歷日本圖經》，上海古籍出版社 2003 年，第 358 頁。

3.【働】

働，日本字。吾國人通讀之若動，訓解不一。政法書所見者，
均爲勤業勞力之義，經濟學稱勞～，爲生產三要素之一。又自～車
之～，即拆其字，謂乘人自動之意也。

《漢大》無此字，《現代漢語詞典》中將其作爲「動」的异体字收錄。《漢語大詞典》注爲：「働 dòng『動』的日本用漢字。」相較之下，《漢語大詞典》的釋義更爲準確。

4.【柾】

日本謂冬青樹曰～，讀如馬沙。

《漢語大字典》與《漢語大詞典》都注釋爲「jiù『柩』」，沒有這一義項。

5.【匁】

日本衡名，讀若芒米。一百六十分斤之一，當我庫平一錢零零
五毫。

《漢大》與《現代漢語詞典》無此字。《漢語大詞典》注爲：「匁 mɑngmi 日本和字。」

6.【腺】

讀如線。動物體中皮膜細胞之變性分泌液汁處，日本生理學家
謂之～。如云胸～、血管～、淋巴～，或謂之～胞，英文 gland。

今天「腺」已經是常用字了，所以《漢語大字典》只解釋其義，沒有指出它源於日本。《漢語大詞典》做得更好一些：「腺 xiàn 來自日語（日語又爲英語 gland 的意譯）。生物体內能分泌某些化學物質的組織，由腺細胞組成，如人体內的汗腺、唾液腺，花的蜜腺。」

7.【膵】

讀若膟。胰也。亦謂之甜肉。日本謂之～。居胃下，色黃赤，
狀如牛舌，長六七寸，分泌消化食物之液汁，英文 pancreas。

《漢語大字典》與《現代漢語詞典》都只是注爲：「cuì 胰臟的舊稱。」但《漢語大詞典》還指出了其來源：「〔膵臟〕胰的舊稱。來自日語（日語意譯英

語 pancreas）。」

8. 【鯱】

日本字。讀若亥欺，水棲獸之一種，性強暴，雖鯨鮫莫能當之。

《漢語大字典》與《現代漢語詞典》沒有收錄。《漢語大詞典》中注爲：
「鯱 hǔ 日本和字。」

9. 【鱈】

日本字，～爲屬軟鰭類之大口魚。日本北海道及奧羽等處多產
之。喜羣棲於深處，至一定之期間而結隊游泳者，謂之沖～。其常
住磯部，謂之磯～。肉中爲脯，肝臟取油供藥用，我國譌以爲鱉魚
肝油者也。

不知爲何，或許是疏漏，此字《中華》的編者們沒有提及讀音。

「鱈」在今天也已經是常用字了，因此無論是《漢語大字典》《現代漢語詞
典》，還是《漢語大詞典》都只是指出它「又名大頭魚，大口魚……」沒有指出
其來源。

10. 【鯰】

日本字，讀若奈馬茲，云似鮎而有別，頭稍扁平，口大眼小無
鱗，上下顎各生觸須一對，上者長而下者短，能舞動以誘致小魚食
之，常住於湖沼河川中，晝潛伏，肉供食用，屬於喉鰾類。

「鯰魚」我們今天已經寫作「鮎魚」了，讀做 nián，跟「奈馬茲」沒有關係。

《中華》中收錄的日本字並不多，但所反映出的現象值得關注。

首先，漢語字典中該不該收錄日本漢字呢？辭書是爲了方便讀者的，如果
使用者有查檢的需要，我們就應該酌情收錄。在民國時期，日本字出現在國內
文獻中並不鮮見，而且這些字的形體特徵決定了讀者會去漢語字典而不是外文
字典中查閱它們，因此《中華》收錄這些當時大部分辭書中都查不到的漢字，
會大大方便讀者。在國際往來日益頻繁的今天，出於文化交流的需要，現代漢
語辭書中收錄日源漢字也是有必要的。

其次，日源漢字的注音應該採用什麼標準？是使用這些字在日文中的讀音
還是重新爲其擬定在漢語中的拼音？關於借詞的讀音問題，前賢已有闡述。周

祖謨先生認為：「現代新吸收的外來詞，凡是音譯詞或部分音譯詞，都不必按漢語的聲調來讀，可以一律按接近外來的語音來讀。這裏會涉及很多專名譯音的問題，希望各科學部門能夠在譯名上作一次審訂，使各種譯音的名詞更接近原文的讀音，同時要合於北京語音的聲音系統。」〔註 15〕

趙元任先生則認為：「關於不同的語言之間借語的現象當中有兩個因子須要注意的。第一是借外國詞語的時候總盡量用本國的音位，不求說的跟原文一樣的外國音。第二是有時候聽見某外國詞語有點像本國意義相近的語詞，那麼甚至聲音不太近，也就是半音譯半意譯的來了。」「寫外國人名地名的時候也跟借用外國語詞一樣，就是盡量不出本國音系的範圍。」〔註 16〕

我們認為，周先生所說的「凡是音譯詞或部分音譯詞，都不必按漢語的聲調來讀，可以一律按接近外來的語音來讀」較難實施，漢語拼音系統中沒有的濁音及聲調，我們不必為了一些借詞的讀音專門增添。趙先生的意見更為中肯，「借外國詞語的時候總盡量用本國的音位，不求說的跟原文一樣的外國音。」既然我們不管怎樣音譯，都難以將外國音模仿得維妙維肖，何不盡量尊重本國的語音系統，讓借詞適應普通話語音標準和規範呢？

只是，日源漢字是比較特殊的借詞。它不是音譯，而是形借。在語言中，意義是用語音來傳達的。一般來說，既然借用了某個形體，就應該用它原有的讀音來傳達意義。但正如我們剛才所說，借詞應該尊重我們本國的語音系統，現代漢語中的漢字遵循著一個形體只有一個音節的規則，像《漢語大詞典》中那樣為「匁」注音「mangmi」的做法是不甚恰當的。

對於日文中的人名用字，我們需要按它在漢語中的讀法來讀。對於非人名用字的日源漢字，如果漢語中確實有必要引入，那麼我們也該為其確定漢語讀法，讓它像「腺、鱈」等字一樣慢慢融入漢語中。

必須強調的是，對這些日源漢字的注音要一致。《中華》中把「枡」「讀如馬沙」，「働」讀若「動」固然體例不一，《漢語大字典》將「畑」的音注為「tián」，將「麿」的音注為「馬陸」同樣是自亂其例。在以後的辭書編纂中我們要以此為鑒，避免出現同類錯誤。

---

〔註 15〕見周祖謨《普通話的正音問題》，《中國語文》1956 年第 5 期。

〔註 16〕見《趙元任語言學論文集》，商務印書館 2002 年版，第 617 頁。

# 結　語

　　《中華大字典》誕生於時局風雨飄搖的晚清民初，由一個剛剛成立的書局在文化責任與商業前景的驅動下以一己之力完成。作爲《康熙字典》之後二百年間唯一一部大型語文字典，《中華》雖沒有像《辭源》那樣首創一體，但編者們以熱情、眞誠的態度關注自身所處時代，試圖將零星的、艱澀的知識，用有條理的、系統的、便於查找的方式提供給廣大民眾，試圖在繼承與創新中尋找平衡。

　　爲此，無論是體例還是內容，《中華》都進行了很多新的嘗試，頗有蛻舊孳新之功。在平易、堅實的材料書證背後，隱藏着先鋒性的思考，對今天的辭書編纂依然有啓示。在百年之後的今天，審視其編纂實踐，挖掘其編纂理論，可以爲今天的辭書理論建設增磚添瓦。

　　本文從「可檢索性、資料匯編性、注釋性〔註1〕」三方面對《中華》進行了分析，只是「注釋性」一條側重考察注音及音義配合，沒有涉及義項注釋。

　　在「可檢索性」方面，與《康熙字典》相比，《中華》做出了很多新的嘗試，比如：爲全書統一編排頁碼、字頭與筆畫數分列且用特殊符號提示、刪並簡化

---

〔註 1〕 曹先擢認爲，「評價一部字典抓住這三點就抓住了主要的方面。」見《字典三特點》，《辭書論稿與辭書札記》第 382 頁。

字頭、改良「檢字」以方便讀者、為較難尋檢之字另列「檢字」一卷、使用點號圈號為正文句讀、用符號代替字頭字、義項分條列舉依次編號、引證簡明且書證一律標明出處等做法，都便於讀者。

另，和「一（橫）」「丨（豎）」「丿（撇）」「、（點）」相比，「折」是一種複合筆劃，使用者容易在筆畫與筆順上出現分歧。為了解決筆順問題帶來的查檢不便，我們提議可以在筆劃之下繼續分層，增加一個概念「筆向」。比如，寫「乙」的時候，筆順轉了 3 次，用了 4 個方向，所以可以歸入 4 畫。同理，「乃」和「了」可以分別歸為 6 畫和 4 畫，就不必再為它們為何在《漢大》中都是兩畫而躊躇。如此一來，只要看到某個字形，就可以數出一個明白無誤的數字。如果大型語文辭書有一個「總檢字表」按照這種方法來排列，我們在檢索的時候就不必為筆劃數煩惱。字的歸部，也可以因不必顧及檢索的便利性而更為自由了。

在「資料匯編性」方面，《中華》不愧為一部大型語文字典，除了正文本字之外，古文、籀文、同字、或體、省文、俗字、訛字等各種不同的形體全都按順序收錄，並指出來源。近代方言、翻譯的科學術語等悉數收列。凡見於文獻及當世所用的漢字，《中華》都盡可能完備地收入，並且在內容上較為系統地編入新知識。同時，還以字領詞，兼收了不少複音詞，這在當時都是很有必要的。

「注釋性」是最重要的部分，在對《中華》反切注音考察分析並與《漢大》、《康熙》對比的基礎上，我們主要做了如下工作：

## 一、總結了大型語文辭書使用反切注音時的注意事項

除了要做好前代字書韻書的校勘工作、引用其中音義要做到全面細致、轉引的反切注音要核對原書之外，在使用《洪武正韻》《字彙補》《篇海類編》等韻書時更要注意審音，尤其要當心不能把古書中原本正確的注音釋義張冠李戴。

如果同一個字在《切韻》音系或中古韻書中存在音韻地位不同的反切，須對蕪雜的又音做出取舍，根據辭書本身的體例，或以《廣韻》，或以與時音更吻合的反切作為首音，對理解該字的歷史有參考價值的讀音可作為又音酌情收錄，但最好不要有兩個以上的注音。

## 二、對多音義字各音義間的關係進行討論，爲辭書編纂提供參考

　　我們將某個多音義字各音義之間的關係分爲下列五種情況：形同、音不同、意義不同者，屬於不同的詞；形同、音同、意義完全不同者，屬於同音同形詞；形同、音同、意義有聯繫者，屬於多義詞；形同、音不同、意義完全相同者，屬於異讀字；形同、音不同、意義有聯繫者，屬於不同的詞。

　　在判斷意義同異時，需要關注同與異之間的中間地帶，可結合字形與讀音進行綜合判斷。

　　在判斷讀音同異時，不可只看表面現象。如果能證明它們在語音史上是古今音的關係，或在同一歷史層面上有可能混並，那麼即便看起來讀音不同，也不可單憑讀音同異來確定。

　　同時，我們也必須把形音義三者結合起來，才能判斷某個一形多音義字所代表的是多音字還是同形詞。

　　另外，在字典編纂中，要以字形的同異作爲確立字頭的標準，所以同音同形字可以不必另立條目，但由於大型語文字典須用「字」的編排體現出「詞」的概念，所以對於異音同形字需要在形式上有所區分。

## 三、對辭書音義相配的標準提出建議

　　各大型語文辭書之間由於體例不同，音義的配合沒有唯一正確的標準，只要它們讓每一個義項都擁有正確的反切注音，且就各自的體例而言無誤即可。總起來說，對大型語文辭書的音義相配問題，我們有如下建議：

　　1. 嚴格遵循體例，不得隨意合併讀音。大型語文辭書若想體現出字音歷時演變，對於那些在中古讀音不同，但在今天讀音已經相同的音義，就不能簡單地將其合併爲一個字頭，應該作爲同一漢語拼音下的兩個音項列出。

　　2. 力求簡潔，分合皆可者應盡量合。當某個義項在中古只有唯一的讀音，不能與其他音項合併時，我們應不吝篇幅將其收錄。但如果兩個音項之間可分可合，這時候應該遵循簡潔原則合併處理。

　　3. 仔細審音，避免誤收古書注解中的叶音。除非是已經佚失的古書，否則辭書在轉引材料時都要去核對原書並從語音史角度仔細分析，避免誤收讀音，尤其要注意辨別古書注解中沒有明確注明「叶音」之名的叶音。在這一方面，《中華》與《漢大》都有失誤。

4. 對音義詳加審核，避免自相矛盾。不管是《中華》還是《漢大》，在注音時都出現了反切注音與義項中的語音信息相矛盾的錯誤，這種反切與釋義中的讀音相抵牾的處理方式，會讓讀者無所適從。為了避免此類情況發生，我們在釋義中引用古注時，不必有意無意省略掉與己注不符的讀音。如果編者認為這些古注的讀音是錯誤的，不妨將其照錄，略加按語說明，以方便使用者。

5. 沒有文獻讀音的義項，應綜合分析確定古讀。為了追求義項的完備，辭書編纂者往往會盡可能地收錄字詞在歷史上存在過的用法。但這些義項，古代字書、韻書不一定全都收錄了。如何給這些沒有明確文獻讀音的義項標注正確的反切讀音，不一定有明確的標準，需要我們綜合考慮看到的各種材料來分析確定其反切。

6. 處理好古今關係，避免以今律古。當某個字一些古今皆用的義項在中古與當世讀音迥然有別時，《中華》盡可能地尊重歷史，採用了添加又音、增加按語以及在義項中加注等方法進行說明，這一點值得我們學習。

對《中華》而言，按其體例，可以從《集韻》中選取更接近時音的反切作為首音，其它有必要提及的讀音作為又音。而《漢大》則可以先給出漢語拼音，它代表現代漢語中的規範讀音，隨後注明其在《廣韻》中的讀音，作為中古語音的代表。然後，如果《集韻》中該義項有與《廣韻》音韻地位不同、更接近今天普通話中讀音的反切，也可以作為又音收錄。

## 四、對專有名詞的注音問題進行思考

通過專有名詞存留下來的古音是研究語音史的寶貴材料，但對於辭書注音來說卻是個麻煩。由於它們是在漫長歷史中因各種不同原因形成的，所以很難用整齊劃一的標準進行規範，需要在廣泛調查的基礎上逐個分析。

總起來說，如果某些專有名詞，我們在日常生活中已經不用了，可以嚴格按照古注來讀。但如果在現實生活中還在使用，要尊重今天的語言事實先列出現在通行的讀音，同時也標注中古讀音，讓它們各自與所代表的時代相對應。需要注意的是，對於專有名詞在古書中的讀音，我們明確其音韻地位即可，不必深究具體音值。

另外，由於很多專有名詞是雙音節詞，字典與詞典要注意分工明確。

## 五、提出了對破讀音讀音標注的意見

很多破讀字音都溝通起了方言、古今音的關係，在大型語文辭書中應有一席之地。我們認為可以這樣處理：

1. 已被現代漢語吸收的破讀字音和雖未被現代漢語吸收，但在文言文閱讀中已經深入人心的字音，比如衣、妻、王、語、騎等，在各種性質的辭書中都應該保留傳統讀法。

2. 如果某破讀字的讀音因為語音演變（比如濁音清化、入聲消失）而發生變化，或者人們已經習慣採用新的讀法的，在現代漢語性質的辭書中，可以不保留傳統讀法。但針對古漢語的辭書，依然有必要指出其原本的樣子。

3. 各辭書可以根據自己的性質選擇是否注明那些在現代漢語口語中不再使用的破讀字音，重要的是收不收破讀音，或者按照怎樣的標注收錄，在「凡例」中要有明確說明。而且只要確立標準後，就要貫徹始終，在同一本辭書內要體例一致，不可有些標注，有些不標。

4. 破讀字單字的讀音與成詞時的讀音之間的矛盾格外需要注意。倘若是面向古漢語學習者的大型語文辭書，除了注意破讀字字頭的注音之外，還應標明它在詞語中的古讀或舊讀。

5. 「久訛則不必改」，對於古書中以訛傳訛的情形，語言文字工作者需要清楚其來龍去脈，但沒有必要重新改回原來的讀法。

6. 規模與性質相同的各辭書間，對同一破讀字音的處理要一致。

## 六、以事實論證外來詞及日源漢字的注音問題

《中華》對待新詞新語、外來詞那種寬容坦蕩的態度，值得我們敬佩。但在百年後的今天重新審視當時的處理方式，有助於我們對今天的新詞新語整理工作有更全面的考慮。

關於收字問題，既然辭書是為了方便讀者的，如果使用者有查檢的需要，大型語文辭書就應該酌情收錄。我們不應厚古薄今，既然很多文獻中的「死字」都收錄了，不妨也收錄一些新字。

對已經收錄的新造漢字或外來詞，不注音是不對的，給出一個「具言」（即英文讀音的音譯）也不妥當。應該遵循一個漢字形體只有一個音節的規則，為其擬定讀音。且譯音詞一定要有統一的寫法、讀法。

　　日源漢字也應尊重我們本國的語音系統，對於非人名用字的日源漢字，如果漢語中確實有必要引入，我們固然應該爲其確定漢語讀音，對於人名用字，也要按它在漢語中的讀法來讀。需要再次強調的是，同一辭書中、各不同辭書間，對這些日源漢字的注音要盡可能一致。

　　總之，不管是《中華》這種主要使用反切注音的字典，還是《漢大》這種主要用漢語拼音注音的字典，一部大型的語文辭書難免要涉及到反切注音。這些存在於古代字書、韻書、經史典籍裏，在一千多年歷史中積澱下來的反切讀音，有正有誤，有古有今，有通語也有方音，我們的字典編纂在使用這些反切時需要根據自身編纂原則來進行選擇。

　　然而對於辭書中的反切注音問題，我們還沒有看到系統的專門著述。本文通過對《中華》反切注音的分析，希望能對這一問題的解決提供幫助，幫助辭書編纂者理清音義間的糾葛，處理好中古及其後眾多字書、韻書中的讀音與現代漢語普通話讀音之間的矛盾，讓大型語文辭書更爲清晰、準確地反映出語音發展的歷史脈絡。而且，當我們今天爲很多文白異讀字、破讀字音糾結時，或許可以追根溯源，從中古反切開始考察。理清字音從中古到今天的發展脈絡，對於今天普通話語音規範，也有利於從源頭上解決問題。

　　但由於本人學術研究尚處於起步階段，且缺乏辭書編纂實踐，對辭書學理論掌握得不夠全面，因此文中存在的疏漏、紕繆在所難免，希望內行專家不吝賜教。

# 參考文獻

## 一、古籍及工具書、資料匯編

1. 北京師範大學辭書研究與編纂中心《中華字典研究（第一輯）》，中國社會科學出版社 2009。

2. 陳彭年《宋本廣韻》，江蘇教育出版社影印巾箱本 2002。

3. 辭海編輯委員會《辭海》，上海辭書出版社縮印本 1999。

4. 丁度《宋刻集韻》，中華書局影印宋刻本 1985。

5. 丁聲樹、李榮《古今字音對照手冊》，中華書局 1981。

6. 段玉裁《說文解字注》，上海古籍出版社影印初刊本 1981。

7. 古漢語常用字字典編寫組《古漢語常用字字典》，商務印書館 1998。

8. 顧野王《宋本玉篇》，中國書店影印張氏澤存堂本 1983。

9. 漢語大詞典編纂處《漢語大詞典》，漢語大詞典出版社 1993。

10. 漢語大字典編輯委員會《漢語大字典》縮印本，湖北辭書出版社、四川辭書出版社 1995。

11. 黃遵憲《人境廬詩草》（《黃遵憲集》上卷），天津人民出版社 2003。

12. 梁啟超《梁啟超哲學思想論文選》，北京大學出版社 1984。

13. 陸爾奎、傅運森、蔡文森等《辭源》乙種本，商務印書館 1915。

14. 陸費逵等《中華大字典》，中華書局縮印本 1978。

15. 梅膺祚《字彙》，萬曆乙卯刊本。

16. 商務印書館《新字典》，商務印書館影印珍藏本 2007。

17. 社科院語言研究所《現代漢語詞典》，商務印書館 2005。

18. 社科院語言研究所《新華字典》，商務印書館 2004。

19. 宋應離、袁喜生《20 世紀中國著名編輯出版家研究資料匯輯》，河南大學出版社 2005。

20. 宋育仁《泰西各國采風記》，三聯書店 1998。

21. 譚嗣同《仁學》，中華書局影印本 1958。

22. 王寶平《晚清東遊日記彙編・遊歷日本圖經》，上海古籍出版社 2003。

23. 吳承仕《經籍舊音辯證》中華書局 1986。

24. 吳小如、吳同賓《中國文史工具資料書舉要》，天津古籍出版社 2002。

25. 徐中舒等《漢語大字典》，湖北辭書出版社 2001。

26. 許慎《說文解字》，中華書局影印宋雍熙三年國子監雕本 2007。

27. 張玉書等《康熙字典》（檢索版），中華書局影印同文書局本 2010。

28. 張自烈《正字通》，中國工人出版社影印康熙九年弘文書院刊本 1996。

29. 中華書局編輯部《回憶中華書局》，中華書局 1981。

30. 周德清《中原音韻》，中華書局影印訥菴本 1978。

## 二、專　著

1. 曹煒《現代漢語詞彙研究》，北京大學出版社 2004。

2. 曹先擢《辭書論稿與辭書札記》，商務印書館 2010。

3. 陳炳超《辭書編纂學概論》，復旦大學出版社 1991。

4. 陳曾兵《古書中詞語的特殊讀音研究》，巴蜀書社 2008。

5. 陳原《遨遊辭書奇境》，商務印書館 2000。

6. 陳原《商務印書館九十年》，商務印書館 1987。

7. 辭書研究編輯部《詞典和詞典編纂的學問》，上海辭書出版社 1985。

8. 符淮青《現代漢語詞彙》，北京大學出版社 1985。

9. 葛兆光《中國思想史：七世紀至十九世紀中國的知識、思想與信仰》復旦大學出版社 1998。

10. 何九盈《中國古代語言學史》，廣東教育出版社 2005。

11. 何九盈《中國現代語言學史》，商務印書館 2008。

12. 胡安順《音韻學通論》，中華書局 2003。

13. 胡明揚《詞典學概論》，人民大學出版社 1982。

14. 雷昌蛟《〈辭源〉〈漢語大字典〉〈漢語大詞典〉注音辯證》貴州人民出版社 2009。

15. 李白堅《中國出版文化概觀》，廣西教育出版社 1999。

16. 李開《現代詞典學教程》，南京大學出版社 1990。

17. 劉葉秋《中國字典史略》，中華書局 2004。

18. 陸志韋《釋〈中原音韻〉》（陸志韋近代漢語音韻論集），商務印書館 1988。

19. 陸宗達《訓詁簡論》，北京出版社 1980。

20. 呂達《陸費逵教育論著選》，人民教育出版社 2000。

21. 呂叔湘《呂叔湘語文論集》，商務印書館 1983。

22. 呂叔湘《語文常談》，生活·讀書·新知三聯書店 2006。

23. 羅常培《〈中原音韻〉聲類考》（羅常培語言學論文選集），中華書局 1963。

24. 倪海曙《清末中文拼音運動編年史》，上海人民出版社 1959。

25. 裘錫圭《文字學概要》，商務印書館 1988。

26. 邵榮芬《漢語語音史講話》，天津人民出版社 1979。

27. 史建橋《〈辭源〉研究論文集》，商務印書館 2009。

28. 唐蘭《中國文字學》，上海古籍出版社 2001。

29. 唐作藩《音韻學教程》，北京大學出版社 2002。

30. 王力《〈康熙字典〉音讀訂誤》，中華書局 1988。

31. 王力《漢語語音史》，商務印書館 2008。

32. 王力《中國語言學史》，復旦大學出版社 2006。

33. 嚴學宭《〈廣韻〉導讀》，巴蜀書社 1990。

34. 姚福申《中國編輯史》，復旦大學出版社 2004。

35. 俞筱堯、劉彥捷《陸費逵與中華書局》，中華書局 2002。

36. 張民權《清代前期古音學研究》，北京廣播學院出版社 2002。

37. 張民權《音韻訓詁與文獻研究》，北京廣播學院出版社 2004。

38. 張召奎《中國出版史概要》，山西人民出版社 1985。

39. 趙元任《趙元任語言學論文集》，商務印書館 2002。

40. 趙振鐸《辭書學論文集》，商務印書館 2006。

41. 趙振鐸《字典論》，上海辭書出版社 2001。

42. 周祖謨《問學集》，中華書局 1966。

43. 鄒酆《辭書學叢稿》，崇文書局 2004。

44. 鄒酆《辭書學探索》，湖北人民出版社 2001。

45. 鄒樹陰、吳克禮《現代術語與辭書編纂》，科學出版社 1988。

## 三、單篇論文

1. 曹聰孫《詞典釋義的規範化進程》，辭書研究 1997.3。

2. 陳原《辭書與語言規範化問題》，辭書研究 1999.2。

3. 程榮《漢語辭書中古今關係的處理問題》，中國語文 2001.1。

4. 戴超《〈康熙字典〉和〈中華大字典〉在釋義和書證方面存在的問題》，南充師院學報 1981.2。

5. 豐逢奉《〈康熙字典〉編纂理論初探》，辭書研究 1988.2。

6. 高興《我國古代辭書向現代辭書的轉變》，安徽大學學報 1996.2。

7. 韓林華《〈康熙字典〉的編輯成就》，齊齊哈爾大學學報 1994.6。

8. 黃孝德《從〈康熙字典〉到〈漢語大字典〉》，辭書研究 1990.5。

9. 李宇明《通用語言文字規範和標準的建設》，語言文字應用 2001.2。

10. 劉鶴雲《論〈康熙字典〉的歷史貢獻》，華中師範大學學報 1986.4。

11. 梅家駒《詞典類型的發展與辭書學屬性的思考》，辭書研究 1990.5。

12. 錢穆《歷史教育幾點流行的誤解》，教育雜誌 1941.11。

13. 邱瑞中、段宗健《中國現代辭書的分期問題》，語文學刊 1994.4。

14. 尚丁《辭書學的比較研究》，辭書研究 1982.3。

15. 尚丁《我國辭書編纂的道路和特點》，辭書研究 1983.4。

16. 唐作藩《破讀音的處理問題》，辭書研究 1979.2。

17. 魏勵《〈中華大字典〉述評》，辭書研究 2008.6。

18. 徐時儀《儒家經學與中國古代辭書編纂》，辭書研究 1991.2。

19. 徐時儀《社會需求與辭書編纂》，辭書研究 1995.4。

20. 徐世榮《四十年來的普通話語音規範》，語文建設 1995.6。

21. 楊寶林《淺談辭書編輯的體例意識》，辭書研究 2006.4。

22. 楊文全《〈中華大字典〉的釋義方式及其歷史貢獻檢視》，西南民族學院學報 2002.6。

23. 雍和明《國外詞典類型學理論綜述》，辭書研究 2004.5。

24. 張覺《關於「異讀字」正名》，學術研究 2002.12。

25. 張相明、彭敬《20 世紀中國辭典學理論發展探析》，辭書研究 2008.2。

26. 趙克勤《談〈辭源〉釋義》，辭書研究 1980.1。

27. 周世烈《同形詞概說》，錦州師範學院學報 1995.2。

28. 周祖謨《普通話的正音問題》，中國語文 1956.5。

## 四、學位論文

1. 黃姍姍《20 世紀 80 年代以來辭書研究的分析與展望》（碩士學位論文），北京印刷學院 2005。

2. 姜抗《〈中華大字典〉研究》（碩士學位論文），上海大學 2009。